伯爵夫人の縁結び Ⅰ

秘密のコテージ

キャンディス・キャンプ

佐野　晶　訳

MIRA®

The Marriage Wager

by Candace Camp

Published by Harlequin K.K., Tokyo, 2010

秘密のコテージ

■主要登場人物

コンスタンス・ウッドリー……亡くなった准男爵の娘。

ロジャー・ウッドリー……コンスタンスの叔父。

ブランチ・ウッドリー……コンスタンスの叔母。

ジョージアナ、マーガレット……コンスタンスのいとこ。ロジャーとブランチの娘たち。

フランチェスカ・ホーストン……未亡人。社交界の名花。

ドミニク・フィッツアラン……フランチェスカの弟。レイトン子爵。

セルブルック伯爵……フランチェスカとドミニクの父。

レディ・セルブルック……フランチェスカとドミニクの母。

テレンス・フィッツアラン……フランチェスカとドミニクの兄。故人。

アイヴィー・フィッツアラン……フランチェスカとドミニクの妹。故人。

シンクレア・リールズ……フランチェスカの古くからの知人。ロックフォード公爵。

レディ・カサンドラ（カリー）……シンクレアの妹。

ルーシャン・タルボット……フランチェスカの友人。

メイジー……フランチェスカのメイド。

ミュリエル・ラザフォード……男爵の娘。

レディ・ラザフォード……ミュリエルの母。

シリル・ウィラビー……独身男性。

1

レディ・フランチェスカ・ホーストンはつややかな黒いくるみ材の手すりに軽く手を置いて、階下にいる人々を見渡した。たくさんの顔が自分を見上げているのは、もとより承知のうえ。実際、そうでなければがっかりするところだ。

三十三歳のいまでは、社交界にデビューしてから何年の歳月が流れたかを厳密に数える気はなくなっているが、淡い金色の髪に大きな紺碧《こんぺき》の瞳、クリームのようになめらかな白い肌という、こよなく魅力的な組み合わせに恵まれたフランチェスカ・ホーストンは、すでに十年以上も社交界一の美貌《びぼう》を誇っていた。わずかに先端が上向いたまっすぐな鼻といい、笑うとどことなく猫を思わせる両端が心もち持ちあがった形のよい唇といい、非の打ちどころがないほどの美しさ。整った顔立ちのなかで、頬の下のほう、口の近くにぽつんとある小さなほくろだけが瑕《きず》といえばいえるが、それがいっそう完璧《かんぺき》に近い美貌をきわだたせている。上背はそれほどないものの、優雅な身のこなしによって、実際よりも長身に見える。

とはいえ、これだけたくさんの長所に恵まれていても、フランチェスカは常に自分をもっとも美しく見せる努力を怠らなかった。極上の夜会服に身を包み、それによく合う靴をはき、美しい顔をいっそう美しく見せる髪型でなければ、決して外出はしない。また、流行をいち早く取り入れるとはいえ、それに振りまわされることはなく、自分の顔や髪、目の色を引き立てる色合いと、豊かな胸とほっそりした腰を魅力的に見せるデザインを注意深く選ぶ。

今夜のドレスは、〝フランチェスカの色〟と呼ばれているアイスブルーのイブニング。やわらかい白い肩と美しい胸を誇示した、少々大胆なデザインは、それでいて彼女の気品を少しもそこなっていない。広くあいた円い襟もとを銀のレースが縁どっている。このレースは、ドレスの縁と、長く後ろに引いたすそにもふんだんに使われていた。華奢《きゃしゃ》な白い喉と手首には、シンプルな細工だがはっとするほど美しいダイヤがきらめき、複雑に結いあげた金髪にも小粒のダイヤが散らされている。

フランチェスカにほとんど財産がないと見抜く者は、ひとりもいないだろう。だが実際のところ、その死を悼んだことなどあまりない夫の故アンドルー・ホーストン卿《きょう》は常習的なギャンブラーで、遺産どころか借金しか遺《のこ》さずに死んでしまったのだ。だが、フランチェスカは細心の注意を払ってそれを隠していた。彼女が身につける宝石は、ひとつ残らず鉛ガラスを使った偽物で、実際に所有していた本物のほうはとうに手放していることは、誰にも知られていない。そして、鷹《たか》のように目のきく社交界の女性たちさえ気づかないが、今夜彼女がはいている子羊の革の上靴は入念な手入れで維持されて、もう三シーズンも使っているもの。このドレスにしても、有能なメイドが、去年のドレスを使って、フランスで発表された新しいデザインに仕立てなおしてくれたものだ。

いま彼女のかたわらにいるすらりとしたエレガントな紳士、ルシアン・タルボット卿は、フランチェスカの窮状を知っているごく少数のうちのひとりだった。彼はフランチェスカがデビューしたときからの崇拝者だった。彼女の協力を得て、ルシアンがフランチェスカに示しているロマンティックな関心は如才のない見せかけだったが、彼女に対する彼の献身は本物で、長い年月のあいだにふたりは固い友情の絆《きずな》で結ばれるようになっていた。粋《いき》でスマートで機知に富んでいるルシアン・タルボット卿は、いまだに独身だということもあいまって、どこのパーティでもひっぱりだこ。タルボット家が昔からそうだったように、彼のポケットはしばしば空っぽだったが、その事実は〝実に洗練された紳士〟だという彼の評判を、少しもそこなってはいなかった。そしてそういった資質は、パーティを催すレディたちに何よりも高く評価されるのだ。ルシアンが辛口のコメントをひとつかふたつ口にすれば、退屈な会話もたちまち活気づく。この実に重宝な才に加え、彼は決して騒ぎを起こすことも醜態をさらすこともないうえに、音に聞こえたダンスの名手でもある。ルシアンが太鼓判を押せば、パーティの主催者の評判はぐんと上がるのだ。

を目に当てた。「いやはや、たいへんな数だな」彼はそう言いながら階下の人々をよく見るために片眼鏡

「どうやらレディ・ウェルカムは、盛大なパーティには、館《やかた》に入るかぎりのゲストを集める必要があると思いこんでいるようね」フランチェスカは皮肉たっぷりに同意しながら、扇を開いてゆっくり動かした。「あそこにおりるのは怖いわ。足を踏まれるはめになりそうですもの」

「しかし、そうでなければ、〝盛大〟とは言えないのではないかな?」耳をくすぐるような男らしい声が、すぐ後ろ、右のほうから聞こえた。

その声が誰のものかは、振り向かなくてもわかる。「ロックフォード卿。驚いたこと。あなたがここに顔を見せるとは」フランチェスカはそう言いながらルシアンと一緒に振り向き、新たに到着したゲストと向かいあった。

ロックフォード卿はふたりに向かって軽く頭をさげた。「そうかな? 今夜のパーティでは知り合いのほとんどに会えそうだと言っても、あながち誇張ではないと思うが」

形のいい口もとがかすかに引きしまり、フランチェスカがよく知っている、ほほえみに近いがそこまではいかない、曖昧《あいまい》な表情が浮かぶ。彼の名前はシンクレア・リールズ。ロックフォード公爵の五代目だ。ルシアンの存在がパーティを活気づけるのに欠かせないとすれば、ロックフォード公爵のおでましはパーティの女主人《ホステス》にとってこのうえない名誉と

なる。

ロックフォード卿は肩の広い、長身の引きしまった体を、非の打ちどころのない黒と白の正装で包んでいた。雪のように白い幅広のタイ《クラヴァット》のひだのなかにも、袖口《そでぐち》のカフスにも、ルビーがさりげなくきらめいている。彼はほぼどんな集まりにおいても、そこにいる誰よりも大きな権力を持ち、誰よりも位の高い貴族だった。したがって、いかにも気むずかしげな端整な顔立ちに魅力を感じない者がいるとしても、それが口に出されることはめったにない。ロックフォード卿のマナーも服装同様エレガントだが、これみよがしなところや派手なところはまったくなかった。乗馬と射撃の名手でもある彼は男性にも賞賛されているが、社交界の女性のあいだでは垂涎《すいぜん》の的だった。資産や地位に加え、高い頬骨と長く濃いまつげ、ジプシーのように黒い瞳がその理由であることは違いない。だが、まもなく四十歳になるが一度も結婚したことがなく、これまで多くの女性の胸を引き裂いてきた。例外は、まだあきらめようとしない、ごく少数のもっとも意志の固いレディたちだけだ。

フランチェスカは彼の言葉に、ついかすかな笑みを浮かべていた。「たしかに、そのとおりかもしれないわ」

「きみはいつものように目が覚めるほどだな、レディ・ホーストン」

「目が覚めるほど何かしら？」フランチェスカは優美な眉を片方だけ上げた。「そのあとには、ほとんどどんな言葉でもつきそうだこと」

ロックフォード卿はきらりと目を光らせたものの、穏やかに応じた。「目の見える者なら、〝美しい〟という言葉しか浮かばないだろう」

「まあ、上手に逃げたこと」

ルシアンがフランチェスカの耳もとに口を近づけ、低い声でささやいた。「振り向いてはいけないよ。レディ・カッタースレイがこちらにやってくる」

しかし、彼が警告してくれたときには、すでにかん高い女性の声が鋭く空を切り裂いていた。「公爵様！　こうしてお会いできるとはなんという喜びでしょう！」

レディ・カッタースレイはまるで骸骨《がいこつ》のように痩《や》せた、背の高い女性だった。これとは対照的にずんぐりした夫が、そのあとをせかせかとついてくる。伯爵の娘である彼女は、自分がたんなる男爵と結婚したことを、夫がそばにいてもまったくかまわずに口にする。そして娘たちだけは、せめて自分自身の高貴な血筋にふさわしい相手と結婚させるのが母親の務めと心得ているのだった。だが、肝心の娘たちが顔や姿ばかりか、尊大なプライドまで母親によく似ているとあっては、これはそうとうにむずかしい〝務め〟に違いない。

レディ・カッタースレイはまた、いまだにあきらめず、娘をロックフォード公爵と結婚させようとしている、ひと握りの頑固な母親のひとりでもある。

ちらりと苛立《いらだ》たしそうな表情を浮かべたあと、ロックフォード卿は向きを変え、近づいてくるふたりに向かって完璧なお辞儀をした。「レディ・カッタースレイ」

「レディ・ホーストン」レディ・カッタースレイはまずフランチェスカに声をかけ、続いて自分の基準よりはるかに下の称号しか持たないルシアンに会釈してから、にこやかな笑顔でロックフォード卿に顔を戻した。「にぎやかなパーティですこと。このシーズン一ですわね」

ロックフォード卿は何も言わず、問いかけるようにほほえんだ。

「今年の〝シーズン一〟はいくつあるのかな？」ルシアンが皮肉まじりにつぶやく。

レディ・カッタースレイは顔をしかめ、ぴしゃりと決めつけた。「もちろん、いちばんというからにはひとつですわ」

「あら、少なくとも三つはあるのではないかしら」フランチェスカは口をはさんだ。「まず、どれだけ人々が集まったかを基準とした場合。それは間違いなくこのパーティが勝つでしょうね。それから、飾りつけの豪華さを基準とした場合」

「もうひとつは、さしずめ誰が来たかを基準にした場合かな」ルシアンがつけ加える。

「とにかく、うちのアマンダは今夜ここに来られなかったのをとても残念がるに違いありませんわ」レディ・カッタースレイは言った。

フランチェスカはルシアンとちらりと目を合わせ、扇を開いて笑みの浮かんだ口もとを隠した。レディ・カッタースレイはどんな話題にも必ず娘たちの名前を持ちだすのだ。

レディ・カッタースレイはふたりのやりとりには気づかず、かん高い声で話しつづけた。

下の娘がふたりとも熱を出し、とてもやさしい長女のアマンダが家に残ってふたりをみているのだ、と。病気の娘たちのために家に残ろうと思ったのが長女で、母親の自分ではなかったことを自慢するなんて、いったいどういう神経かしら。フランチェスカは内心あきれながらそれを聞いていた。

なおもこまごまとアマンダの徳を話しつづけるレディ・カッタースレイに、ついに我慢の限界に達したのか、ロックフォード卿がこう言ってさえぎった。「明らかに、ご息女は聖女だね。実際、そういう女性の結婚相手には誰よりも徳のある男でなければいけない。たとえば、ヒューバート・ポールティ司祭のような。彼は実によくできた男だ。聖女のような女性の伴侶《はんりょ》にはきわめてふさわしいだろうな」

レディ・カッタースレイはぴたりと口をつぐみ、目をしばたたいて、せっせと娘を称《たた》えた努力に与えられたこの一撃から立ちなおろうと、言葉もなくロックフォード卿を見つめた。

「レディ・ホーストン、あなたの立派ないとこ殿に紹介してくださるというお約束だったと思うが?」ロックフォード卿はなめらかにもっともらしい口実を口にして、フランチェスカに腕を差しだした。

フランチェスカは笑いを含んだ目で彼を見たものの、慎み深くこう言った。「もちろんですわ。ごめんあそばせ、奥様、カッタースレイ卿、ルシアン卿」

ルシアンがまたしても彼女の耳もとに口を寄せてささやく。「この裏切り者」

フランチェスカはロックフォード卿に腕を取られて歩きだしながら、喉の奥から小さな笑い声をもらした。「わたしの立派ないとこですって？」彼女はロックフォード卿の言葉を繰り返した。「それはポートワインを好みすぎるいとこのことかしら？　それとも決闘のあと大陸に逃げだしたいとこのこと？」

黒い瞳にかすかな笑みが浮かんだ。「レディ・カッタースレイからぼくを遠ざけてくれるなら、どこの誰でもかまわないよ」

フランチェスカはあきれて首を振った。「まったく強引な人ね。あんなふうにがむしゃらに売りこんだのでは逆効果なのに。お嬢さんたちが三人とも婚期を逃すのは、もう決ったようなものね。だいたい、ぞっとするほどあからさまなやり方もさることながら、レディ・カッタースレイの期待はお嬢さんたちの可能性をはるかに超えているんですもの」

「きみはそういう事柄には専門家らしいな」ロックフォード卿はかすかにからかいを含んだ声で言った。

フランチェスカは眉を上げ、横目で彼を見た。「専門家ですって？」

「ああ、そうとも。結婚させたい娘を持つ親は、何をさておきレディ・ホーストンに相談すべきだという話を聞いたことがある。ぼくには、人の世話よりも、きみ自身がなぜもう一度夫探しをはじめないのか、それが不思議だが」

フランチェスカはロックフォード卿の腕を放して横を向き、ふたたび階下の人ごみに目をやった。「未亡人の地位がとても気に入っているからですわ、公爵様」

「公爵様だって？」ロックフォード卿は戸惑いを浮かべた。「こんなに長い知り合いだというのに？　ぼくはまたきみを怒らせたのかな？　どうも、ぼくは何か言うたびに、きみの機嫌をそこねてしまうようだ」

「ええ、たしかにあなたはわたしを怒らせるのが上手ね」フランチェスカはそっけなく答えた。「でも、今夜はべつに怒っているわけではないわ。それより、そんなことをわたしに言うのは……あなたもわたしの助けがほしいからなの？」

ロックフォード卿は笑った。「いや、とんでもない。ただ頭に浮かんだことを口にしただけさ」

フランチェスカはロックフォード卿の顔をじっと見ながら思いをめぐらせた。彼はなぜこの話題を持ちだしたのかしら？　ひょっとして、わたしが結婚を取り持っているという噂《うわさ》が流れているの？　たしかにこの数年、彼女は娘たちを相応の相手に嫁がせようとする母親や父親に何度か手を貸してきた。言うまでもなく、フランチェスカが娘たちを自分の庇護《ひご》のもとに置き、社交界の危険な荒波のなかを巧みに導いて首尾よく婚約にこぎつけたあとは、必ず親たちから感謝の贈り物が届く。だが、そういうやりとりには双方ともに細心の注意を払い、人目につかぬよう、噂にならぬように心がけている。彼女が銀の飾り皿や最高級のルビーの指輪を質屋に持ちこんだことが、誰かにもれたはずはないのに。

フランチェスカは彼の目に好奇心がきらりと光るのを見て、急いでこう言った。「あなたはそういう技術をかろんじているんでしょうね」

「いや、とんでもない。どうあっても娘を公爵夫人にしようと思い決めている母親たちを、あまりにもたくさん知っているからね」

「ほんとに。ぞっとするわ」フランチェスカは相槌《あいづち》を打った。「しかも、レディ・カッタースレイだけではなく、ほとんどの母親がまるで正反対のやり方をしているんですもの。たとえば、あそこにいる一家もそうよ」

フランチェスカは階段の下に向かってうなずいてみせた。鉢植えのやしのすぐ横に、紫一色に身を包んだ中年の女性が、ふたりの若い女性と一緒に立っている。ふたりがその女性の娘であることは、不幸にも顔立ちがよく似ていることからまず間違いない。

「自分を少しでもよく見せる術《すべ》を知らない女性に限って、娘たちの着るものを自分で選びたがるの」フランチェスカはそう言った。「ごらんなさいな、あの母親ときたら、娘たちに菫《すみれ》色のドレスを着せているわ。自分が着ている色を若くした色合いを。ところが、どんな色合いの紫も、あの三人の肌の色とは最悪の組み合わせなの。実際よりもっと青ざめて見えるのよ。それにあのドレスときたら、あまりにも飾りが多すぎるわ。あれではレースとひだとリボンしか見えない。それに、ほら、母親がひとりでしゃべりつづけ、娘たちにはひと言も口をはさませようとしないでしょう?」

「ああ、たしかに。だが、あれは極端な例に違いない。でしゃばりの母親がいなくても、あそこにいるふたりが結婚相手を見つけられる望みはたいしてなさそうだ」

フランチェスカはふんと鼻を鳴らした。「わたしならできるわ」

「いくらきみでも、それは無理だろう」魅力的な黒い瞳に笑いがきらめく。

フランチェスカは片方の眉を上げた。「わたしの言葉を疑うの?」

「きみの専門家としての知識には感服したが」彼は口もとにかすかな笑みを漂わせて言った。「いくらきみでも、うまくいかない娘たちもいるはずだよ」

笑いを含んだ彼の口調に、フランチェスカはついかっとなり、よく考えもせずにこう言っていた。「いいえ。下の広間にいるどの娘でも、このシーズンが終わるまでには婚約させてみせるわ」

こちらを苛立たせるような笑みを浮かべたまま、ロックフォード卿は軽い調子で挑んできた。「だったら賭《か》けるかい?」

フランチェスカは、自分の失言にすぐに気づいたが、ロックフォード卿に嘲《あざけ》るような言い方をされては、退くことなどできない。「いいですとも」

「広間にいるどの娘でも?」彼は念を押した。

「そうよ」

「きみの庇護のもとに置いて、このシーズンが終わる前に、相応の相手と婚約させられるんだね？」

「そのとおり」フランチェスカは冷ややかに彼を見返した。挑戦されて引きさがったことなど一度もない。「どの娘にするかは、あなたに選ばせてあげてもよくてよ」

「だが、何を賭ける？　そうだな……ぼくが勝てば、年に一度、妹と一緒に大伯母を訪問するときに、きみにも来てもらおうか」

「レディ・オデリアのところに行くの？」フランチェスカは少しばかり恐怖を感じた。ロックフォード卿の黒い瞳がきらめく。「ああ、そうとも。何しろレディ・オデリアは、きみのことが大好きだからね」

「ええ、鷹がうさぎを好きなようにね！」フランチェスカは言い返した。「でも、いいわ。わたしが負けることはありえないもの。それより、あなたが負けたらどうするつもり？」ロックフォード卿はしばらく彼女を見つめてから、こう言った。「きみの目の色と同じサファイアのブレスレットはどうかな。きみはサファイアが好きだから」

フランチェスカはつかのま彼を見つめ返し、それから目をそらして穏やかに答えた。

「ええ、好きよ。それで結構だわ」

彼女は扇を持っている手に少し力をこめ、あごを上げて、パーティの客を示した。「それで、どの娘にするの？」

ロックフォード卿は先ほどふたりが話していた魅力のない娘たちのどちらかを選ぶに違いないわ。フランチェスカはそう思った。「髪に大きなリボンを飾った娘？　それともしおれた羽根をつけた娘？」

「いや、どちらでもない」彼はそう答えてフランチェスカを驚かせ、ふたりの娘たちの後ろに立っている、質素なグレーのドレスを着た背の高い娘にあごをしゃくった。地味なドレスと髪型からすると、夫を探しているわけではなく、前にいるふたりのお目付役として付き添っているようだ。「あの娘にしよう」

コンスタンス・ウッドリーは退屈していた。ブランチ叔母が何かというと口にするように、シーズンのあいだロンドンに滞在し、こういう盛大なパーティに来ることができるだけでも感謝すべきなのだろう。だが、たくさんの舞踏会で愚かないとこたちの付き添いをするのは、少しも楽しいことではなかった。ジョージアナとマーガレットのように実際にシーズンを楽しむのと、ほかの誰かが楽しんでいるのを見ているのとはまったく違うのだ。コンスタンスが十八歳のときに父が病に倒れたため、彼女自身がロンドンでデビューするチャンスは訪れず、適齢期はとうの昔に過ぎ去ってしまった。彼女はそれから四年のあいだ、少しずつ衰えていく父の世話をしなければならなかった。そして二十二歳のときに父が他界すると、父の治めていた領地も屋敷も父の弟であるロジャー叔父のものになった。

父には男子がなく、どちらも限嗣《げんし》不動産、つまり分散を避けるために相続条件が指定されていたものだったからだ。コンスタンスに遺されたのはわずかな額の国債だけで、未婚の彼女は生きていく手立ても住む家もなくなったのだった。さいわい、ロジャー卿とその妻は、ふたりの娘を連れて移ってきたあとも、コンスタンスを追いだそうとはしなかった。

いつまでもこの家に一緒にいてくれていいのよ、とブランチ叔母は少々恩着せがましい調子で言ったものだ。だが、これまで使っていた部屋から家の裏手にあるもっと狭い部屋に移ったほうがいいでしょうね、と叔母はつけ加えた。なんと言っても、私道と公園の眺めがとても美しい大きなほうの部屋は、この家の娘たちが使うべきですもの。

いとこと同じ部屋を使わずにすむのはありがたいことよ。そこに引っこめば、心の安らぎと静けさを取り戻すことができるんだもの。コンスタンスはそう思って自分を慰め、苦い思いをのみこんで部屋を移った。

それからは、叔父夫妻とその娘たちと暮らし、いとこたちの世話から家の切り盛りまで叔母を手伝ってきた。自分を置いてくれる感謝の念から、少しでも役に立ちたいという気持ちもあったが、ただで住まわせ、食べさせる代わりに、叔母が助けを期待していることも明らかだったからだ。コンスタンスは国債からのささやかな収入もできるだけ投資にまわし、わずかな小遣いで我慢して、いつかじゅうぶんにたまり、その収入でひとり暮らしができる日を夢見ていた。

二年前、長女のジョージアナが十八歳になると、叔父夫妻はデビューにかかる費用のことを考え、末の娘が十八歳になるまで待って、ふたりを一緒にロンドンに連れてくるのがよかろうと決めたのだった。

あなたも一緒にいらっしゃい、そして付き添い役を手伝って、と叔母は鷹揚《おうよう》に言った。遅くなったけど、あなたもシーズンを楽しむといいわ、とは言わなかった。ロンドンのシーズンは、結婚適齢期の娘を持つ母親が娘をあちこちのパーティでお披露目し、結婚相手を見つける場として使われる。だが、叔母もコンスタンス自身も、彼女は夫を探せる年齢をすでに過ぎているとみなしていた。コンスタンスは決して魅力のない女性ではない。大きなグレーの瞳は表情豊かで、ところどころに燃え立つような赤が混じったつややかな暗褐色の髪もたっぷりとして美しい。だが、すでに二十八歳とあっては、間違いなく婚期を逸しているだけでなく、社交界にデビューする年齢もとうに過ぎている。淡い色のドレスを着て、髪を魅力的に結いあげる年齢ではなかった。それどころか、ブランチ叔母は、結婚をあきらめた女性がつける帽子をあなたもかぶるべきよ、としつこく言い張っていた。コンスタンスも仕方なく昼のあいだはそれをかぶっているが、パーティのときだけはどうしてもその気になれなかった。

叔父と叔母には姪《めい》を養う義務はないことを承知しているコンスタンスは、叔母の期待にできるだけ沿うようにしていた。叔母たちがそうしたのは、主として世間の非難を恐れたのと、娘たちのために無給のお手伝いがほしかったためだったが、それでも放《ほう》りだされるよりははるかにましだ。その点は、叔父夫妻に感謝している。だが、いとこたちのけんかやおしゃべりを我慢するのはとてもむずかしかった。ふたりとも愚かで、自分たちの外見に関しておかしなくらい虚栄心が強い。でも、わたしにだって虚栄心があるわ。コンスタンスはそう思った。叔母がわたしの年の未婚の女性にふさわしいという、グレーや茶色や紺のドレスを着るのは大嫌いだもの。

パーティを自分で楽しむことはできないとはいえ、きらびやかに着飾った上流階級の人々を見るのは多少の気晴らしになる。コンスタンスはいまもそうして暇をつぶしていた。彼女が見ているのは、まるで君主夫妻が臣下を見下ろすように、階段の上から広間にいるパーティの客を眺めているひと組の男女だった。〝君主〟という表現は、当たらずとも遠からずだと言えよう。ロックフォード公爵とレディ・フランチェスカ・ホーストンは、どちらもロンドンの社交界に君臨しているからだ。当然ながら、コンスタンスはそのどちらにも個人的に会ったことはない。ロックフォード卿もフランチェスカも、叔父夫妻より上流のグループに属し、ふだんはそうしたエリートたちの集まりにしか顔を出さないからだ。今夜のように大規模のパーティでないかぎり、コンスタンスにはこのふたりを見かけるチャンスすらなかった。

ふたりは階段をおりはじめ、すぐに大勢の人ごみにまぎれてしまった。叔母が彼女に顔を向けた。「コンスタンス、マーガレットの扇を捜してちょうだいな。落としてしまったらしいの」

それから何分か、勝手にマーガレットの手を離れた不届きな扇を捜していたコンスタンスは、叔母が鋭く息を吸いこみ、何かいつもと違うことが起こったことがわかるまで、ふたりの女性が近づいてくることに気づかなかった。好奇心にかられて顔を上げると、フランチェスカがこちらに歩いてくるところだった。その隣には満面の笑みを浮かべたパーティのホステス、レディ・ウェルカムがいる。

「レディ・ウッドリー、それから……」

「ロジャー卿です」叔父が名乗った。

「ええ、存じておりますわ。ロジャー卿、ご機嫌はいかが？　わたしのささやかなパーティを楽しんでくださっているかしら」レディ・ウェルカムはそう言って人々でいっぱいの大広間を片手で示し、自分の言葉に含まれたユーモアに気づいたように、弁解するような笑みを浮かべた。

「もちろんですわ、奥様。すばらしいパーティですこと。今シーズンでいちばんのパーティですわ。ええ、絶対にそうですわ。ちょうどロジャー卿に、これまでに出席したうちでいちばん見事ね、と話していたところですの」

「まあ、シーズンはまだはじまったばかりですもの」レディ・ウェルカムは慎み深くそう答えた。「七月になっても、まだ覚えていてもらえるかどうか」

「もちろん、忘れられやしませんとも」ブランチ叔母は勢いよく請けあって、花やキャンドルや飾りつけを褒め称えた。

パーティの主催者ですら、このおおげさな賞賛に少々辟易《へきえき》したらしく、レディ・ウェルカムは、最初のチャンスをつかむと急いでこう言った。「どうか、レディ・ホーストンを紹介させてくださいな」彼女は自分の横にいる女性に顔を向けた。「レディ・ホーストン、こちらはロジャー・ウッドリー卿と奥様のレディ・ブランチ。それからこちらは……愛らしいお嬢様たち」

「はじめまして」フランチェスカはほっそりした白い手を差しのべた。

「まあ、奥様！　なんという名誉でしょう！」ブランチ叔母は感激し、興奮のあまり頬を赤くして言った。「お会いできてとても光栄です。どうか、娘たちを紹介させてくださいな、ジョージアナとマーガレットですの。ほらほら、ふたりとも、レディ・ホーストンにご挨拶《あいさつ》をなさい」

フランチェスカはひとりひとりにおざなりの笑みを浮かべると、ふたりの少し後ろにいるコンスタンスに目を移した。「で、あなたは？」

「コンスタンス・ウッドリーです、奥様」コンスタンスは小さく頭をさげて名乗った。

「あら、失礼しました」ブランチ叔母がさえぎった。「ミス・ウッドリーは夫の姪で、あわれな父親が何年か前に死んでから、わたしたちと一緒に住んでいるんですの」

「それはお気の毒だこと」フランチェスカはひと呼吸置いて、こうつけ加えた。「お父様が亡くなられたのは」

「ありがとうございます、奥様」コンスタンスはフランチェスカの深いブルーの瞳に笑いがきらめくのを見て、この人はまったく違うことをほのめかしたのかもしれないわ、と思わずにはいられなかった。思わず唇に浮かびそうになった笑みをこらえ、彼女はフランチェスカの視線を礼儀正しく受けとめた。

レディ・ウェルカムはすぐに立ち去ったが、驚いたことにフランチェスカはそのあとも少しのあいだ留《とど》まり、まくし立てる叔母に礼儀正しく相槌を打っていた。それから、そろそろ失礼しなくてはならないと断ったあと、コンスタンスに向かってこうつけ加えた。

「わたしと一緒に部屋をひとまわりしてくださらない、ミス・ウッドリー？」

コンスタンスはあまりにも意外な申し出に目をぱちくりさせ、とっさに答えられなかった。それから彼女はさっと前に進みでた。「ええ、ぜひ。ありがとうございます」

叔母の許しを得なくては。それを思いだして、ブランチ叔母にちらりと目をやったものの、たとえブランチ叔母がだめだと言っても、フランチェスカと一緒に行くつもりだった。さいわい、叔母は少しばかりぼうっとした顔でうなずいただけだった。コンスタンスは前に出て、フランチェスカと並んだ。

フランチェスカはコンスタンスの腕を取り、打ち解けた調子で話しながら、大広間の縁をゆっくりまわりはじめた。

「まったく、こんなに大勢の人のなかでは、知り合いを見つけることさえほとんど不可能ね。まして誰かに出会うなんてとても無理」フランチェスカは言った。

コンスタンスは答える代わりに、にっこり笑った。フランチェスカが自分を誘ってくれた驚きがまださめず、なんだかぼうっとして、ごく普通の意見さえ何ひとつ思いつかない。ロンドン社交界の名花が自分にどんな用があるのか、見当もつかなかった。フランチェスカが自分をひと目見てぜひとも友達にしたくなったと思うほど、プライドが高いわけでも、愚かでもない。

「ロンドンのシーズンはこれが初めて？」フランチェスカは言葉を続けた。

「ええ。ちょうどわたしのデビューを予定していた年に、父が重い病気にかかったものですから」コンスタンスは説明した。「その数年後に他界しましたの」

「そうだったの」

コンスタンスはさりげなくフランチェスカを盗み見た。美しい目に浮かんでいる思いやりのこもった表情からすると、コンスタンスが言ったことよりも、はるかに多くを理解したようだ。病に倒れた父親の世話をしていたコンスタンスが、父の病が悪化したときには必死に看病し、心配で気をもんだこと、それ以外は単調な、悲しい日々を送り、のろのろと過ぎていく年月を過ごしたことも。

「お気の毒に」フランチェスカはやさしい声で言い、ややあってつけ加えた。「すると、いまは叔父様たちと暮らしているのね？　そして叔父様たちがあなたもロンドンに一緒に連れてきてくれたのね。ご親切だこと」

コンスタンスは頬が赤くなるのを感じた。いまの言葉を否定するのは、叔父や叔母をけなす恩知らずの行為だが、叔母が親切心から連れてきてくれたと認めるのは、どうしてもいやだ。そこで彼女はこう言った。「ええ、いとこたちがデビューの年になったものですから……」

「あなたは叔母様にとって、さぞ大きな助けになっていることでしょうね」フランチェスカは曖昧な言い方をした。

コンスタンスはまたしてもちらりと横を見て、ほほえまずにはいられなかった。レディ・ホーストンは愚かな女性ではないようだ。ブランチ叔母がコンスタンスを一緒に連れてきた理由を、ちゃんと承知している。それがコンスタンスのためではなく、叔母自身のためだったことを。この人はいったい何を企《たくら》んでいるのかしら？　そう思いながらも、コンスタンスは彼女を好きにならずにはいられなかった。レディ・ホーストンは上流階級にありがちな冷ややかな性格ではなく、温かい心の持ち主のようだ。

「でも、せっかくロンドンを訪れたのですもの、あなた自身も少しは楽しまなくてはいけないわ」

「いくつか美術館に行きましたわ」コンスタンスは答えた。「とても楽しいひとときを過ごしました」

「そう？　それはとてもよかったこと。でも、わたしが考えていたのは、もっと……そうね、たとえば買い物とか」

「買い物？」コンスタンスはこの会話にいっそう当惑して訊《き》き返した。「なんのためにですの、奥様？」

「あら、わたしは買い物の目的をひとつに限ったことは一度もないのよ」フランチェスカは唇の端をきゅっと上げてほほえみ、そのせいでどことなく満足した猫を思わせる顔になった。「それではつまらないもの。買い物に行くときは、いつも行く先で何が見つかるか、わくわくしながら出かけるの。よかったら明日一緒にどう？」

コンスタンスは驚いて彼女を見た。「なんですって？」

「ただの買い物よ」フランチェスカはくすくす笑いながら言った。「そんな顔をすることはなくてよ。約束するわ。恐ろしいことなど何もない、とね」

「ご、ごめんなさい」コンスタンスはまたしても赤くなった。「ばかな娘だと思われたに違いありませんわね。ただ、ご親切な申し出があんまり思いがけないものだったので。でも、ええ、ぜひともご一緒したいですわ。ただ、お断りしておきますが、買い物はあまり得意ではありませんの」

「あら、心配はいらなくてよ」フランチェスカは青い目をきらめかせて答えた。「買い物なら、わたしはふたり合わせてもまだお釣りがくるほどの専門家ですもの」

コンスタンスはほほえまずにはいられなかった。この人が何を考えているにせよ、明日は叔母やいとこたちと離れて過ごせる。そう思っただけで心が弾んでくる。それにロンドンの著名な貴族がわたしを買い物の連れに選んでくれたことを知ったら、ブランチ叔母がどんな顔をすることか。そう思うと、少々意地の悪い満足を感じた。

「では、そうしましょう。明日お迎えにあがるわ。そうね、午後一時ごろに。ふたりで思いきり楽しみましょうね」

「ご親切にありがとうございます」

晴れやかな笑みを浮かべ、フランチェスカはコンスタンスの手に自分の手を重ねてから、離れていった。コンスタンスは夢心地でその後ろ姿を見送った。フランチェスカ・ホーストンが自分にこれほど興味を持ったわけは見当もつかないが、それを突きとめるのはさぞ楽しいことだろう。

きびすを返し、先ほど叔父夫妻と立っていた場所に目をやったが、大勢の人々で彼らの姿はまったく見えなかった。これなら、フランチェスカと別れたのも、叔母にはわからない。ブランチ叔母の監視の目がないところで、少しのあいだのんびり過ごしてもばちは当たらないはずよ。

コンスタンスは周囲に目をやり、廊下に出る戸口を見つけて静かに広間を出ると、人ごみから離れ、数人ずつかたまって話している人々をまわりこんだ。廊下を歩いていっても、誰ひとり目を向けようともしない。地味なドレスにも多少は都合のよい点もあるわね。コンスタンスは皮肉たっぷりにそう思った。

最初の廊下よりも細い、べつの廊下に折れて少し進むと、半開きの両扉の前を通りかかった。そこは図書室だった。コンスタンスは嬉《うれ》しくなってなかに入った。とても広い部屋で、天井まで届く書棚が窓以外の壁のすべてを占領している。コンスタンスは喜びのため息をもらし、何列も並ぶ書籍の背表紙を読みはじめた。

彼女の父は学者肌で、所有地の帳簿を見るよりもここにあるような本に夢中になることが多かったから、家の図書室もさまざまな種類の本でいっぱいだった。だがもちろん、この部屋よりはずっと小さかったので、蔵書はここにある本の三分の一にも満たなかった。

向かいの壁の書棚へと向かい、書名を読んでいると、誰かが大理石の廊下を走ってくる足音がして、すぐにひとりの男がまるで悪鬼にでも追われているような顔で、図書室に駆けこんできた。自分を見てびっくりしているコンスタンスに気がつくと、驚いたようにつかのま足を止めた。

それから唇にひとさし指を当てて〝静かに〟と合図し、ドアの後ろに姿を隠した。

2

この一風変わった行動をどう考えればいいのかわからず、コンスタンスは驚いて目をしばたたき、少しためらってから開いている戸口へと歩きだした。するとせかせかした足音がして、今度は女性が戸口に姿を現した。

こちらはずんぐりした女性だった。薔薇《ばら》色のサテンのドレスに、暗褐色の薄絹のオーバードレスという、思わずはっとするようないでたちだ。が、美しい素材も流行《はやり》の色も、残念ながら中年の体向きとは言えなかった。眉間《みけん》に深いしわを寄せたしかめ面も、その外見を改善する役には少しも立っていない。

その女性はかすかに非難をこめた目でコンスタンスを見て、噛《か》みつくように問いただした。「子爵を見なかった?」

「この図書室で、ですか?」コンスタンスは問いかけるように眉を上げた。

女性はおぼつかなげな顔になった。「たしかにありそうもないわね」彼女はちらりと廊下に目を戻してから、図書室に入ってきた。「でも、レイトン子爵がこちらに来たのを、

「たしかに見たのよ」

「ついさっき、殿方が廊下を走っていきましたわ」コンスタンスは明るい声で嘘《うそ》をついた。「大廊下に曲がったようでしたが」

女性の目が鋭く光った。「ああ、きっと喫煙室に向かったのね」

彼女はきびすを返し、急いで獲物を追っていった。

足音が遠ざかり、聞こえなくなると、先ほどの男がドアの陰から出てきてドアを半分閉め、おおげさに安堵《あんど》のため息をついた。

「親愛なるレディ、ぼくは永遠にあなたに借りができました」彼はチャーミングな笑顔でそう言った。

コンスタンスもついほほえみ返していた。彼はハンサムな男性だった。明るい笑顔と気の置けない物腰が、いっそうその魅力を引き立てている。標準よりも少し背が高く、彼の頭はコンスタンスより十五、六センチ上にあった。細いが引きしまった体は、隠れた強さを感じさせる。上等な服で正装しているが、黒いスーツと白いシャツをまるで普段着のように無造作に着こなし、襟もとのアスコットタイの結び方も粋《いき》だがシンプルで、伊達《だて》男のようなひだやフリルはひとつもなかった。夏の湖のように深い青の瞳に、表情豊かな大きめの口、片側の深いえくぼがなんとも言えず魅力的だ。いまのようにほほえむと、美しい目が楽しげにきらめき、まわりにいる人々を引きこんでしまう。日に焼けてやや明るい色が混じったダークブロンドの髪は、流行よりもほんの少しだけ長めで、従者の技術のせいというよりも、たぶん頻繁にかきあげるために少し乱れている。

嫌いになるのがむずかしいタイプの人ね。コンスタンスはそう思った。そしておそらく自分が人に与える、とくに女性に与える効果を、よく知っているに違いない。珍しくこんなに胸がときめくのは、彼がどれほど魅力的かという証拠だわ。彼女はそう思いながら、みぞおちのなかでひきつれる神経を抑えつけた。心をくすぐるような笑顔やハンサムな男たちに心を乱されてはだめよ。なんといっても、わたしはもう結婚の対象にはならないのだし、ほかの選択肢は考えられないのだから。

「レイトン子爵ですわね?」彼女は明るい声で言った。

「残念ながら、なんの因果かそうなんだ」彼はそう答え、心のこもった礼をした。「きみの名前は、レディ?」

「レディではありませんわ」彼女は答えた。「それに見知らぬ殿方に名前を教えるのは、とても不適切なことよ」

「しかし、その見知らぬ男とふたりきりで部屋にいるほど不適切ではないよ」彼は言い返した。「それに、きみが名前を教えてくれれば、ぼくらはもう見知らぬ者どうしではなくなって、すべてが申しぶんなく礼儀にかなう」

コンスタンスはこの理屈に笑わずにはいられなかった。「わたしはミス・ウッドリー、ミス・コンスタンス・ウッドリーよ」

「ミス・コンスタンス・ウッドリー」彼は繰り返しながら近づき、きっぱりした調子で言った。「さあ、今度はきみの手を、ぼくに差しのべる必要がある」

「あら、そう？」コンスタンスは目をきらめかせて訊《き》き返した。若い男性と、いえ、どんな男性とも、最後にこういう軽いやりとりをしたのはいつのことだったか、思いだせないくらいだ。彼女はとても楽しんでいた。

「もちろんだ」彼は真剣な顔で言った。「そうしてくれなければ、どうやってきみの手にお辞儀をしたらいいんだい？」

「でも、先ほど適切なお辞儀をなさったわ」コンスタンスは指摘した。

「でも、きみの手を握る幸運には恵まれなかった」

コンスタンスは片手を差しだした。「ずいぶん粘り強い方」

彼はコンスタンスの手を取り、その上に頭をさげ、普通よりも少し長く握っていた。そしてようやく彼女の手を放すと、にっこり笑った。コンスタンスはその笑みに、足の爪先まで温かくなるのを感じた。

「これでぼくらは友達だ。だから、すべてが適切だね」

「友達？　ただの知り合いの間違いでしょう？」

「でも、きみはレディ・タフィントンからぼくを救ってくれた。それだけでも友達だと言えるさ」

「では、友人としてうかがうわ。なぜレディ・タフィントンから逃げて図書室に隠れていらっしゃるの？　先ほどのレディは、殿方がドアの陰に逃げこまなくてはならないほど恐ろしくは見えなかったわ」

「そんなことを言うのは、レディ・タフィントンを知らないからだ。彼女は何よりも恐ろしい生き物、〝娘の結婚相手を探している母親〟なんだよ」

「だったら、わたしの叔母にもでくわさないように気をつけなくてはね」

彼はくすくす笑った。「そういう母親ときたら、どこにでもいるからな。いつか伯爵になるという見通しは、ほとんどの母親が抵抗できない魅力らしい」

「熱心に求められるのを喜ぶ殿方もいるでしょうに」

彼は肩をすくめた。「たぶん……ぼくの称号ではなく、ぼく自身を求めてくれるならね」

いいえ、レイトン卿《きょう》は称号以外にもたくさんの魅力を買われて、追いかけられているに違いないわ、とコンスタンスは思った。なんといっても、すばらしくハンサムなうえにとてもチャーミングだもの。だがもちろん、そんなことはとても恥ずかしくて口に出せない。

彼女がためらっていると、彼はこう言った。「それで、きみの叔母さんは、誰のために夫を探しているんだい？」彼はコンスタンスの結婚指輪のない手をちらりと見た。「きみではなさそうだ。もしもそうなら、すぐに見つかるだろうから」

「ええ、違うわ。わたしはとうに婚期を過ぎているもの」コンスタンスはかすかな笑みを浮かべ、この言葉をやわらげた。「わたしがここにいるのは、いとこたちに付き添う手助けをするため。ふたりとも社交界にデビューしたんですの」

「付き添いだって?」彼は片方の眉を上げ、ほほえんだ。「ばかげて聞こえたら許してほしいが、きみは付き添いになるには美しすぎる。叔母さんには気の毒だが、そのお嬢さんたちの求婚者は、きみに会いに来ることになるな」

「まあ、お世辞が上手だこと」コンスタンスはちらっとドアに目をやった。「そろそろ行かなくては」

「ぼくを見捨てて? まだいいじゃないか。あと少しぐらいきみがいなくても、そのいとこたちは生きのびるよ」

正直に言えば、コンスタンスも立ち去りがたかった。ハンサムな子爵と軽いやりとりをしているほうが、いとこたちの後ろに立って、ほかの人々が話し、楽しげに笑うのを見ているよりもはるかに楽しい。だが、そろそろ戻らないと、ブランチ叔母が捜しに来るに違いない。この部屋に見知らぬ男とふたりきりでいるところを、ブランチ叔母に見られたくなかった。それに叔母がレイトン卿と会い、彼を追いかける母親たちのひとりになるのはもっといやだ。

「ええ、たしかに。でも、いつまでも義務を怠るわけにもいきませんもの」彼女は片手を差しだした。「ごきげんよう」

「ミス・ウッドリー」彼はその手を取り、笑顔で彼女を見下ろした。「きみはぼくの夜をかなり明るくしてくれた」

コンスタンスはにっこり笑った。自分ではまったく気づいていなかったが、思いがけぬ楽しいひとときにグレーの瞳がきらめき、頬が薔薇色に上気して、彼女はとても美しく見えた。地味なドレスと髪型さえ、その美しさを隠すことはできなかった。

レイトン卿は彼女の手をすぐに放そうとはせず、じっと見つめている。それから、ついとかがみこんで唇を重ねてきた。

コンスタンスはぎょっとして、体をこわばらせた。あまりにも予期せぬ展開に、とっさに身を引くことができず、少したつと離れがたくなった。彼の唇が軽く、やわらかく、彼女の唇に触れてくる。羽根のようなキスだったが、全身がちりちりした。そろそろ離れるわ。コンスタンスがそう思ったとき、驚いたことに彼はキスを深め、唇を強く押しつけて、やさしく、巧みに、彼女の唇を開かせてしまった。コンスタンスは本能的に両手を彼の胸に当てた。激怒して、突き飛ばすために。ええ、そうすべきだということはちゃんとわかっていた。

だが、思いがけない快感に襲われて、気がつくとジャケットの襟をつかんで、しがみついていた。レイトン卿は腕を腰にまわして彼女を引き寄せながら、もうひとつの手をうなじに当て、むさぼるようなキスを続けた。

いまにも膝の力が抜けそうだったから、彼の支えはありがたかった。実際、体に力がこもらなくなり、このままとけてしまいそうになる。こんな経験は初めてだった。十九歳でガレス・ハミルトンに恋をしていたときでさえ、こんなふうに自分を抑えられなくなったことは一度もない。ガレスにキスされ、プロポーズされたときは、夢のように甘いひとときに酔ったものだった。病の重くなった父を看病するために断るしかなかったときは、そのせいでよけいつらかった。だが、レイトン卿の抱擁は甘いどころか、激しくて、容赦ないと言ってもいいくらい。彼のキスは火傷《やけど》しそうなほど熱かった。それに彼のことはほとんど知らないのに、こんなにも体が震え、まるで理性が働かない。

レイトン卿が顔を上げた。ふたりとも自分では認めたくないほど心を乱されて、少しのあいだはただ見つめあっていた。やがて彼は息を吸いこみ、一歩さがって、コンスタンスを放した。コンスタンスは何も言えずに目をみひらき、彼を見つめた。それからきびすを返して急いで部屋を出た。

ありがたいことに、図書室の外の廊下には誰もいなかった。いまの自分がどんなふうに見えるか、想像もできない。この気持ちがそのまま外に出ていたら、きっとみんなににじろじろ見られるに違いない。心臓が早鐘のように打ち、神経がばらばらになりそうだ。

廊下を半分ほど行ったところに鏡を見つけ、コンスタンスは自分の状態を見るためにそれに歩み寄った。目がやわらかく輝き、頬が上気して、唇が赤い。コンスタンスは、ついさっきよりもきれいに見えると思った。何をしていたか、ほかの人々にもひと目でわかってしまうかしら?

かすかに震える手で、彼女はうなじにまとめたシニョンのなかにほつれ毛を戻し、何度か深く息を吸いこんだ。だが、外見と違って乱れた心はそれほど簡単に静まってはくれなかった。体がほてり、さまざまな思いが胸のなかで渦巻き、転がり、もつれあって、容易に落ち着きを取り戻せそうにない。

レイトン卿は、なぜわたしにキスをしたの? 彼は無力な女性を利用するために誘惑するのを、なんとも思わない卑劣な女たらしなの? コンスタンスにはそうは思えなかった。紺碧《こんぺき》の瞳のあのチャーミングなきらめきといい、気の置けないユーモアのセンスといい、レイトン卿はハンサムなだけでなく、とても好ましい人柄に見えた。だが、女たらしはみんなそうなのかもしれない。ええ、それは筋が通っている。チャーミングなほうが女性を誘惑するのはずっと簡単だもの。

それでも、レイトン卿がそんなひどい男だとは思いたくない。それに、顔を離したときの彼は、驚きの表情を浮かべていたわ。まるで、ふたりのあいだにあんなことが起るとは、まったく予測していなかったかのように。それに、彼はキス以上のことはしなかった。あのキスですっかり我を忘れ、わたしは何をされても言うなりになっていたに違いないのに。彼が自分から離れたのは、女の隙《すき》につけこむような卑怯《ひきよう》な男ではなく、紳士だという証拠よ。そうでしょう？

たしかに彼はキスをするつもりだった。それも、ほんの気まぐれで。だが、最初はからかうようなキスが、途中から情熱的になった。いたずらのつもりが、わたしと同じように我を忘れたの？

コンスタンスは口もとをほころばせた。あのキスに夢中になったのは、自分だけではなかったと思いたかった。

鏡のなかの自分にもう一度目をやる。こんな地味なドレスを着ているのに、レイトン卿がわたしをきれいだと思ったなんてことがあるかしら？　コンスタンスは鏡をじっと見た。感じのよい卵形の顔に、釣り合いのとれた目鼻立ち。こうして見ると、二十歳のころとそれほど変わったようには思えない。あのころ、このグレーの瞳と暗褐色の髪が美しいと言ってくれた男性は、ガレスだけではなかった。レイトン卿は冴《さ》えない外見のなかに、昔のきれいな娘を見てくれたのだろうか？

そう思いたかった。ただ簡単に落とせそうだと思ったからではなく、魅力的な女性、男心をそそる女性だと思ってくれたからだ、と。

ばかね、レイトン卿がどう感じたか、どうしてわかるの？　自分の気持ちすらわからないのに！　だけど、これだけはたしか。わたしは彼をひと目で好ましいと思った。彼と話すのは楽しかった。でも、それだけではなく、もっと何か……彼が図書室に入ってきた瞬間に何かを感じたのよ。わたしを見たときの彼のまなざしに。あの笑顔に、爪先まで温かくなった。彼に対する奇妙な、泡立つような興味を、いえ、興奮を感じて、胸がときめいたの。それから彼にキスされると……感じたことのない気持ちになった。まさかこのわたしがあんなふうになるとは。わたしが感じたのは欲望だった。若い女性を待ち受ける恐るべき罠《わな》だと、はるか昔から警告されてきた情熱、破滅に至る道へとつながる欲望だった。

コンスタンスはこれまで、一度としてそれを感じたことはなかったから、自分は欲望などとは無縁な存在だと思いこんでいた。なんと言っても、二十八にもなるのだし、恋をする可能性などとうの昔に過ぎてしまったのだ。そう思ったとたん、またしても口もとにひそかな笑みが浮かんだ。でも、どうやら欲望を感じる年は、まだ過ぎていなかったようね。

彼女は廊下を戻り、ふたたび大広間に入った。混雑した広間に息がつまりそうになりながら、わんわんと響く話し声と大勢の人々のあいだを縫うようにして広間を横切り、ようやく叔父と叔母のところにたどり着いた。

驚いたことに、叔母はすぐに戻ってこなかったことを責めるどころか、満面の笑みを浮かべ、腕をつかんでコンスタンスを引き寄せた。

「あの方はなんて言ったの？」ブランチ叔母は、周囲の話し声と音楽でかき消されないように身を乗りだし、顔を近づけて熱心に尋ねると、返事を待たずにつけ加えた。「レディ・ホーストンがわたしたちに関心を持ってくださるなんて！　レディ・ウェルカムが彼女を紹介してくれたときには、驚きのあまり心臓が止まるかと思ったわ！　レディ・ホーストンのような方がわたしたちに目を留めたばかりか、知り合いになりたがるなんて思ってもみませんでしたよ。ねえ、あの方はなんて言ったの？　どんな方なの？」

コンスタンスの頭のなかは、フランチェスカと広間を歩いたあとに起こったことでいっぱいで、彼女との話に思いを戻すのは少しばかり努力が必要だった。

「とてもやさしくて感じのよい方よ。大好きになったわ」

明日、買い物に連れていってくれるという申し出を、叔母に話すべきだろうか？　だが、いま考えてみると、あれはその場の気まぐれだったとしか思えない。レディ・ホーストンとの会話は楽しいものだったが、彼女のような女性が友人になるためにコンスタンスをわざわざ誘いだしてくれるなんて、ひどくばかげているように思えた。

たしかにウッドリー家は、チューダー王朝までさかのぼる立派な家柄だ。だが、父はたんなる準男爵だったし、裕福でもなかった。コンスタンスは父と静かに田舎で暮らし、ロンドンに来たことさえなかったくらいだ。

その自分に、フランチェスカのような女性がなぜわざわざ声をかけ、誘ってくれたのか、コンスタンスには想像もつかなかった。酔っているようには見えなかったが、きっとパンチを飲みすぎたに違いないわ。理由はともかく、明日にはもう忘れているに決まっている。たとえ覚えていたにせよ、誘ったことを後悔するに違いない。いずれにせよ、フランチェスカが明日ほんとうに迎えに来るとは思えない。叔母様によけいな話をして、ほらみたことか、と言われるより、何も言わないほうが無難だわ。コンスタンスはそう思った。

「でも、あの方はなんと言ったの?」ブランチ叔母は苛立《いらだ》たしげに尋ねた。「何を話したの?」

「ごく普通のことよ」コンスタンスは答えた。「以前もロンドンに来たことがあるかと訊かれたので、いいえと答えたわ。すると、ここにいるあいだに楽しむべきだ、と言ってくださったの」

叔母はあきれた顔になった。「まさか、自分のことしか話さなかったわけではないでしょうね」

「いいえ。レディ・ホーストンはこう言ったわ。わたしを一緒に連れてきてくれて、叔母様は思いやりがある、と」ブランチ叔母がこの情報に満足し、あれこれ訊くのをやめてくれることを願って、コンスタンスはそう言った。

だが、この言葉はむしろ反対の結果をもたらした。ブランチ叔母はすっかりレディ・フランチェスカ・ホーストンに夢中になり、パーティにいるあいだだけでなく、雇った馬車で帰宅する途中も、フランチェスカの容姿や、血筋、美徳についてしゃべりつづけた。ほんの三、四分話しただけの叔母に、フランチェスカの美徳がどうしてわかるのか、コンスタンスには見当もつかなかった。

「非の打ちどころのないレディね」ブランチ叔母は感激してため息をついた。「ほんの少し派手すぎると言う人々もいるでしょう。でも、わたしはそうは思わないわ。ええ、ちっとも。あの方は完璧《かんぺき》だわ。それにあのドレス。きっと最高のお店で仕立てたのね。レディ・ホーストンは〈ミル・デュ・プレシス〉がお気に入りだそうよ。いつも流行の先端のものをお召しになってるわ。ご実家もそれは立派な家柄なのよ。亡くなったご主人と同じく、お父様も伯爵でいらっしゃるの」叔母はまるで夢見るような目をしてそう言った。

「そんな方がわたしたちに関心を持ってくださるとは……すばらしい幸運でなくてなんでしょう。レディ・ホーストンが後ろ盾になってくださったら、どれほどジョージアナとマーガレットの役に立つことか！」

でも、レディ・ホーストンはジョージアナとマーガレットに特別関心を示した様子はなかったわ。ええ、理由はまったくわからないが、彼女はわたしひとりを選んだようだった。コンスタンスはそう思ったものの、叔母には何も言わなかった。

ブランチ叔母は長女のジョージアナを見た。「今夜はいつにもましてきれいだったわよ、ジョージアナ。だからレディ・ホーストンがわたしたちに目を留めたに違いないわ。わたしたちが買ったそのドレスは、とても愛らしいもの。仕立て屋がもう少しひだをつけてくれたら、もっとよかったのに」

コンスタンスは今度もよけいな口出しを控えたが、彼女に言わせれば、ジョージアナのドレスはいまでもひだが多すぎる。もしもそれがフランチェスカの注意を引いたのだとすれば、エレガントな装いの彼女がぞっとしたからだとしか思えない。叔母といとこたちはギャザーやひだやリボンが大好きで、どのドレスにも、とても魅力的とは言えないほどごてごてと飾りをつけたがる。だが、コンスタンスには、ジョージアナのひだはそうでなくても肉付きのいい体をもっとずんぐり見せるだけで、顔のまわりの凝った巻き毛も丸い顔をいっそう丸く見せるだけだとしか思えなかった。

とはいえ、もう少しあっさりしていたほうが着映えがすると善意から助言しても、いとこたちやブランチ叔母を怒らせるばかりで、嫉妬《しっと》していると思われるのが落ちということはとうの昔に学んでいた。

そこで彼女は何も言わなかった。ブランチ叔母といとこたちは、フランチェスカと知り合いになったことがどんなふうに役立つか、次のパーティに着ていくドレスをどうすればもっと飾り立てられるか、楽しそうに話している。コンスタンスはほとんど彼らの話を聞いていなかった。彼女の思いはそこから遠く離れていたからだ。ふだんの彼女なら、なぜフランチェスカが自分に関心を持ったのか、ほんとうに明日迎えに来るかどうかをあれこれ考えたに違いない。だが、今夜コンスタンスの頭を占領しているのはべつのことだった。馬車をおり、借家にある自分の小部屋へと階段を上がるあいだも、ドレスを脱ぎ、豊かな長い髪に丹念にブラシをかけるあいだも、彼女は笑いを含んだ紺碧の瞳の子爵のことを考えつづけた。そして横になったあとも、一時間はこう思って眠れなかった。もう一度どこかであの方と会えるかしら？

翌朝、コンスタンスはいつもよりも念入りに身支度を整えた。迎えに来るというフランチェスカの約束をあてにして期待に胸を躍らせないように努めたものの、その可能性を無視して、冴えない外出着で出かけるはめになるのは愚かだ。そこで彼女は茶色い綿モスリンで仕立てたいちばんいい外出着を身につけた。叔母が〝あなたの年齢の未婚女性には必需品よ〟と主張する〝オールドミスの帽子〟はつけたものの、髪をいくすじか外に引きだし、くるくる巻いて顔を縁どった。流行の服を身につけたフランチェスカと出かけるのに、あまりにやぼったい格好はしたくなかった。

一時になってもフランチェスカが姿を現さないと、コンスタンスはあまり失望しないようにと自分に言い聞かせた。昨夜の出来事がレディ・ホーストンの気まぐれだったのは、わかっていたはずよ。たぶんわたしを誰かと間違えたか、壁の花になっていたわたしを気の毒に思ったのね。でも、今朝はもう気が変わった。

とはいえ、少しばかり気落ちするのは止められなかった。昨夜のレディ・ホーストンはとても親切で温かい人柄に見えた。それに正直に認めれば、社交界でもとりわけ目立つ貴婦人に関心を持たれたことに自尊心をくすぐられていたのだった。何よりも、レディ・ホーストンとの出会いは、ロンドンに来てからの退屈な毎日に活気をもたらしてくれた。

正直な話、コンスタンスは、首都のきらきらした世界より田舎の静かな暮らしのほうがよかったと思いはじめていたところだった。たしかにロンドンのパーティは田舎町の催しよりもはるかに規模が大きいし、贅《ぜい》をつくしている。だが、ここには知り合いが誰もいないため、ほとんどの時間を叔母やいとこと一緒に立っているか座って過ごさねばならない。おまけに付き添い役のコンスタンスは、家具や壁紙と同じような存在だった。踊りに誘われることもなく、叔母やいとこたちが誰かと話しているときも、めったに言葉をかけられることもない。叔母たちが彼女も会話に含めてくれれば、ほかの人々も声をかけてくれるのだろうが、叔母は決して誰のこともコンスタンスに紹介しようとしなかった。数少ない知り合いが娘たちの夫探しの手助けをしてくれることを願って、彼らを誰とも分かちあいたくないかのように。

そのため、コンスタンスの楽しみといえば、美しい部屋やドレスを眺め、さまざまな招待客を観察するぐらいしかない。だが、この楽しみは回を重ねるごとに色褪《いろあ》せ、最近はどのパーティでも退屈し、家に留《とど》まって読書をしていたかったと思うのだった。

昼のあいだも、同じように退屈だった。コンスタンスはまだ十代のころから父に代わって所有地や屋敷を管理していた。それがロジャー卿のものとなったあとも、ブランチ叔母は一家の采配《さいはい》をふるうのは喜んで引き継いだものの、同じように喜んで、滞りなく切り盛りするために必要な実際の仕事のほとんどをコンスタンスに任せていた。だが、ロンドンで借りた家にいる召使いの数はずっと少なく、そのうえ叔母がロンドンで雇った家政婦がとてもてきぱきと仕事をこなしてしまうので、コンスタンスのすることはほとんどない。村の小村では一日の大半を占めていた近所づき合いも、ロンドンではまったくなかった。村の小作人や司祭夫妻、いまでは引退している父の昔の弁護士などを定期的に訪問するのもコンスタンスの務めだったし、友人や隣人も訪ねていた。一方、ロンドンでは叔父一家以外に知人はなく、彼らとはほとんど共通点がない。ブランチ叔母やいとこたちが話題にするのは夫と結婚とドレスのことばかり、ロジャー叔父は一日の大半をクラブで過ごし、家にいるときは書斎に引きこもっている。おそらくそこで、誰にも邪魔されずにうとうとしているのだろう。

何よりも困るのは、村にいるときと違って、ロンドンでは気が向いたときにのんびり散歩ができないことだった。叔父と叔母が言うことには、ここではメイドも連れずに外を歩くのは、体面が悪いばかりか危険でもあるらしい。そして、〝散歩などという愚かでレディらしからぬ行為に、メイドを割りあてるなんてとんでもない話〟なのだ。

退屈し、行動を制限されていたコンスタンスは、どうやら自分でも認めたくないほどこの外出のチャンスを楽しみにしていたらしく、午後の時間がのろのろと過ぎていくにつれ、失望はいやますばかりだった。

二時になる少し前、コンスタンスの見るかぎり、どちらにもこれっぽっちの関心も示したことのない男爵をめぐって、自分のほうが好かれていると、ジョージアナとマーガレットが言い争いをはじめた。それにうんざりしたコンスタンスが、二階の部屋に引きとろうかと思いはじめたとき、客間係のメイドがフランチェスカの到着を告げに来た。

「あらまあ！」ブランチ叔母はまるで誰かにつねられたように飛びあがった。「ええ、ええ、もちろんよ。お通ししてちょうだい」

もっといい服を着ていればよかったとつぶやきながら、叔母は急いで髪を覆っている帽子を整え、スカートをなでつけた。「その巻き毛をピンで留めなさい、マーガレット。ほらほら、ふたりとも立ちあがって。コンスタンス、刺繍《ししゅう》を片付けてちょうだいな」

コンスタンスは叔母がぱっと立ったときに落とした刺繍の枠を拾いに行き、それを裁縫かごにきちんと入れた。そのせいで、フランチェスカが客間に入ってきたときは、戸口に半分背を向け、かがみこんでいた。ブランチ叔母はフランチェスカの手を取ろうと両手を差しのべ、急いで進みでた。

「なんという名誉でしょう。どうかお座りくださいな。いますぐお茶を運ばせますわ」

「いえ、結構よ」緑色のシルクの散歩用外出着を着たフランチェスカは、まるで絵のように美しかった。彼女は包みこまれた手を引っこめながら叔母にほほえみ、マーガレットとジョージアナのほうに曖昧《あいまい》に会釈した。「ゆっくりできませんの。ここにはミス・ウッドリーを迎えに来ただけですのよ。彼女はどこかしら?」

フランチェスカは叔母の後ろにいるコンスタンスに目を移した。「あら、そこにいたのね。行きましょうか?　馬を待たせると御者が怒るのよ」彼女はブルーの瞳をきらめかせてこの愚かな発言に微笑した。「今日の買い物のことを忘れてしまったのかしら?」

「もちろん、忘れてなどいませんわ。ただ……ほんとうにいらっしゃるかどうかよくわからなくて」

「あら、どうして?」フランチェスカは驚いて眉を上げた。「わたしが遅かったから?　だったら気にしてはだめよ。誰にでも訊いてみてちょうだいな、わたしはいつも驚くほど遅れるの。どうしてそうなるのか、自分でもわからないのよ」

この人がどんなに遅れても、きっとほとんどの人は怒りつづけていられないんだわ。フランチェスカが愛らしく肩をすくめるのを見て、コンスタンスはそう思った。

「買い物に行かれるんですの?　コンスタンスと?」ブランチ叔母はあんぐり口を開けて、フランチェスカを見つめた。

「かまわないかしら?」フランチェスカは答えた。「ミス・ウッドリーに、新しい帽子を選ぶ手伝いをお願いしたの。ふたつの候補のうち、どちらがいいかどうしても自分では決められなくて」

「まあ」ブランチ叔母は目をぱちくりさせた。「ええ、あの、もちろんかまいませんわ」叔母は混乱と苛立ちの入りまじった顔でちらっとコンスタンスを見て、続けた。「姪《めい》をご一緒させてくださるなんて、とてもご親切なことですもの」

コンスタンスはこの招待を叔母に黙っていたことにかすかな罪悪感を覚えた。とはいえ、フランチェスカがすぐそこにいるのに、本気なのかただの気まぐれなのかわからなかった、と説明することもできない。「ごめんなさい、ブランチ叔母様。すっかり話すのを忘れていたの。許してくださるといいけど」

フランチェスカの機嫌をそこねたくなければ、ブランチ叔母はこの外出に同意するしかない。コンスタンスは叔母がその事実に気づいてくれることに望みをかけていた。さもなければ、叔母のことだ、つむじを曲げて断ってしまうかもしれない。

さいわい、叔母もそこまで愚かではなかった。「もちろんですよ、コンスタンス。あなたも気晴らしをする資格があるわ」それからゲストに向かってこう言った。「親愛なるコンスタンスの助けがなければ、どうすればいいかわかりませんのよ。娘たちの付き添いの手助けをしにロンドンに一緒に来てくれて、とても助かっていますの」ブランチ叔母はふたりの娘に愛情のこもったまなざしを投げた。「ふたりの元気いっぱいな娘に目を光らせているのはとてもむずかしいんですもの！　それにロンドンでは、毎晩のようにパーティがあって！」

「ほんとうに。明日のレディ・シミントンの舞踏会にもいらっしゃるの？　そこでお会いできたら嬉《うれ》しいわ」

ブランチ叔母は、丸い顔に笑みを張りつけたまま、まるで虫でものみこんだような表情になり、それからようやくこう言った。「その……招待状は、どうやらなくしてしまったらしくて……」

「まあ、そんなことをおっしゃらないで。もし、行かれるおつもりなら、わたしの招待状をお使いになればよろしいわ」フランチェスカはさりげなくそう言った。「みなさんにそこでお目にかかれないのは、とても残念ですもの」

「まあ、奥様！」ブランチ叔母はぱっと顔を輝かせた。レディ・シミントンは社交界の重鎮で、叔母はシミントン家の舞踏会に自分たちが招かれていないことを、この一週間、嘆きつづけていたのだった。「ご親切にありがとうございます。ええ、ええ、もちろん、明日の夜、レディ・シミントンの舞踏会でお会いしますわ！」

すっかり舞いあがった叔母は、夫の姪であるコンスタンスに、楽しんでおいで、と言葉をかけたくらいだった。コンスタンスは叔母にふたりのいとこを押しつけられる前に、急いで帽子をかぶり、手袋をつけ、フランチェスカに従って家を出た。

家を出られるのは嬉しかったが、フランチェスカがこんなことをする目的にまたしても思いをはせずにはいられなかった。ロンドンの社交界でもっとも閉鎖的な舞踏会への招待状を気前よく与えたからといって、もちろん、フランチェスカにはとくに失うものはない。彼女が招待状なしに戸口に現れても、追い返す人間などいないはずだから。でも、どうして？　どうしてレディ・フランチェスカ・ホーストンはブランチ叔母に招待状を与えたの？　コンスタンスは不思議だった。叔母の苦しまぎれの言い訳を信じるふりをしたところを見ると、レディ・ホーストンはなかなか思いやりのある女性のようだ。でも、この人がわたしやわたしの親戚《しんせき》に示す関心は、親切なだけでは説明がつかない。

フランチェスカ・ホーストンが、コンスタンスやブランチ叔母、ふたりのいとこをひと目見て好きになり、レディ・ウェルカムに紹介を求めたとはとても考えられない。だいたい、まるで気が置けない友人のように、一緒に広間を歩きたいと彼女がコンスタンスを誘ったときには、まだろくに言葉もかわしていなかった。そのうえ買い物に招き、実際にこうして迎えにやってきた。そしてレディ・シミントンの舞踏会へ行く手段を与え、ブランチ叔母を巧みに手なずけてしまった。

レディ・ホーストンはいったい何を企《たくら》んでいるのか？　それよりも、もっと不思議なのは、いったいなぜ、その企みにわたしたちを選んだのか、だ。

3

ふたりは待っていた馬車に乗りこんだ。つややかな黒の四人乗りの四輪馬車《バルーシュ》のことは、昨夜の叔母の話からコンスタンスも知っていた。フランチェスカのような流行に敏感なレディには少しばかり時代遅れのこの馬車は、彼女のよく知られた、そしてチャーミングでもある変わった点のひとつだった。このバルーシュは結婚したときに亡き夫から贈られたもので、六年前にホーストン卿《きょう》が思いがけなく早死にして以来、新しい乗り物を買おうとせず、夫からの贈り物を使いつづけているのだ。

「実を言うと、これから行く帽子屋のふたつの帽子に目をつけているの」フランチェスカは言った。「でも、ほかの店にも立ち寄る時間はたっぷりあるわ。オックスフォード通りに行きましょうか？　あなたは何がほしいの？」

コンスタンスはほほえんだ。「あなたのお好きなところに、喜んでお供しますわ。わたしはとくに買いたいものはありませんの」

「あら、あなたも何か買わなくてはだめよ。せめてリボンか手袋か、そういう小物でも」

コンスタンスの連れは明るい声で抗議し、コンスタンスをじっと見た。「襟ぐりに少々レースをあしらえば、そのドレスも見違えるようになることよ」

コンスタンスは少しばかり驚いて、チョコレート色のドレスを見下ろした。たしかにレースをつけたほうがよく見えるだろう。襟ぐりにレースのひだ飾りをつけ、小さなパフスリーブをつければ、そう、たとえばシャンパン色のレースを。

コンスタンスは首を振り、自分でも気づかずに小さなため息をもらした。「でも、それではあまり地味ではなくなりますわ」

「地味？」フランチェスカの美しい顔にかすかな驚きが浮かんだ。「まさかあなた、清教徒ではないでしょうね」

コンスタンスはくすくす笑った。「いいえ。違います。でも、付き添いが目を引いては、適切とは言えませんもの」

「付き添いですって！」フランチェスカは叫んだ。「いったいなんの話？　あなたは付き添いになるには若すぎるし、美しすぎるわ！」

「叔母はわたしの助けを必要としているんですの。ふたりのいとこの結婚相手を見つけるために」

「助け？　あのふたりが話したり、踊ったりするあいだ、目を光らせておくための助け、という意味かしら？　だったら、あまりまじめに捉《とら》える必要はなくてよ。まさか叔母様は、あなたがすべてのダンスを座って見ていることを、期待しているわけではないでしょう？　レディ・シミントンの舞踏会では、あなたも踊らなくてはだめ。あそこの音楽はいつもすばらしいのよ。わたしから叔母様に話をするわ」

コンスタンスは頬に血がのぼるのを感じた。「でも、ダンスを申しこまれるとは思えませんわ」

「ばかばかしい。もちろん、申しこまれますとも。わたしとふたりで、あなたの衣装をほんの少し明るくすれば、間違いなく申しこまれるわ。実は深みのある青のサテンのドレスを持っているの。何度も手を通しているから、わたしはもう着られないけど、あなたにはとてもよく似合うはずよ。メイドがあちこちつまんで、少しばかり形を変えれば、誰にもわからないわ。パーティの前にうちに来てちょうだいな。うちのメイジーに手を入れてもらいましょう」

「奥様！　ご親切はとてもありがたいですわ。でも、ドレスをいただくわけにはいきませんん」

「では、差しあげるのはやめましょう。貸してあげるわ。それならいいでしょう？　そうしたければ、このシーズンが終わったら返してちょうだい。それに、もう〝奥様〟と呼ぶのはやめてね。フランチェスカで結構よ」

コンスタンスは言葉もなくフランチェスカを見つめた。「あの……な……なんと言えばいいか……」

「あら、〝ありがとう、フランチェスカ〟でじゅうぶんよ」フランチェスカはにっこり笑ってそう言った。

「ありがとうございます。でも……」

「でも、何？　わたしの友達になるのはいや？」

「いいえ！」コンスタンスは急いで否定した。「ぜひお友達になりたいですわ。実際、友人がほしくてたまりません。でも、あなたはあまりにも寛大すぎて……」

「とんでもない。そうは言わない人たちもかなりたくさんいるはずよ」フランチェスカは言い返した。

「そう言われると、お断りできなくなりますわ」

フランチェスカは白い歯を見せて、いたずらっぽい笑いをひらめかせた。「ええ。何年もかけてそういう技を磨いてきたんですもの。あら、帽子屋だわ。さあさ、逆らうのはやめて、わたしが帽子を選ぶのを手伝ってちょうだいな」

コンスタンスはとりあえず疑いを頭の隅に押しやり、フランチェスカのあとから店に入った。カウンターの女性が笑顔と温かい歓迎の言葉でふたりを迎えたすぐあとに、明らかに店の経営者だとわかる年配の女性が、カーテンの奥から急いで出てきた。

フランチェスカは自分が気に入っているふたつの帽子を交互にかぶった。ひとつは深い青色のやわらかい、競馬の騎手の帽子に形が似ているビロードの帽子で、細かい薄いレースのベールが目の前に垂れているデザイン。もうひとつは麦藁《むぎわら》の田舎風の帽子で、青いシルクを裏打ちし、同色のリボンを顎の下で愛らしく結ぶジプシー・スタイルだ。どちらもフランチェスカの青い目をすばらしく引き立てるのを見て、コンスタンスは、どちらかひとつには決められない、と正直に打ち明けた。

「あなたがかぶってみて」フランチェスカが言った。「どんな感じか見てみたいの」

コンスタンスは抗議したものの、ほんとうは自分でも麦藁の帽子をかぶったらどんなふうに見えるか、試したくてうずうずしていたところだった。それをかぶると、鏡に映った自分の顔に、思わず笑みがこぼれた。

「まあ！」フランチェスカが叫んで、両手を打ちあわせた。「これはあなたにぴったり！あなたが買うべきよ。わたしはビロードのほうにするわ」

コンスタンスは鏡のなかの自分をうっとりと見ながらためらった。裏地の青いシルクは、青い瞳と同じように、グレーの瞳もとてもきれいに引き立ててくれる。これはため息が出るほど美しい帽子だし、今年はまだ新しい帽子をひとつも買っていないもの。少しぐらいならお金を使ってもかまわないはずよ。

ようやく、ため息をついて彼女は首を振った。「いいえ。わたしには高すぎますわ」

「あら、大丈夫よ。これはセールの品物のはずですもの。そうね、ミセス・ダウニング？」フランチェスカは振り向いて、意味ありげに店主を見た。

フランチェスカに贔屓《ひいき》にしてもらう利益をじゅうぶん承知しているミセス・ダウニングは、にっこり笑って同意した。「ええ、おっしゃるとおりですわ、奥様。それは、ええと……」店主はフランチェスカをちらりと見て言葉を続けた。「……三分の二のお値段ですの」フランチェスカがほほえむと、店主はうなずいた。「ええ、三分の二です。とてもお買い得なんですよ」

コンスタンスは値札を見て、すばやく計算した。たとえ三分の二の値段でも、こんな高い帽子を買うのは生まれて初めてだ。だが、これほど似合う、エレガントな帽子を買ったことも一度もなかった。

「でしたら」彼女は今月の小遣いに心のなかで別れを告げながら言った。「いただきますわ」

フランチェスカが満足そうにうなずき、自分はビロードの帽子を買って、コンスタンスに髪に飾る小さなシルクの薔薇《ばら》の蕾《つぼみ》をひと束買うべきだと勧めた。そしてコンスタンスが首を振ろうとすると、片手を振ってこの抗議を退けた。

「でも、これは明日の夜着る青いドレスにぴったりよ。いいわ、わたしからの贈り物にしましょう。だったら断れないでしょう？」

帽子の入った箱を手に、ふたりは待っている馬車に戻った。馬車に乗りこみ、座席に落ち着くと、コンスタンスはフランチェスカに体ごと向けた。

「奥様……フランチェスカ。わたしにはわかりません。どうしてこんなにしてくださるんですの？」

フランチェスカは無邪気な顔で見返した。「あら、なんのことかしら？」

「このすべてですわ」コンスタンスは曖昧《あいまい》に手を振った。「買い物に誘ってくださったことや、ドレスを貸してくださること。わたしたちがレディ・シミントンの舞踏会に行けるようにしてくださったことも……」

「それはもちろん、あなたが好きだからよ。それ以外にどんな理由があるの？」

「わたしには想像もつきません」コンスタンスは正直に認めた。「でも、昨夜《ゆうべ》、レディ・ウェルカムの大広間で奥様がわたしか叔母たちに目を留め、レディ・ウェルカムに紹介してくれと頼むほど、わたしたちが魅力的だとは思えませんの」

フランチェスカは考えこむような顔でしばらくコンスタンスを見ていたが、やがてため息をついて言った。「いいでしょう。たしかに、わたしにはあなたと知りあいたい理由があったの。あなたが好きなのはほんとうよ。とても感じのよい人ですもの。それにあなたの目には笑いがある。この世界にユーモアを見出《みいだ》しているという意味ね。あなたとお友達になりたいと思うわ。でも、それはあなたに紹介してもらったときの理由ではなかった。実は……ある人と賭《かけ》をしたの」

「賭？」コンスタンスは驚きのあまり、呆然《ぼうぜん》とフランチェスカを見つめることしかできなかった。「わたしのことで？　でも、どんな？　いったいなぜ？」

「わたしは自慢していたの。調子に乗ってぺらぺらと。まったく口はわざわいのもとね」フランチェスカは苛立《いらだ》たしげに言った。「するとロックフォード卿が、厚かましくも挑戦してきたのよ。そして、ええ、正直に言ってしまうわね。このシーズンが終わるまでにあなたに夫を見つけられる、と宣言したの」

コンスタンスはあんぐり口を開けた。驚きのあまり、しばらくは言葉も出てこなかった。

「ごめんなさい」フランチェスカは身を乗りだし、コンスタンスをなだめるように腕に手を置いて急いで謝った。「わかっているわ。そんなことをしてはいけなかった。したとたんに後悔したのよ。あなたが腹を立てるのはもっともだわ。でも、どうか怒らないでちょうだい。悪意はなかったの。いまでもまったくないわ」

「悪意はないですって！」さまざまな思いが一度にこみあげて、喉につかえた。賭の種にされていたなんて！　あんまりだわ。コンスタンスは傷つき、怒り、反発を感じた。「ええ、もちろんですわね。どうして怒る必要があるんでしょう。社交界でもとくに優雅な方たちの退屈しのぎに使われたことぐらいで」

「退屈しのぎだなんて！」フランチェスカはひどいショックを受けたようにコンスタンスを見た。「違うわ！　どうしてそんなふうに考えるの？」

「公に賭の種にされたことを、ほかにどう言い表せばいいんですの？」

「いいえ、違うの、違うのよ。これはロックフォード卿とわたしだけの賭よ。ほかの誰も知らないこと。まあ、ひょっとしたらルシアンは何か感づいているかもしれないけど」彼女は正直に打ち明けた。「でも、ルシアンは誰よりも親しい友人なの。決して誰にも言わないわ。彼は社交界の秘密の半分は知っているのよ。わたしも誰かに話したりしないし、ロックフォード卿も大丈夫。彼はまるで石みたいに寡黙な人だから」フランチェスカはまるで欠点を口にするようにそう言った。

「秘密ならかまわないんですか？」コンスタンスは言い返した。フランチェスカが好きになっていただけに、裏切られた気持ちだった。疑いは持っていたものの、フランチェスカが自分の友情を求めたわけではなく、結婚の仲立ちをするのがどれほど巧みかひけらかすために自分を利用しているだけだと思うと、屈辱を感じた。「どうしてわたしが選ばれたんです？　あのパーティにいた誰よりも、結婚できそうにない女だからですか？　どんな男性にも望まれないほど不器量で、年をとっているからですか？」

「いいえ、お願い、そうじゃないの！」フランチェスカは美しい顔に狼狽《ろうばい》を浮かべた。

「ああ、まったくひどいことになったわ。実を言うと、賭をしたあと、ロックフォード卿があなたを選んだの。それを見て、わたしは心からほっとしたのよ。あなたのいとこたちを選ぶとばかり思っていたから。彼がそうしていたら、実際、ずいぶん厄介な仕事になっていたでしょうね。ロックフォード卿があなたを選んだ理由は、わたしにはわからない。ただ、あなたはすっかり叔母様といとこたちの後ろに引っこんでいたから、彼はあの叔母様やいとこたちを丸めこんで、あなたをこんなふうに連れだすのはとても無理だと思ったに違いないわ」

「そのとおりですもの」コンスタンスは苦い声で応じた。

「親愛なるコンスタンス」そう呼ばせてくれるわね」フランチェスカは手袋をした手をコンスタンスの手に滑りこませ、「彼が愚かにも三人のなかでいちばん簡単に美しくなれる女性を選んだことは、すぐにわかったわ。機知も美もない相手にそれを与えるのは、とてもむずかしいことよ。でも、財産がないことは、克服できない障害ではないわ。少なくとも、エレガントで、頭がよくて、美しい容姿を持つ女性の場合はね」

「お世辞を言って丸めこもうとしても無駄ですわ」コンスタンスは苦い声で言ったものの、なぜかこの告白を聞いたあとでも、率直に打ち明けてくれたフランチェスカを嫌いになることができず、温かい笑みにも応《こた》えずにはいられなかった。

「そんなつもりはまったくないわ」

「だったら、何が望みなんです？」コンスタンスは食ってかかった。

「ふたりで協力しあったらどうかしら？　あなたの結婚相手を見つけるために」

「賭に勝つために、わたしにも手伝えとおっしゃるんですか？」コンスタンスはあきれて尋ねた。

「いいえ。いえ、そうよ。でも、わたしが勝つために手を貸すわけではないの」

「お断りします」コンスタンスはつっぱねた。

「あら、そうすべきよ。たしかにわたしも賭に勝つことになるわ。でも、あなたの得る利益のほうがずっと大きいんですもの」

コンスタンスはあからさまな疑いの目を向けた。「まさか、この賭で結婚相手が見つかると、わたしが信じるのを期待しているんじゃないでしょうね？」

「それがおかしい？」フランチェスカは落ち着いて尋ねた。

コンスタンスは鼻にしわを寄せた。「自分が持っている障害を指摘するのはあまり気が進みませんが、どれもみな明らかではありません？　わたしには財産はない。結婚適齢期もとうに過ぎている。それに美しくもない。ロンドンにいるのは、いとこたちが結婚相手を見つけるのを手伝うため。わたしはふたりの付き添いで、結婚相手を探している若い娘ではないんですもの」

「財産がないことは、たしかに障害になるわ」フランチェスカは同意した。「でも、克服できないほど大きくはなくてよ。あなたの外見に関して言えば、そうね、その愚かな帽子を取って、すてきな髪型にして、長所を隠すのではなく引き立てるものを着れば、見違えるほど魅力的になるわ。それに、年齢だっていとこたちと変わらないほど若く見えるわ。

教えてちょうだいな、あなたがそういう冴《さ》えない茶色やグレーを着るべきだと決めたのは誰なの？」

「適齢期を過ぎた女にはそのほうが適切なんです。叔母はいつもそう言ってますわ。でも、無理やり着せられたわけではありません」

「でも、もちろん、あなたは叔母様の意向に逆らえる立場にはないわね。一緒に暮らしているんですもの」

「まあ……でも、それだけでなく、わたしも愚かに見えるのはいやなんです」

「愚か？　どうして？」

コンスタンスは肩をすくめた。「わたしは田舎者です。都会のことはわかりません。実際、ロンドンに来たのもこれが初めてで……社交界の人々の前で間違いをおかして笑い物になりたくないんです。この年の女性にふさわしくないものを着て、恥をかきたくないんですわ」

ふいに、美しい顔に、何世代も続いてきた伯爵家の血筋を思わせる表情が浮かんだ。

「親愛なるコンスタンス、わたしの言うとおりに装えば、あなたがふさわしくない服装をしているなどと思う人は、ひとりもいないはずよ」

コンスタンスはくすくす笑わずにはいられなかった。「ええ、そうでしょうね、フランチェスカ。でも、結婚する望みはもう捨てているんですの」

「残りの一生を、叔父様や叔母様と暮らしたいの？」フランチェスカは尋ねた。「おふたりには心から感謝しているでしょうけど、彼らといるときのあなたは……あまり幸せそうには見えなかったわ」

コンスタンスはわびしい目でフランチェスカを見た。「そんなにあからさまでした？」

「ええ、彼らとあなたの違いは明らかですもの」フランチェスカは率直に言った。「ほとんど共通点のない人たちと一緒に、幸せに暮らすのはとても無理よ。それに、叔父様も叔母様も、あなたに正しいことをしてきたとは思えないの。昨夜、あなたはお父様の病気のせいで社交界にデビューしなかったのだと言ったわね。それはとても立派な、娘としてふさわしい行為だった。でも、お父様が亡くなったあと、叔父様たちと暮らすことになったとき、あなたは何歳だったの？」

「二十二歳でした。デビューにはもう遅すぎたんですわ」

「それでも、ロンドンのシーズンを楽しむことはできたはずよ」フランチェスカは言い返した。「彼らがあなたのことを心にかけていたら、そのときロンドンに連れてきたでしょうに。お父様もそれを望まれていたはずだし、何年も看病に費やしたあなたには、その資格がじゅうぶんあった。ええ、もちろん、女王様にお目見えする愚かしい十七歳や十八歳の娘たちよりは年も上だったでしょう。でも、あのお目見えは必要なことではないのよ。実際、省略する人たちも多いの。それでも、あなたはロンドンのシーズンを楽しむことができたわ。二十二歳で未婚の女性はいくらでもいるんですもの。あなたの親戚《しんせき》の悪口は言いたくないのよ。でも、叔母様も叔父様も自分勝手だったと思わざるを得ないわね。彼らはその費用を出し惜しみしたばかりか、この数年、子供たちの世話をさせ、誰もやりたがらない雑用を押しつけて、自分たちの好きなようにあなたをこき使ってきたに違いないわ。そして今度は、あなたがパーティを楽しめるように心を配るどころか、地味なドレスを着せ、髪をひっつめさせて、付き添い役を押しつけている」フランチェスカは鋭い目でコンスタンスを見てつけ加えた。「もちろん、叔母様はあなたができるだけ地味に見えることを願っているのよ。ただでさえ自分の娘たちより美しいんですもの」

コンスタンスは落ち着かない気持ちで身じろぎした。フランチェスカが言ったことは、気味が悪いほど当たっている。コンスタンス自身も同じことを何度も考えたことがあった。ブランチ叔母はコンスタンスの義務感を逆手に取り、彼女の感謝と気立てのよさを、数えきれないほどたくさんの形で利用している。

「これから死ぬまで彼らと暮らすことを、あなたが望んでいるはずがないわ」フランチェスカはさらに踏みこんだ。「それに、あなたは独立心の強い女性に見えるわ。自分の家と自分の人生がほしくないの？　夫と子供が？」

コンスタンスは何年も昔、ガレスに求愛されていた短い日々のことを思った。少なくともあのときは、そういう人生が自分のものになると信じたものだった。

「ただ夫を持った女になるために、結婚したいとは思いません」コンスタンスは静かにそう言った。「愚かかもしれませんが、心から愛する人とでなければ結婚はしたくないんです」

フランチェスカの目に、コンスタンスにはよくわからない表情がよぎった。「あなたが愛を見つけることを、心から願うわ」フランチェスカは真剣な声でそう言った。「でも愛があろうとなかろうと、結婚は女に自分の人生を与えてくれるのよ。住む場所と、妻という地位を与えてくれるの。たとえ裕福な両親ととても幸せな家庭で暮らしていたとしても、手に入らない地位をね。要求することしか考えない身勝手な親戚のもとで暮らすよりも、はるかにましよ」

「わかってます」コンスタンスは静かに答えた。そういう人生のむごい事実は、この美しい人よりも、わたしのほうがずっとよくわかっているわ。コンスタンスはそう思った。「でも愛していない男性と一生を送ることは、わたしにはできません」

フランチェスカは目をそらし、しばらくしてから明るい声でこう言った。「でも、そういう夫を見つけるのは無理だと、最初から決めつけることはないわ。プロポーズしてくれる人と誰彼かまわず結婚なさい、と無理強いするつもりは少しもないのよ。これまでのことを思えば、この夏だけでも何年か前に逃がした楽しいひとときを味わう資格が、あなたにはじゅうぶんあると思うの」

フランチェスカの言葉はコンスタンスの琴線に触れた。病気の父を看病して社交界にお目見えするチャンスを逸したことを、恨みに思ったり嘆いたりしないように精いっぱい努力してきたが、正直に言えば、もしもロンドンで一シーズンでも過ごしていたら、何かが起こっていたかもしれないと思うこともある。社交界のきらめきと興奮を、少しでもいいから経験したいと切なく焦がれることもあった。

フランチェスカはコンスタンスがためらうのを見てたたみこんだ。「一シーズンだけでも味わってみたくないの？　きれいなドレスを着て、すてきな殿方と軽い会話を楽しみたくないの？　望ましい独身の男性たちと踊りたくないの？」

コンスタンスはレイトン子爵のことを思った。あの人とまた昨夜のようなやりとりを楽しむのは、どんな気持ちがするものかしら？　彼の腕に抱かれて踊るのは？　もう一度彼に会いたい。彼女は切ない気持ちでそう思った。今度はきれいなドレスを着て、美しく結った髪で。

「無理ですわ」コンスタンスは言った。「ここには付き添い役で来ているんですもの。それに、手持ちのドレスはどれも……」

「それはわたしに任せてちょうだい。あなたが適切なパーティに招かれるようにするわ。そして社交界の危険な流れに巻きこまれないように導いてあげる。ええ、ロンドンで誰よりも求められる女性にしてみせますとも」

コンスタンスは笑いだした。「まさか。いくらなんでも、わたしがそんな女性になれるはずがありませんわ」

フランチェスカはまたしても尊大な表情を浮かべた。「あら、わたしの腕前を疑うの？」

たとえフランチェスカでも、こんな途方もない約束を果たせるとはとても思えない。だが、それをやってのけられる女性がいるとすれば、彼女だろう。それにロンドン一、人気のある女性になるのは無理でも、いまよりははるかに楽しいひとときを過ごせるのはたしかだ。彼女に任せれば、きっと本物に近いシーズンを体験できるに違いない。これを知ったら、ブランチ叔母がどんな顔をするかしら？　コンスタンスはそう思って、ちょっぴり意地の悪い喜びを感じた。

「叔母様のことはわたしに任せて」フランチェスカはコンスタンスの思いを読んだように言った。「文句は言わないはずよ。自分たちも同じ招待を受けるんですもの。それにわたしがあなたを特別なお友達に選んでも、邪魔はしないと思うの。ドレスのことも心配いらないわ。信じられないかもしれないけど、わたしは手持ちのものをうまく利用するのが得意なの。ふたりであなたのドレスを点検して、もっと魅力的に見せるにはどうすればいいか考えましょう。たとえば、昨夜のドレスは、襟ぐりをほんの少し深くして、レースをつければかなりよくなるわ。メイドのメイジーは、針を持たせたらまるで魔法使いなの。あのドレスの前を少し上げ、ペチコートをつけることぐらい朝飯前よ。わたしたちは材料を少し買えばいいだけ。明日お宅に馬車をやるから、上等のドレスを持っていらっしゃい。ふたりでじっくり検討してみましょう。わたしのドレスのどれが使えるかも見ておくわ」

コンスタンスは興奮がこみあげてくるのを感じながら、わずかな蓄えのことを思った。いつかじゅうぶんな元手がたまり、叔父や叔母の家を離れて自活できることを願いながら、父が遺《のこ》してくれた国債から入る収入のうち、できるかぎりを貯金にまわしてきた。

その一部を使って、美しいドレスを一着か二着買うことはできるわ。たとえばレイトン卿のような魅力的な男性が、急ぎ足で広間を横切り、わたしのところに来たくなるようなドレスを。そのために予定よりも何カ月か、さもなければ何年か長く節約し、貯金を続けなくてはならないとしても、それがなんなの？　この散財で叔父夫婦と何年か長く過ごすことになったとしても、少なくともすばらしいひと夏を体験できるのよ。死ぬまで大切に胸に抱き、懐かしむことのできる夏を。胸のときめく、楽しいシーズンを。永遠に忘れえぬ思い出を。

コンスタンスはフランチェスカに顔を向けた。「ただの賭に勝つために、ほんとうにそこまでするつもりなんですか？」

フランチェスカは目を輝かせ、唇をほころばせて猫のような笑みを浮かべた。「ただの賭とは言えないわ。これは、自分が間違っていることを思い知らせてやりたい紳士との賭なの。それにとても楽しめるはずよ。実を言うと、これまでも最初のシーズンを迎えた若い女性をひとりかふたり助けたことがあるの。ふたりともまもなく婚約したわ。でも、あなたは……」

「もっとむずかしい？」コンスタンスは自分の言葉に含まれた棘《とげ》を笑顔でやわらげた。「ある意味ではそうね。なぜかというと、これまではドレスや舞踏会のために、いくらでもお金を使えたんですもの。でも、あれやこれやをなんとかごまかすのにそれは苦労しなくてはならなかったのよ。顔色の悪さをごまかすドレスを選び、ずんぐりした体を少しでもすらりと背が高く見せるように工夫して。あなたの場合、その点ははるかにらくだわ。すでにあるものを上手に見せればいいだけですもの」フランチェスカは少し身を乗りだした。「では、協力してくれるのね？」

コンスタンスは一瞬ためらったものの、深く息を吸いこみ、思いきって答えた。「ええ。わたしも本物のシーズンを楽しみたいですわ」

フランチェスカはにっこり笑った。「よかった。では早速はじめましょう」

コンスタンスはその日の残りを、これまでの自分からは想像もできないほどの買い物三昧《ざんまい》をして過ごした。意外にもフランチェスカは値切るのがとても上手だった。彼女がお気に入りの店で微笑を浮かべ、ふた言、三言口にすると、店主はコンスタンスが気に入ったドレスの値段をすぐさまさげてくれた。〈ミル・デュ・プレシス〉は、誰かが注文したきり、取りにも来ないし代金も払ってくれなかった舞踏会のドレスも取りだしてきて、もとの値段からすると嘘《うそ》のような安値でコンスタンスに売ってくれると申しでた。

コンスタンスが驚くと、フランチェスカは微笑してこう言った。「マドモワゼルは、自分の店のドレスを美しい女性が着てくれれば、どれほど宣伝になるかよく知っているのよ。あなたほどの容姿に恵まれていない女性たちも、マドモワゼルのドレスを着れば自分もこんなふうにすらりとたおやかに見えると思いこむのをね。それに、彼女はわたしの贔屓が店の得になっていることもちゃんとわかっているの。さあ……このショールはどう？　きれいでしょう？　それに、ほら、ごらんなさい。ここが少しひきつれているわ。マドモワゼルがきっと値をさげてくれてよ」

店主が安くしてくれた値段でも、コンスタンスが〈ミル・デュ・プレシス〉で買ったものは、彼女の貯金をかなり減らすことになった。そこで、今度はあまりお金をかけずにコンスタンスの衣装を改善する手段へと移った。次の立ち寄り先は〈グラフトン・ハウス〉で、そこではレースやリボン、ボタンなど、手持ちのドレスを引き立てるのに必要な材料と、キャンブリックとモスリンを何ヤードか買った。これで魅力的な普段着を作れるお針子を知っているの、フランチェスカはそう請けあった。手袋やダンス用の靴も買う必要があった。ついで扇屋へも立ち寄ったが、そこで豊富な品揃《しなぞろ》えにため息をつきながら何分か見たあと、コンスタンスはしぶしぶ手持ちの象牙《ぞうげ》の持ち手がついた扇で間に合わせるしかないとあきらめた。扇の値段はどれも彼女には高すぎたのだ。最後に地味な安物の帽子を飾るさくらんぼの束やシルクの花、髪飾りなどの小物も買う必要があった。

　午後遅く、ようやく買い物が終わるころには、すっかり疲れはてていたものの、コンスタンスはくらくらするほどの興奮を感じた。家に帰り、買ったものに目を通すのが待ちきれないくらいだ。

「ひどい浪費家になった気分」店をあとにして馬車に向かいながら、コンスタンスは笑顔でフランチェスカに言った。「こんなに散財したのは初めてです」

「もっとしょっちゅうすべきよ」フランチェスカは上機嫌で助言した。「散財は魂を癒《いや》してくれるもの。だから、わたしは頻繁にすることにしているの」

　御者はコンスタンスが最後に買った品物を受けとり、自分が座る場所のすぐ横に置いた。馬車の後ろの荷物置きはすでにいっぱいで、箱や袋は馬車のなかのスペースまでかなり取っている。フランチェスカが御者の差しだした手を取り、馬車のステップに足をかけたとき、男らしい声が後ろから叫んだ。

「フランチェスカ！」

　彼女はステップに足をかけたまま、その声のほうを振り向いてぱっと顔を輝かせた。

「ドミニク！」

「親愛なるフランチェスカ。またオックスフォード通りを買い占めているのかい？」

コンスタンスは自分たちのほうに歩いてくる男性に顔を向けた。彼はさっと帽子を取り、フランチェスカの手を取ろうと片手を差しだしながら、温かい笑みを浮かべてフランチェスカを見下ろした。ハンサムな顔には、まぎれもない愛情が浮かんでいる。

コンスタンスは驚いて見つめた。この人はレディ・ホーストンを愛しているんだわ。彼女はみぞおちが沈むような失望に襲われながらそう思った。

「どうやら、あなたと会うにはこういう方法しかないようね」フランチェスカは笑った。

「決して訪ねてくれないんですもの。あなたは世界一ひどい人よ」

彼はくすくす笑った。「救いがたい男なのはわかっているよ。でも、社交的な訪問は大嫌いなんだ」

「あなたに会わせたい人がいるのよ」フランチェスカはそう言ってコンスタンスのほうを振り向いた。

彼はその視線をたどり、コンスタンスを見ると目をみひらいた。「ミス・ウッドリー！」

「レイトン卿」

4

「あら、もう知っているの？」フランチェスカが驚いて尋ねた。

「昨夜《ゆうべ》お会いしましたの」コンスタンスは心の痛みが声に出ていないことを願いながらそう言った。レイトン子爵とレディ・ホーストンが明らかに親密な間柄だという事実に、こんなに心が沈むなんて愚かなことだわ。レイトン卿《きょう》の心を惹《ひ》きつけるチャンスが、実際にあると思っていたわけでもないのに。それにこの人はきっと、とんでもない女好きなんだわ。出会ったばかりの無防備な若い女性から、しょっちゅうああいうキスを盗んでいるに違いない。

「ミス・ウッドリーの表現は控えめすぎるよ」レイトン卿は青い瞳をいたずらっぽくきらめかせた。「彼女は昨夜のレディ・ウェルカムのパーティで、ぼくの命を救ってくれたんだ」

「いえ、そんな……」コンスタンスはつぶやいた。

「いいや、そうさ」彼はフランチェスカに顔を向け、説明しはじめた。「ぼくがレディ・

タフィントンに追いかけられていたときに、親切にも彼女をまいてくれたんだよ」

フランチェスカはくすくす笑った。「だったら、わたしはこれまでの二倍もあなたが好きになるわ、コンスタンス。弟はそういう助けがしょっちゅう必要なの。あまりにもやさしすぎて、つい相手の喜ぶようなことを言ってしまうから。あなたはロックフォード卿を見ならうべきよ、ドミニク。彼は見せかけのやさしさを捨てる達人ですもの」

コンスタンスはフランチェスカのからかいに対するドミニクの返事をほとんど聞いていなかった。レイトン子爵はフランチェスカの弟なんだわ！　舞いあがりそうな気持ちでそう思ったあと、すぐに自分をたしなめた。ふたりが姉弟だと知ってこんなにほっとするなんて、どうかしているわ。この親密さと愛情がロマンスではなく家族の絆《きずな》だったとしても、わたしにとってはなんの違いもないのよ。

「一緒にいらっしゃいな」フランチェスカは弟に勧めた。「ちょうど買い物が終わったところ。だからお店につきあわされる心配はいらないわ」

「だったら、親切な申し出を受けることにしよう」ドミニクは答え、馬車に乗る姉のために片手を差しだした。

彼がコンスタンスにも同じように手を差しだすと、彼女は片手をあずけた。ふたりとも手袋をしているというのに、その手から腕へ、それから全身へと彼のぬくもりが広がっていく。ステップに足をかけながら彼を見上げると、図書室でキスされたときのことを思いだささずにはいられなかった。ドミニクの目に浮かんだ何かで、彼もそのときのことを考えているのがわかった。

コンスタンスは頬をそめ、目をそらして、すばやく乗りこみ、フランチェスカの横に腰をおろした。ドミニクが乗ってきて、笑いながらさまざまな箱をわきに押しやってふたりの向かいに座る。

「有意義な午後を過ごしたようだね」彼はふたりに言った。「まさか全部がきみのものじゃないんだろうな、フランチェスカ」

「もちろん違うわ。ミス・ウッドリーもたくさん買ったのよ。明日の夜のレディ・シミントンの舞踏会で、ふたりしてみんなの目を眩《くら》ませるつもりなの」

「とくに何もしなくても、みんなふたりに目が眩むとも」ドミニクはなめらかにそう言った。

エレガントなフランチェスカの隣で自分がどれほどやぼったく見えるかを思うと、コンスタンスはいたたまれなかった。古い帽子を箱に入れてもらい、せめて先ほど買った帽子に取り替えていればよかった。それならドレスがどれほど冴《さ》えなくても、光沢のある青いシルクが顔を縁どり、肌と目を引き立ててくれたものを。

「レディ・シミントンの舞踏会には行くつもり?」フランチェスカが尋ねた。「わたしたちをエスコートすべきよ。明日その準備をするためにコンスタンスもわたしの家に来るの。

そこから一緒に行くのよ」

「楽しいお勧めになりそうだ」ドミニクは如才なく応じた。「喜んでエスコートさせてもらうよ」

「お返しに、娘の結婚相手を探している母親からふたりで守ってあげるわ」フランチェスカはからかった。

ドミニクも同じような軽い調子で言い返す。馬車がゆっくりとロンドンの通りを進むあいだ、そういうやりとりが続いた。コンスタンスはほとんど加わらなかった。ふたりが話す人々のことは知らなかったし、黙って見守り、ふたりの会話に耳を傾けているだけで満足だった。

昨夜から数えきれないほど何度もレイトン子爵のことを考えるうちに、想像のなかで実際より彼を美化してしまったかもしれない。彼女はそう思いはじめていたところだった。青い目をさらに青く、輝く髪をさらに輝やかせ、彼のほほえみも実際より魅力的に思い描いていたかもしれない、と。だが、こうして彼を見ていると、本物のほうがずっとハンサムだ。

レイトン卿はキャンドルのやわらかい光など必要ない男だった。昼間の光のなかでは、顎の線が鋭くすっきりして見える。魅力的な目も記憶にあるより深い青で、明るい日差しに髪がきらめいている。長身で肩幅が広く、逞《たくま》しい体が狭い馬車のなかを満たしていた。

コンスタンスは自分の膝からわずか数センチしか離れていないところに彼の膝があることや、座席に置かれた彼の腕が気になり、太陽を斜めに受けた顔と首の美しさにうっとりと見とれた。

結婚相手を探している母親たちが、それに娘たちが、この人を追いかけるのは驚くにあたらないわ。こんなにハンサムなうえに、立派な称号もあって、おそらく富もあるに違いないもの。昨夜、叔母が話していたレディ・ホーストンの生い立ちに関する記憶が正確なら、ふたりの父親は伯爵なのだ。そして子爵という称号は伯爵の跡継ぎになる者に与えられるもの。それだけでも望ましい夫候補にはじゅうぶんだが、おまけにハンサムでこんなに魅力的とあっては、母親たちがうさぎを追いかける猟犬のように彼を捕まえようとするのは無理もないことだ。

言うまでもなく、コンスタンス自身のチャンスは、そのぶんよけいに少なくなる。かりにフランチェスカの楽観的な見通しが正しくて、このシーズンが終わるまでにコンスタンスの夫を見つけられるとしても、フランチェスカが考えている相手が伯爵や侯爵でないことは明らかだった。それに、昨夜のレイトン卿のキスはすばらしかったが、そんなことに望みをかけるのは愚かのきわみだろう。あれはその場のたわむれ。せいぜいレイトン卿が自分に惹かれたというしるしにすぎない。最悪の場合、彼は若い女性とふたりきりになるたびに、ああいうキスをする癖があるのかもしれない。とにかく、わたしにまじめに関心を持ったわけではないことはたしかだわ。実際、その反対の可能性のほうがはるかに高い。結局のところ、紳士は結婚を考えている女性には不適切な行為はしないものだ。手を出すのは、結婚するつもりのない、遊びの相手だけだもの。

もちろん、わたしは彼と火遊びをするつもりなどまったくない。でも、心をくすぐるような軽いやりとりだけなら……かまわないわ。

コンスタンスは窓に顔を向け、口もとに浮かんだ笑みを隠した。明日が楽しみだこと。実際、目いっぱいおしゃれした姿でレイトン卿と会えると思うと、とても心が弾む。

馬車が大きな赤煉瓦《あかれんが》の家の前で止まり、ドミニクが窓の外に目をやった。「やあ、着いたようだ」彼はドアを開け、馬車をおりて、戸口からなかをのぞきこんだ。「おかげでとても楽しかったよ。ありがとう」彼はふたりに向かって頭をさげた。「明日の夜、会えるのを楽しみにしているよ」彼はコンスタンスに目を移し、つけ加えた。「ミス・ウッドリー、もう一度きみを見つけることができて、こんなに嬉《うれ》しいことはない。明日の最初のワルツはぼくと踊ってくれると約束してほしいな」

コンスタンスはにっこり笑った。ええ、この人の笑顔にほほえみ返さずにいるのはむずかしい。「喜んで」

「では、明日」彼はドアを閉め、一歩さがった。ふたたび馬車が走りだした。

「弟さんは、とても気さくな方ですのね」コンスタンスはややあってそう言った。

「ええ」フランチェスカは愛情のこもった笑みを浮かべた。「ドミニクは人好きがするのよ。でも、みんなが思うようにやさしいだけではないの。イベリア半島で戦ったのよ」

「ほんとうですの？」コンスタンスは驚いてフランチェスカを見た。「軍隊にいたんですか？」貴族の長男が、戦死する危険のある軍隊に入るのはめったにないことだ。

フランチェスカはうなずいた。「ええ、軽騎兵だったの。戦って負傷したこともあるのよ。でも、ありがたいことに生きのびた。けれども、兄のテレンスが死んだために跡継ぎになり、軽騎兵の株は売らなくてはならなかったの。ほんとうは軍隊にいたかったのだと思うわ」

なるほど、そういうわけだったのか。コンスタンスはうなずいた。次男や三男が軍人や外交官、教会の司祭になるのはよくあることだ。だが、長男が死に、跡継ぎになった場合、彼らの運命は変わる。いつか代々伝わる富と所有地の管理を相続するために、それまで歩んでいた道は離れねばならない。貴族のあいだでは相続がすべてに優先する。跡継ぎとなる者が戦争で重傷を負ったり死ぬ危険をおかすのはよろしくないのだ。

「すると、跡継ぎになったために、結婚適齢期のあらゆる若いレディたちの夫候補になったわけですね」

フランチェスカはくすくす笑った。「そうなの。かわいそうに。ドミニクにとっては拷問にひとしいでしょうね。そういう人気を喜ぶ男性もいるでしょうけど、ドミニクは違うもの。もちろん、いつかは結婚しなくてはならないわ。でも、できるだけ引きのばそうとするのではないかしら。ドミニクは少しばかり浮気性だから」

フランチェスカはそれとなく警告しているの？　わたしが心を盗まれないように？　コンスタンスはそう思いながら美しい顔をじっと見たが、隠された意味をほのめかすようなしるしはまったくなかった。まあ、実際には、警告などまったく必要ない。レイトン卿のような身分の男性が、適齢期をとうに過ぎた、財産なしの準男爵の娘と結婚することなどありえないのだから。

だけど、それをわきまえているかぎり、この心を与えないかぎり、少しばかり罪のないやりとりを楽しんでもかまわないはずよ。彼と踊り、笑い、ほんの少しこのシーズンを楽しむくらいは。そもそも、こんなに散財したのもそのためではなくて？

叔父と叔母がロンドン滞在用に借りている家に到着すると、フランチェスカはコンスタンスと一緒になかに入った。御者が山のように重ねた箱を運び、コンスタンスがさらにいくつか運び、フランチェスカさえ残った紙袋を手にして入ってくるのを見て、ブランチ叔母は目を丸くした。

「奥様！　まあ、なんてこと。アニー、早く来て、奥様から袋を受けとりなさい。いったい……」ブランチ叔母はつまずくように足を止め、呆然《ぼうぜん》と姪《めい》を見て、それからフランチェスカを見た。

「ご心配なく。すべてのお店を買い占めたわけではありませんのよ、レディ・ウッドリー」フランチェスカが明るい声で言った。「姪ごさんと一緒に、オックスフォード通りの商品の棚に少しばかり穴をあけただけですわ」

「コンスタンス？」ブランチ叔母は繰り返した。「あなたはこれを全部買ったの？」

「ええ」コンスタンスは答えた。「レディ・ホーストンがわたしのドレスには足りないものがあると言うんですもの」

「コンスタンス！」フランチェスカは笑いながら叫んだ。「そんなことを言った覚えはないことよ。叔母様に世界一ひどいマナーの女だと思われるじゃないの。わたしはただ、あちこちに少しずつ加えてはどうかと提案しただけよ」

フランチェスカはブランチ叔母に顔を向けた。「一シーズンのあいだに何着のドレスが必要か、わたしたちと違って若い女性はめったに気づかないものですもの。そうでしょう？」

この言葉に、叔母はうなずいた。社交界の名花が言うことに反対するなど、とんでもないことだ。「ええ、でも、あの……まあ、コンスタンス、これは少しばかり思いがけないことね」

「ええ、わかってます。でも、全部ちゃんとドレッサーに入るわ。それにレディ・ホーストンは、ご親切にもわたしのドレスを点検して、それをどうすればいいか決めてくださるそうなの」

誰よりもエレガントな身分の高い貴婦人が二階にある姪の狭い部屋に行き、何枚もない質素なドレスに目を通すという知らせに、叔母は感激してよいのか恥ずかしく思うべきなのか、決めかねているようだった。

「でも、奥様、まさか……あの、コンスタンスはそんなことをお願いしましたの？　とんでもない――」

「あら、頼まれたわけではないのよ」フランチェスカはにこやかに応じた。「わたしのほうから申しでましたの。ほかの女性の衣装を飾るのは、わたしの趣味のひとつですの。とてもやりがいのあることだと思いません？」

フランチェスカはコンスタンスのあとに従い、さっさと階段を上がりはじめた。お茶とお菓子を勧める合間に、フランチェスカの善意につけこんだコンスタンスを叱《しか》りながら、ブランチ叔母がそのあとからついてくる。

叔母はコンスタンスの部屋の前でためらった。狭い部屋はドレッサーとベッドと椅子だけでほとんどいっぱいだった。たくさんの箱やら紙袋があるいまは、もっと狭く見える。三人が入る広さはほとんどなかったが、叔母はフランチェスカをそこに残して下に戻りたくないらしく、フランチェスカとコンスタンスがドレスを取りだしてベッドに並べていくのを見ながら、戸口にたたずみ、ばつの悪そうな顔でしゃべりつづけた。

「まあ、コンスタンス、こんなに少ししか持ってこないなんて」叔母は舌打ちした。「ロンドンへはもっと持ってくるべきだと言ったのに。でももちろん、若い女性はどれほどたくさんのドレスが必要かわからないものですものね」自分たちふたりは社交界のことをよく承知している、と言いたげに、叔母は親しげにフランチェスカにほほえみかけた。「それに、コンスタンスは娘たちの付き添いとして来ているだけですし」

「まあ、いやだ」フランチェスカは明るい声で異議を唱えた。「コンスタンスは付き添いになるには若すぎるわ……。もちろん、あなたも彼女にそう言ったのでしょうけれど」

「ええ、そう、もちろんですわ！」ブランチ叔母は叫んだ。「でも、わたしに何ができまして？　コンスタンスは引っこみ思案の性格ですし、なんと言っても、デビューする年はとっくに過ぎているんですもの」

フランチェスカは鼻を鳴らした。「コンスタンスがその年に達するには、まだ何年もありますわ。彼女をひと目見れば、女性のデビューを単純に年齢をもとにするのがどんなに愚かしいことかがわかります。十代のころよりも、この年齢のほうがはるかに美しい女性もいるんですもの。ええ、あなたも気づいていらっしゃるようにね」

「それは……」ブランチ叔母は曖昧《あいまい》に言葉を濁した。フランチェスカの発言に異を唱えることはできない。もったいなくもありがたいことに、彼女がふたりとも同じ気持ちだと思いこんでいることを考えると、なおさら否定できない。

フランチェスカとコンスタンスは、ブランチ叔母にはかまわず、買ってきたリボンやレースを何枚かのドレスに合わせ、普段着にしか使えないドレスはわきに押しやったあと、どんなふうに変えるかを具体的に話しはじめた。襟ぐりを深くするとか、スカートの上にレースを重ねてはどうかしら？　長いすそをつけたり、地味な袖《そで》を取って反対色に変えるのはどう？

コンスタンスもわずかな手持ちをフランチェスカの目にさらすのは恥ずかしかったが、フランチェスカはてきぱきと意見を述べるだけで、批判の言葉はまったく口にしなかった。フランチェスカの色とデザインに関する目は感心するほどたしかだった。が、これは意外でもなんでもない。ドレスに関するかぎり、人一倍すぐれたセンスを持っていることは、本人をひと目見ればわかる。ただ、彼女のような貴婦人がこれほどドレスを再利用する知識に精通していることが、コンスタンスには不思議だった。考えてみれば、リボンやレースなどのちょっとした飾りをどこでいちばん安く買えるかを知っているのも奇妙だ。もしかすると、この人も少しばかりお金に困っているのではないかしら？　コンスタンスはそう思わずにはいられなかった。そういう噂《うわさ》を聞いたことはまったくないが、少なくとも、衣装不足に関しては、フランチェスカならうまく隠せそうだ。

まもなくジョージアナと妹も廊下をやってきて、母親のそばに立ち、フランチェスカが小さな部屋を動きまわるのをぽかんと口を開けて見守っていた。明日の午後、舞踏会の前に自分の屋敷に来るようにと念を押して、ようやく彼女が立ち去ると、ふたりの娘は母親に顔を向け、かん高い声で叫んだ。

「どうして彼女がレディ・ホーストンのところに行くの?」ジョージアナはちらりとコンスタンスを非難するように見た。「どうしてわたしたちも一緒に行けないの?」

「わたしが行くのは、レディ・ホーストンにそうしろと言われたからよ」コンスタンスは落ち着いた声で答えただけで、ジョージアナとマーガレットはレディ・ホーストンに招かれなかったから行けないのだ、という明らかな結論を口にするのを控えた。

「それはわかってるわよ」ジョージアナは鋭く言い返した。「でもなぜ? なぜ彼女はあなたを呼びたいの? 今日はどこへ行ったの?」

コンスタンスは肩をすくめた。自分に関するフランチェスカの計画をこの三人に話すつもりはない。

「それに、どうやってこんなにたくさん買ったの?」マーガレットがベッドの上に広げられたドレスや飾りを見ながらつけ加えた。

「いままでためていたお金を使ったのよ」

「そんなにたくさん持っているなら、少しはわたしたちを助けてくれてもよかったわね」ブランチ叔母は鼻を鳴らした。「わたしたちはこの六年、あなたに住む場所と食べるものを与えてきたんですからね」

「ブランチ叔母様！　毎月ちゃんとお金を渡しているじゃありませんか！」コンスタンスは叫んだ。「それにドレスや自分のものは、いつも自分で払ってますわ」

コンスタンスの抗議が自分の言ったこととはまったく関係がないかのように、叔母は肩をすくめた。「レディ・ホーストンがどうしてこれほどあなたに肩入れしているのか、わたしには理解できないわ。まったく不可解なことね。なぜジョージアナを連れていきたいと言わなかったのかしら？」

「わたしもよ」マーガレットが怒って口をはさんだ。

「わたしのほうが年上なのよ」ジョージアナが威張って妹に言った。

ふたりが言い争いをはじめると、コンスタンスは背を向け、ベッドの上を片付けはじめた。しばらくすると、叔母といとこたちは話しつづけながらコンスタンスの部屋から出て、もっと居心地のよい客間へと移った。

だが、この話題はそれっきりでは終わらなかった。ジョージアナとマーガレットは夕食のテーブルでもふたたび蒸し返し、とうとうふだんはめったに声を荒らげず、女たちの会話には加わろうとしない父親に、静かにしろと怒鳴られた。ふたりはむっつりと押し黙ったものの、父が食後のワインを飲むため書斎に引きとってしまうと、すぐにまた文句を言いはじめた。ふたりの母親である叔母は、言うまでもなく、フランチェスカがコンスタンスではなくふたりに関心を示さなかったのは、正しくもなければ公平でもないという娘たちの言い分に賛成だった。コンスタンスは頭痛がするからと、早めに自分の部屋に引きとった。実際、叔母たちがひと晩じゅうフランチェスカの件をぶつぶつ言うのを聞いているうちに、ほんとうに頭が痛くなってきたのだ。

翌日、彼女はできるだけ長いこと部屋にこもり、フランチェスカと昨日決めたレースやリボンを静かにドレスにつけながら過ごした。もちろん、大きな変更は、フランチェスカのところに持っていき、手慣れたメイドに任せるしかない。

お昼が近づくと、コンスタンスはいっそ昼食も抜いてしまおうかと思った。ロジャー叔父が昼間はクラブで食事をするとあって、ジョージアナとマーガレットの不満を抑える人間が誰もいないからだ。叔母が娘たちを叱ることはめったになかったし、いずれにせよ、叔母もフランチェスカが自分たちを差しおいてコンスタンスを選んだ事実に機嫌をそこねている。コンスタンスにとって何より怖いのは、フランチェスカの家に行くなと言われることだった。そんなことをすれば、叔母自身の利益もそこなわれることは明らかだが、ブランチ叔母は娘たちと同じように頭が働かないことが多く、おまけに娘たちよりもはるかに頑固だ。

とはいえ、コンスタンスが昼食にも顔を見せなければ、叔母は彼女の具合が悪いと決めつけ、これさいわいと、フランチェスカの屋敷にも今夜の舞踏会にも行くことを禁じるかもしれない。そこで、怒りにかられてばかなことを口にすまいと決意して階下に行った。

いとこたちや叔母といるときは、つい癇癪《かんしゃく》を起こしそうになる。

恐れていたように、ジョージアナとマーガレットはまだテーブルに着かないうちから、フランチェスカの〝不公平な〟仕打ちについてぶつぶつ言いだした。コンスタンスはできるだけ無視したが、叔母がついにこう言いだすと、黙っていられなくなった。「コンスタンス、ねえ、この件が家のなかにこれほど争いといやな気分をもたらすなら、今日の午後、レディ・ホーストンのお宅にうかがうのは、控えたほうがいいのではないかしら」

コンスタンスは内心の動揺を隠そうと努めながら、めまぐるしく頭を働かせた。叔母にはどう言えば、いちばん効果があるだろう？　「でも、レディ・ホーストンを怒らせてはまずいでしょう？　ロンドンの社交界ではとても力がある人よ。わたしは今日の午後、お屋敷にうかがうように、強く言われているの」

「ええ。でも、気候のせいか、少し具合が悪くて行けないという手紙を書いて送れば、わかってくれるはずよ」それからぱっと顔を輝かせ、機嫌よくうなずいた。「娘たちとわたしがお邪魔して、あなたが残念がっていたことを直接お伝えするわ。ええ、それがいちばんいいでしょうね」

怒りがこみあげたが、コンスタンスはそれを押し戻し、落ち着いた声で言った。「でも、わたしはちっとも具合が悪くないし、今日の午後レディ・ホーストンのお屋敷に行きたいの。それに、招かれていない叔母様たちがいきなり屋敷を訪れたら、レディ・ホーストンはなんと言うかしら」

叔母は眉を上げた。「あの方はここに来たんですもの。わたしがその訪問を返すのは礼儀にかなっているわ」

「わたしが行かなければ、彼女は機嫌をそこねるわ」コンスタンスはきっぱりそう言った。

「今夜の舞踏会の招待を引っこめるかもしれない」

「でも、具合が悪ければ、行けなくても仕方がないでしょうに」叔母は怒りをこめてコンスタンスをにらんだ。

「わたしは元気よ」コンスタンスは精いっぱい頑固な顔で叔母を見返した。

「レディ・ホーストンには、それはわからないわ」

「あら、わかりますとも」

叔母は驚いて目をみはり、つかのま口ごもった。「あなたは……わたしの言うことに逆らうの？」

「わたしは今日の午後、レディ・ホーストンのところに出かけます」コンスタンスは穏やかに言った。「もちろん、叔母様には逆らいたくないわ。だから、どうか行くのを止めないでちょうだい」

叔母はさっきよりもっと驚いた顔になり、あんぐり口を開けてコンスタンスを見つめた。何か言おうとしてまた口を閉じるその様子は、まるで金魚がぱくぱく口を開けているようだった。

コンスタンスは叔母が言葉を失っている隙《すき》に、身を乗りだしてかき口説いた。「フランチェスカは社交界ではとても大きな力があるのよ。お父様が伯爵なの。ロックフォード公爵ともお友達なのよ。叔母様もわかっていらっしゃるように、ジョージアナたちのためにたくさんのことができるわ。でも、あの方の機嫌をそこねたらひどいことになるでしょう。わたしのことをどれほど怒っていても、フランチェスカの機嫌をそこねないでほしいわ」

叔母は怒りを募らせ、いまにも怒鳴りだしそうな顔で長々と言い返すために口を開けた。が、そのとき小さな目に何かがひらめいた。理性か、警戒心が。そして口を閉じた。

「フランチェスカ？」叔母はようやくそう言った。「あなたはそう呼んでもいいと言われたの？」

コンスタンスはうなずいた。すっかり親しくなったことを示すために、フランチェスカの名前をわざと口にしたのだ。ありがたいことに、叔母はそれに気づいてくれた。

「叔母様が今度のことを気に入らないのは、よくわかってるの。だけど、今夜の舞踏会のことを考えてみて。レディ・ホーストンが昨日いらしたときに、叔母様になんと言ったか、お友達のマートン夫人に話すときのことを考えてみて。フランチェスカの機嫌をそこねなければ、これからもたくさん彼女と話せるのよ」

「なんて恩知らずな人なの！」ブランチ叔母はコンスタンスに向かって叫んだ。「あなたのために、これほどいろいろしてあげているのに！」

「叔母様がしてくださったことは、ひとつとして忘れていないわ。レディ・ホーストンにも話したのよ。叔母様とけんかをするのはいやなの」コンスタンスは静かに、だが断固とした調子で言いながら叔母を見返した。これまでは恩義を感じ、波風を立てるのがいやで叔母の意に従うことが多かった。だが、今度だけは自分の意志を曲げるつもりはない。たとえそのために叔母と決裂しようとも。彼女は自分がどれほどこのシーズンを楽しみたいと願っているかに、このとき初めて気づいた。「レディ・ホーストンの友情はこのシーズンのあいだしか続かないでしょう。そのあとはふだんの生活に戻るわ。でも、誰も愚かな行動を取らなければ、この数カ月でジョージアナたちのためにどれほどのことができるか考えてちょうだい」

ブランチ叔母は怒りに鼻孔を膨らませ、唇を引き結んだ。つかのま、コンスタンスは叔母が自分を抑えきれないのではないかと恐れた。だが、ややあって叔母はごくりとつばをのみこみ、握っていた拳《こぶし》を開いて、長い息を吐きだした。そしてふたたび目の前の皿に視線を戻しながら冷たい声で言った。「もちろん、レディ・ホーストンのところに行くのを禁じたりはしませんよ。でも、あなたの傲慢《ごうまん》な態度ときたら。わたしに向かってそんな口をきくのを聞いたら、気の毒な亡きお父様がどう思われることか」

その〝気の毒な亡きお父様〟は、義理の妹を毛嫌いして、叔母が来るときはなんとか口実を作って留守にしていたものだった。父がここにいたら、むしろ自分に拍手してくれるのではないかしら？　コンスタンスはそう思ったが、もちろん、叔母には何も言わなかった。彼女は、驚いて目をみはっているいとこたちの視線を感じながら、急いで食事をすませ、叔母にテーブルを離れる許可を求めた。叔母は氷のように冷たい声で応じた。

コンスタンスは二階の自室に逃げこみ、フランチェスカのメイドが作りなおしてくれるはずのドレスを、昨日買い物したときの箱や紙袋に入れた。それから座って、ホーストン伯爵家の馬車が迎えに来るのを待った。さいわい、ほどなく階下のメイド、ジェニーがドアをノックし、畏敬《いけい》の念を浮かべて立派な馬車が通りで待っていると告げに来た。出かける途中で客間の前で足を止め、叔母といとこたちに明るい声をかけたが、答えの代わりに、沈黙と三組の怒りに燃える目に迎えられた。どうやら当分はぎくしゃくすることになりそうだ。とはいえ、これから数週間どれほど家のなかの空気が冷たくなろうと、後悔は少しも感じなかった。

ホーストン伯爵邸は、ロンドンのもっとも洗練された地域であるメイフェアの中心にあった。馬車をおりたコンスタンスは、いかめしい黒い鉄製のフェンスとその向こうにそびえる、古典的なパラディオ様式のエレガントな大邸宅に圧倒された。フランチェスカと一緒にいるときは、彼女がとても気さくな人柄なので、王族と親しくつきあってきた男女の子孫であり、同じような家柄の男性の未亡人であることをつい忘れてしまう。

フランチェスカの亡きご主人はどんな方だったのかしら？　コンスタンスは白い石造りの建物を見ながら、ちらっとそう思った。昨日、結婚と恋愛の話をしたときも、彼女は亡き夫についてはひと言も触れなかった。それはどういう意味なのか？　ホーストン卿が数年前に死んだあと、フランチェスカが一度も再婚していないことは、コンスタンスも知っていた。ほかの誰とも結婚しないのは、亡き夫をとても愛していたからだというロマンティックな噂も耳にしていたが、昨日の様子からすると、おそらく事実はその反対ではないか。フランチェスカは最初の夫に懲りて、二度と結婚する気になれないのかもしれない。

大邸宅の前で少しばかり萎縮《いしゅく》していたコンスタンスは、フランチェスカ自身が両手を差しのべ、階段を駆けおりてくるのを見てほっとした。

「コンスタンス！　わたしの部屋に来てちょうだい。メイジーがいつものように魔法を使ってくれたのよ。あなたに見せるのが待ちきれないわ」

彼女が片手を振ると、召使いが急いでコンスタンスから箱や袋を受けとった。フランチェスカはコンスタンスの手を取って弧を描く広い階段を上がり、二階へと導いた。

「美しいお宅ですね」コンスタンスはうっとりと見まわした。

「ええ、夫の母のレディ・ホーストンは、すばらしいセンスの持ち主だったの。もしも老ホーストン卿が取り仕切っていたら、どこを見ても狩猟の絵と暗い色の大きなジャコビアン様式の家具ばかりだったでしょうね」彼女はおおげさにぶるっと身を震わせた。「もちろん、すべてを維持するには広すぎるのよ。東棟はすっかり閉めてあるの」彼女は階段の向こう側に手を振った。

コンスタンスは寝室に導かれた。静かな裏庭を見下ろす、広くて居心地のよい部屋だ。両側に窓があり、明るい光と暖かい夏の空気に満たされている。女性らしい装飾だったが、過度の飾りはなく、家具はどれもエレガントで気品があり、歩きまわるのにたっぷりした空間がある。どうやらフランチェスカは、あらゆる場所に家具や飾りを置きたがる女性特有の癖とは無縁のようだ。

その部屋には、きちんとした服装のメイドがふたりを待っていた。かたわらのベッドには青いドレスが広げられている。ふたりが入っていくと、メイドは振り向き、丁寧にお辞儀をした。

「ああ、見事よ、メイジー」フランチェスカはそう言って、ドレスを見るために歩み寄った。「コンスタンス、ほら、見て。わたしが話していたのはこのドレスよ。メイジーはもう変えてくれたの。レースのひだ飾りをはずしたの」そう言って、深い青色の三角形の形が縫いつけてある布地を示した。「袖も取ってくれたわ。長袖だったから。それに、もちろん、胴衣《ボディス》のすそにまわした共布の帯もね。それから明るい青のボイル地を重ね、共布で小さなパフスリーブを作ったの。そのほうが若い人向きだから、あなたに合うと思うわ」

青いサテンに軽い半透明のボイル地を重ねたドレスは、とてもすてきだった。

「着てみていただけますか、お嬢さん」メイジーが言った。「ボディスのすそに、どれくらいの幅でレースの帯をつけたらいいか見てみないと」

「美しいわ」泡立つようなドレスをうっとりと見ながら、コンスタンスはつぶやいた。

メイジーの助けで着ているドレスを脱ぎ、彼女が手を入れたドレスに袖を通した。メイジーに後ろのボタンをはめてもらうために背中を向け、自分は鏡に向かいあったとたん、コンスタンスは息をのんだ。これまでより若く、きれいに見える。コンスタンスは顔を輝かせた。自分が鏡のなかに見ている若さと美しさが、どれほど内心の喜びからきているものか気づかずに。

「完璧《かんぺき》だわ。ああ、レディ……フランチェスカ、なんて感謝すればいいか」

フランチェスカは嬉しそうに手をたたいた。「その必要はないわ。あなたのその姿がじゅうぶんな報酬よ。思ったとおり、このドレスはあなたにぴったり。メイジーは針を持たせたら、まるで魔法使いだと言ったかしら?」

「ええ。ほんとに、そのとおりですわ」メイジーが膝をついてボディスのすそに幅広のレースを留めるあいだ、コンスタンスは鏡のなかの自分の姿を見つめずにはいられなかった。深い青は彼女の目と肌をこのうえなく引き立たせていた。押しあげられた白い胸が深い襟ぐりから盛りあがっているが、おとなしい金色のレースとまるで少女のようなかわいらしいパフスリーブのおかげでこの大胆さが目立たない。

「首に何かあっさりした装身具がいるわね」フランチェスカはコンスタンスを見ながら言った。「ロケットがいいわ。そのドレスに合うショールも持っているのよ」コンスタンスが抗議しかけると、フランチェスカはきっぱり首を振った。「貸してあげるの。それならちっともかまわないでしょう?」

メイジーの作業が終わると、ふたりはコンスタンスが持ってきたドレスをベッドに広げ、昨日買い求めた材料を取りだして、メイドに自分たちの考えを告げた。午後の残りはすそや襟ぐり、オーバードレス、ペチコートについて活発に話しあって過ごした。それからメイジーがコンスタンスのドレスを仕上げるために立ち去ると、コンスタンスとフランチェスカは昨日買った青いリボンを切って、メイジーがたっぷりしたレースのひだのところどころに縫いつけられるように小さな蝶結《ちょうむす》びにした。

屋敷の裏手にある気持ちのよい小さな庭の木陰で、午後のお茶をいただいたあとは、なかに戻ってパーティの支度に取りかかった。ふたりは楽しくおしゃべりしながら、メイジーに着替えを手伝ってもらい、髪を結ってもらった。これほど楽しいときを過ごしたのはいつ以来のことか、思いだせないくらいだった。まるで姉ができたようだ。そしてこう思わずにはいられなかった。いとこたちの支度を手伝わされ、忙しくこき使われる代わりに、わたしも一緒に支度することができたら、こんなふうに楽しく過ごせたかもしれないのに、と。

ようやくすべてが終わり、支度が調うと、フランチェスカはコンスタンスを見て、まるで誇らしい母親のように顔を輝かせた。コンスタンスは最後にもう一度自分の姿を見るために鏡の前に立った。

「まあ」思わず低いつぶやきがもれた。

高く結いあげられた髪がくるくる巻かれて留められ、羽根のような巻き毛がやわらかく顔を縁どっている。暗褐色の髪は、キャンドルの光のなかで温かく、つややかにきらめき、赤みがかった筋が燃えるように輝いていた。フランチェスカが昨日コンスタンスのために買ってくれた青い小さなシルクの薔薇《ばら》の蕾《つぼみ》が髪のなかや巻き毛の房を留めたピンを隠している。

フランチェスカのドレスはコンスタンスにぴったりだった。ボディスが胸を包み、歩くたびに揺れる優美なひだを作って、高めのウエストへと落ちている。喜びと興奮で上気した白い顔も、大きなグレーの瞳も、こんなに美しく見えたのは初めてだ。

「あら、ドミニクが着いたようね」フランチェスカの言葉に、ふたりは部屋を出て広い階段を一緒におりていった。

階段のすぐ下に立っていたドミニクが、ふたりの足音を聞きつけて顔を上げた。そしてコンスタンスに気づくと、体をこわばらせ、目をみはった。

かすかなショックを浮かべて無意識に一歩近づく彼を見て、コンスタンスの胸に喜びがあふれた。

「ミス・ウッドリー」彼は我に返り、流麗なお辞儀をした。「あまりの美しさに息が止まりました」

フランチェスカが笑ってからかった。「この人には気をつけてね。枝に留まっている鳥さえ落とすことができるのよ」

「ええ、とてもお世辞が上手なことはもう知っていますわ」コンスタンスは、同じように軽い調子で相槌《あいづち》を打った。

「ひどいな、ふたりとも」ドミニクは姉が差しだした手を取り、お辞儀すると、コンスタンスにも同じようにした。手袋をしていても、彼の唇がかすめると体が震えた。

コンスタンスは頬がそまるのを感じた。さりげなくドミニクを見ると、彼はうっとりと見つめている。熱をおびた紺碧《こんぺき》の瞳を見たとたん、コンスタンスの胸は早鐘のように打ちはじめた。

「最初のワルツは、ぼくのものだよ。それを忘れないでほしいな、ミス・ウッドリー」彼は静かに言った。

「忘れませんわ」そう答え、期待に胸を膨らませながら外に出る。

今夜はこれまでとは違う人生のはじまりよ。コンスタンスは祈りとも恐れともつかぬ気持ちでそう思った。

5

コンスタンスは馬車に乗るときに、自分の手を包んだドミニクの手を痛いほど意識した。屋敷を離れ、通りを走りだした馬車のなかで、彼が自分を見ていることは、暗がりでもわかる。

「ドミニク、来週レッドフィールズに行くつもり?」フランチェスカが尋ねた。

姉の問いに顔をしかめたところを見ると、どうやら行くつもりはなさそうだ。

「もっとほかに面白いことが見つかれば、行く気はないよ」彼はこうつけ加えた。「それを見つけるのは、あまりむずかしくないと思うな」

「行くべきよ。たまにはレッドフィールズに戻る義務があるわ。いまのあなたは跡継ぎなんですもの」

ドミニクは肩をすくめた。「ぼくがいなくても、寂しがる人々などいないさ」

「もちろん、いるわ。いつもみんながあなたのことを訊《き》いてくるのよ」

ドミニクは姉の言葉を疑うように眉を上げた。「伯爵と伯爵夫人が?」

そのふたりはレイトン卿《きょう》の両親ではないの？　コンスタンスは不思議に思った。自分の両親にこんな堅苦しい呼び方をするものだろうか？　レイトン卿が親戚《しんせき》の誰かの跡継ぎだという可能性もあるが……いや、フランチェスカは兄が死んだときに跡継ぎになった、と言っていた。彼女が黙りこみ、気まずい沈黙が落ちたところを見ると、どうやらレイトン卿と両親はあまり仲がよくないようだ。

ドミニクはかすかに皮肉の混じった笑みを浮かべた。「正直言って、なぜ姉さんが行くのか、理解に苦しむな」

「恐ろしいことに、自分に期待されていると応《こた》えずにいられないたちだからでしょうね」

「ぼくにも同じことをしろというのかい？」

「いいえ。わたしはただ、あそこにいるあいだ、もっと楽しく過ごしたいだけよ」フランチェスカはそう言ってにっこり笑い、えくぼを作った。「お母様とお父様が退屈な人たちばかり招くのを知っているでしょう？　だから、あそこの滞在を少しでも明るくしたいの」フランチェスカはそう言ったあと、ふいに目を輝かせてコンスタンスに顔を向けた。「あなたも一緒に来てくださらなくてはだめよ」

コンスタンスは驚いて彼女を見返した。「ご両親のところに？」

「ただの家族の集いではないの。ふたりは毎年、レッドフィールズにある館《やかた》で大きなパーティを催すの。レッドフィールズはとても大きな古い邸宅で、何十人もお客様が泊まるのよ」

「ぼくらの両親と退屈な招待客ばかりでは、とても魅力的には聞こえないよ、フランチェスカ」ドミニクがにやにや笑いながら指摘した。

「あら、今年は退屈にはならないわ」フランチェスカは熱心にコンスタンスを口説いた。「この人の言うことには耳を貸さないで。わたしがちゃんと興味深い人たちを招くわ」

彼女の目がきらめいているのを見て、コンスタンスはその奥でめまぐるしく歯車がまわっているのが見えるような気がした。〝興味深い人たち〟というのは、おそらく〝結婚相手候補の男性たち〟という意味だろう。

「たくさんの人に出会う、このうえないチャンスよ」フランチェスカはこう言って、コンスタンスの推測が当たっていたことを示した。

「でも、ご両親はわたしの名前さえ知らないのに」コンスタンスは反射的にそう言いながら、郊外の大邸宅のパーティにとても心を惹《ひ》かれた。

「それは問題にはならないわ。もちろん、知らない顔ばかりじゃないのよ。わたしもいるし、友人のルシアン・タルボット卿も呼ぶことにするわ。今夜、彼に紹介するわね。それにドミニクも来るでしょうし」

「そうかい?」ドミニクが愉快そうに訊き返す。

「ええ、もちろんよ。ずっとふたりを避けてきたんですもの。そろそろご機嫌をうかがいに行く潮時よ。だとすれば、お客様が大勢いるときのほうがいいに決まっているわ」

「たしかに、きみの言うことも一理あるな」

レイトン卿とご両親のあいだには、何があったのかしら？　フランチェスカは興味をそそられた。ふたりのやりとりからすると、彼はしばらく前から両親を避けているようだ。父親と跡継ぎをそれほど隔てることができる確執とは、いったいなんなのか？

彼らの乗った馬車は、美しく着飾った人々をおろしている馬車の列の最後尾へと近づいていった。ドミニクが先におりて、姉と、それからコンスタンスがおりるのを手伝った。べつの馬車からおりてきた女性が、すぐさまフランチェスカに歩み寄って、なにやら熱心に話しながら彼女を引っ張って歩きだした。

ドミニクが腕を差しだし、ふたりはそれよりも少しゆっくりと進んだ。コンスタンスは彼の腕に置いた指のかすかな震えが、子爵に伝わらないことを願った。こんなに彼の近くにいると、体の奥が奇妙な具合にとろけ、頭が真っ白になる。

沈黙が長引き、コンスタンスは気まずくなって必死に適切な言葉を探した。「レッドフィールズのパーティには、いらっしゃるの？」

「たぶん」彼女はドミニクが肩をすくめるのを感じた。彼はコンスタンスを見下ろして微笑し、青い瞳をきらめかせた。「きみがいるとしたら、行く張り合いができる」

この言葉に少し息が乱れたが、コンスタンスはなんとか落ち着きを装った。「ほんとうに、お世辞がとても上手ね」

彼はくすくす笑った。「きみはぼくを誤解しているよ、ミス・ウッドリー」

彼女はドミニクが否定しなかったことに気づき、少しがっかりした。ばかね、この人がどんな男性かは明らかなのに。ええ、一昨夜のパーティでキスされたときから、わかっていたはずよ。彼の姉さえ、軽い調子とはいえ、警告していたじゃないの。

でも、わたしが望むのはまさにそれ。心が弾むやりとりで、ひとときを楽しく過ごすこと。それがたった一度のシーズンを持つ目的だもの。踊り、笑い、耳をくすぐる褒め言葉に酔うのが。フランチェスカがどう思っていようと夫を探すつもりはない。ただ、一生の思い出を作りたいだけ。

彼らはシミントン家の正面扉の前でフランチェスカに追いついた。彼女はふたりを振り返ってほっとしたような表情を浮かべ、おしゃべりの相手から離れると、三人揃《そろ》って階段をくねくねと上がり、驚くほど大きな舞踏室に入る人々の列に加わった。フランチェスカとドミニクは周囲の人々から挨拶《あいさつ》を受けていた。ほかにもかなりの人々が前からも後ろからも挨拶にやってきては、自分たちの場所へと戻っていく。コンスタンスはそのたびに好奇心に満ちた目が自分に向けられるのを感じた。

たくさんの人々に紹介され、コンスタンスは頭がくらくらしはじめた。彼らの名前をすべて覚えていることなど、とうていできそうもない。そう思っていると、フランチェスカが顔を寄せて、耳もとでささやいた。「あなたは今夜の関心の的よ」

「わたしが？」コンスタンスは驚いてフランチェスカを見た。たくさんの人々の視線は感じたが、それはただレディ・ホーストンとレイトン卿が、どこの誰ともわからない人間を連れているからだとばかり思っていたのだ。

「ええ、そうですとも」フランチェスカは満足そうにほほえんだ。「わたしたちと一緒にいる美しい女性は誰なのか、みんな興味津々なのよ」

コンスタンスはくすくす笑った。「まさか」

「ほんとうよ！」フランチェスカは力説した。「どうしてこんなにたくさんの人々が、わたしたちのところに、わざわざ挨拶をしに来ると思うの？　ひとり残らず、あなたに紹介されるのを望んでいるからよ」

フランチェスカが誇張しているのはわかっていたが、コンスタンスはそれを聞いて少しばかり自尊心をくすぐられた。

「あら、見て。ルシアンだわ」フランチェスカはちょうど扉から入ってきた男性に向かって手を振った。

彼がほほえみ、近づいてくると、コンスタンスは内心目をみはった。豊かな褐色の髪のてっぺんから、上品に流行を取り入れた服装、バターのようにやわらかい革を使った黒い靴の先端まで、まるで世知に長《た》けた社交界の紳士を絵に描《か》いたような男だ。美しく結ばれたアスコットタイ、体にぴたりと合ったスーツのジャケット。おそらく、右手にはめた大きな黒曜石の指輪から、正装の黒い膝丈ズボン《ブリーチズ》の下にはいているシルクの靴下まで、ひとつ残らず狙《ねら》った効果を上げるために、彼自身が時間をかけて選んだに違いない。

フランチェスカがコンスタンスに紹介すると、ルシアン卿はエレガントにお辞儀した。ドルシアンと並ぶと、ドミニクがあまり身だしなみに気を使っていないことが目立った。ドミニクの髪は長すぎるし、きちんとなでつけてもいない。力強い長い指にはなんの飾りもなく、アスコットタイもあっさりと結んであるだけ。ドミニクの服は生地も仕立ても上等だが、ルシアン卿ほど完璧《かんぺき》にコーディネイトされていない。だが、ドミニクの気取らない男らしさとおおらかな物腰のほうが、コンスタンスには好ましかった。ドミニクが鏡の前で長い時間を過ごす男でないのは明らかだ。そう思うと、彼がいっそう魅力的に見えた。

「レディ・シミントンは、彼女の評判に恥じない舞踏会を催したね」ルシアン卿はさりげなく周囲に目をやりながらそう言った。

シミントン邸は美しく飾られていた。階段の手すりには蔦《つた》やリボンがからみつき、かぐわしい花があちこちに置かれている。階段の上の大きな壺《つぼ》には、色とりどりの花がいけられ、どこを見てもキャンドルが灯《とも》っていた。壁沿いの燭台《しよくだい》や天井からさがったシャンデリアや、背の高い燭台が放つ金色のその光が、女性客のつけた喉や手首の宝石をまばゆくきらめかせ、ドレスの色に豊かさと深みを増し、輪郭をやわらげている。彼らの先にある舞踏室から流れてくる心地よい音楽が、大勢の話し声に混じって招くように聞こえてくる。

「今夜は社交界の主だったメンバーが集まっているな」ルシアン卿が言った。「もちろん、誰もが招待に応じたんだろうな。招かれなかった人間と思われないために」

階段を上がったところで、レディ・シミントンがまるで名誉を与えているかのように、重々しく彼らを歓迎した。フランチェスカがコンスタンスを紹介すると、レディ・シミントンはほほえみ、鷹揚《おうよう》に舞踏室のほうを示したものの、彼女の名前などほとんど耳に入っていないようだった。

「彼女はいつもあんなに……」コンスタンスはレディ・シミントンを表現する適切な言葉を探そうとした。

「尊大なのか？」ドミニクが微笑を浮かべて引きとった。

フランチェスカとルシアンがくすくす笑う。

「いや」ルシアン卿がこれに答えた。「今夜はまだましなほうだ。レディ・シミントンはモントブルックの末娘なのだよ」

「モントブルックは公爵なの」フランチェスカが説明を加える。

「クラブで一日じゅう眠っている偏屈なご老体だな」ドミニクが口をはさむ。

「一日じゅう眠っているかどうかは知らないけど、とんでもなく老齢で、耳が遠いのはたしかね。それにまだ白いかつらをかぶり、ダイヤのバックルがついた靴をはいているそうよ」フランチェスカがそう言った。

「たしかに、いつ見ても宮廷で女王陛下に謁見する寸前のように見えるな」ドミニクが言った。「支度をするのに、二時間はかかるに違いない」

「きみ、わたしも朝起きて支度をするのに二時間かかるんだがね」肩をすくめるドミニクを見ながら、ルシアンは言葉を続けた。「それはともかく、レディ・シミントンは公爵と結婚するつもりでいたんだ。彼女がデビューした年に、ひとりも対象となる公爵がいなかったのは、大きな失望だったのだよ。そのため彼女は、伯爵で我慢しなければならなかった。本人はそれがひどい降格だと感じているんだな。さいわいなことに、シミントン家には莫大《ばくだい》な富がある。おかげでまるで公爵夫人のように、いや、大公夫人のように散財できる。だからこのふたつ、つまり自分の血筋とシミントン家の金を合わせて、彼女は社交界のほぼすべてを自分より下に見ているわけだ。まあ、本人も、皇太子だけは例外だと認めると思うが」

「それはどうかな」ドミニクがちゃかした。「いまでもはっきり覚えているが、彼女は王族を〝あのドイツ人のなりあがり者たち〟と言ったことがあるぞ」

コンスタンスはこの会話をうわの空で聞きながら、広い舞踏室を見まわした。レディ・ウェルカムの大広間よりもはるかに広いこの部屋も、階段や入り口のように、花や蔦、キャンドルで美しく飾られていた。長い壁のひとつには豪華なビロードのカーテンに縁どられた背の高い窓が並び、反対側の長い壁にはずらりと椅子が置かれている。天井からさがっている三つの巨大なシャンデリアが、キャンドルの光をまばゆく反射していた。ずっと奥に設けられた小さな舞台では小編成のオーケストラが美しい音楽を奏で、部屋の中央で列を作って最初のダンスであるカドリールを踊る人々を見ながら、壁の近くにかたまった人々が談笑している。

窓がある壁のところで、叔父一家が畏敬《いけい》の念に目をみはっているのが見えた。ええ、たしかに、これはわたしや叔父一家が知っている田舎の小さな夜会や舞踏会とはまるで違う。ロンドンに来てから招かれたパーティにも、これほどの規模のものはひとつもなかった。

コンスタンスたちが見ているとカドリールが終わり、ドミニクが彼女と向かいあった。

「ぼくに約束してくれたワルツだ」

コンスタンスはどきどきしながら彼の腕に手を置き、オーケストラの演奏がはじまるのを聴きながら部屋の中央に進みでた。ワルツを踊るのは初めてではないものの、それほど頻繁に踊ったこともない。田舎のパーティや舞踏会は、ロンドンよりも保守的で、ワルツはまだ少し不信の目で見られているのだった。それに、これまでワルツを踊った相手は、子供のころからの知り合いばかりだった。ステップを間違えたらどうしよう、足を滑らせるか、つまずくか、レイトン卿の足を踏んでしまったら？　彼にひどい不器用だと思われてしまう。そう思うと、不安で胃がぎゅっと縮んだ。

ドミニクが彼女と向かいあい、片手を腰に置き、もう片方の手で彼女の手を取ったとたん、突然、頭が真っ白になり、ステップのことなど吹っ飛んでしまった。でもそれから、彼がコンスタンスをともなって踊りはじめると、すべての思いも不安も消え去った。ドミニクはこれまでコンスタンスが踊ったほとんどの相手よりも優雅で、力強いパートナーだった。巧みにコンスタンスをリードする彼の腕のなかはまるで天国のようで、こうしていることがとても自然に思えた。コンスタンスは音楽の美しさと彼が近くにいる喜びだけを感じ、何も考えずに動いた。

そして彼の顔を見上げ、それがどれほどまばゆい笑顔か自分でも気づかずに、にっこりほほえんだ。ドミニクが小さく息をのみ、つかのま腰においた手に力がこもった。

「どうして昨夜《ゆうべ》まできみに気づかなかったのかな。ロンドンには来たばかりなのかい？」

「三週間になるわ」

ドミニクは首を振った。「きみを見かけていれば、気づかないはずはないのに」

いいえ、あなたには見えなかったに違いないわ。今夜までは。わたしは冴《さ》えないドレスを着て、いとこたちの後ろにひっそりと立っていただけだもの。だが、それを口にしたくなかったから、彼女はこう言った。「招かれていたパーティが、違っていたのかもしれないわね」

「ぼくが間違った場所にいたのは明らかだな」

コンスタンスは笑った。「ほんとに口のお上手な方」

「ひどいな」ドミニクは青い瞳をきらめかせて言い返した。「きみに言ったことは全部ほんとうだよ」

彼女は皮肉な笑みをちらっと投げた。「あら、お忘れ？　あなたがどれほど熱心に追いかけられているかちゃんと聞いているのよ。あなた自身の口からね。そういう若い女性たちのすべてに目を留めるの？」

「すべてではないさ。きみだけだ」

コンスタンスは思わず赤くなりながら、自分を叱《しか》った。だが、こんな笑みを投げられては、彼のペースにはまってはいけないことをつい忘れそうになる。ええ、こんなことを言われてほほえまずにいられる？　頬をそめずにいられる？

彼女は無理してたしなめるように言った。「図書室でたわむれる女性たちのことは？　そのすべてを覚えていらっしゃるの？」

「ああ」彼は心得顔になった。「ぼくの罪を盾に取ったな。どうか、信じてくれないか。ふだんのぼくは図書室でもどこでも、若い女性とたわむれることなどないよ」

「ほんとうに？」コンスタンスは片方の眉を上げた。

「誓ってほんとうさ、ミス・ウッドリー。きみには……ぼくにふだんとは違う行動を取らせる何かがある、これが真実だ」

「褒められているのかけなされているのか、よくわからないわ」

「けなすなんてとんでもない」

コンスタンスは何も思いつかなかった。彼の目の温かいきらめきが、奇妙な具合に体のなかをとろけさせ、気のきいた言葉を返すのも、冷ややかでいるのもとてもむずかしかった。彼女はただ、いつまでもこうして彼の腕のなかで踊り、彼の目を見上げて、この瞬間と音楽に酔っていたいと願った。

だが、ワルツはあまりにも早く終わり、ふたりはくるっとまわって止まった。ドミニクがかすかにためらったあと、彼女から腕を離して一歩さがる。コンスタンスは震えながら息を吸いこみ、彼から目を離して現実の世界に戻った。

コンスタンスが腕を取ると、ドミニクはフランチェスカが待っている場所に戻っていった。彼らがそこに達するとすぐに、今度はルシアン卿がコンスタンスにダンスを申しこみ、彼女をふたたびフロアに連れだした。コンスタンスがふたたび戻ったときには、ドミニクの姿はフランチェスカのそばから消えていた。

コンスタンスはがっかりしたものの、次々にダンスを申しこまれ、彼の不在を嘆く暇もないほどだった。どんなパーティでもフランチェスカの周囲にはダンスを申しこむ男たちがいるが、今夜はその数が倍になったようだった。フランチェスカは新顔の連れに紹介を求める若い紳士たちに囲まれ、喜んでこの務めを果たした。夜の半分が終わる前に、コンスタンスのダンスカードはいっぱいになった。この人気はレイトン卿とルシアン卿が、ダンスを申しこんでくれたおかげに違いない、とコンスタンスは思った。彼らのような魅力的な男性に注目されることほど、男たちの好奇心をくすぐるものはないもの。

だが、コンスタンスはその裏にある理由をあれこれ考えずに、この夜を大いに楽しんでいた。踊り、話し、男性と軽いやりとりをしていると、自分が付き添いだという気はまったくしなかった。婚期を逸したオールドミスだとも思えない。ダンスを申しこむ男性たちが声を揃えて言うように、若い、魅力的な女性に思えてくる。最後にこれほど楽しい夜を過ごしたのはいつのことだったか、思いだせないくらいだ。何年も前、そう、父がいたころ以来だ。

叔父夫妻の不当な仕打ちを面と向かって責めることはできないが、彼らにまったく愛されていないことが、コンスタンスは寂しかった。叔父一家にとっては、彼女は愛する親戚ではなく、ていのいい召使いのようなもの。正直に言えば、コンスタンス自身も叔父たちといても少しも楽しくない。父を亡くしてからの彼女の幸せといえば、春に散歩をするとか、村の友人を訪れるとか、一時間の読書といった、ささやかなものばかりだった。今夜のようにきらめき、泡立ち、こぼれて、自然と笑いがこみあげてくるような喜びはなかった。それをふたたび味わって、彼女は自分の世界がどれほど殺伐としていたかを思い知らされた。こんな気持ちになれたのもフランチェスカのおかげ。彼女には感謝してもしきれない。このシーズンがどんな形で終わるにせよ、フランチェスカの企てに協力することに決めたのは正しい選択だった。

だが、何気なく部屋を見まわして、憎悪に燃える目にでくわすと、あふれるような幸せが一瞬だけくもった。コンスタンスはどきっとして、思わずその女性を見返した。黒い髪にとても淡い青い瞳の、すらりとした女性だ。見たところコンスタンスよりも何歳か若そうだ。人を見下すような冷たい表情を浮かべていなければ、魅力的な顔立ちだと言えるだろう。すぐ横にいる彼女にそっくりの年配の女性は、おそらく母親だろう。娘と同じように恐ろしい顔でコンスタンスをにらみつけている。

コンスタンスは軽いショックを受け、不安にかられて目をそらした。ふたりとも会ったことのない女性だ。実際、顔を見るのも今夜が初めてだと思うが、どこかのパーティで一緒になったことがあるのだろう。それにしても、あんな顔でにらまれるような何をしたのか、見当もつかなかった。

彼らが誰なのかフランチェスカに尋ねようと振り向くと、フランチェスカは若い紳士と話しているところだった。その紳士を即座に紹介され、コンスタンスは尋ねるチャンスを失った。彼が立ち去ったときには、先ほどの女性たちの姿はどこにも見えなかった。コンスタンスは心のなかで肩をすくめ、彼らのことを忘れて次の相手とダンスフロアに向かった。

フランチェスカは夜のほとんどを、まるで母親のように誇らしい気持ちでコンスタンスを見て過ごした。コンスタンスの推察どおり、ルシアンに彼女と踊ってくれと頼んだのはフランチェスカだった。そしてそのダンスのあとで、コンスタンスは美しいばかりでなくチャーミングでもあると報告されると、わがことのように嬉《うれ》しくなった。

「それにしても、なぜこんなにあの娘の世話を焼いているんだね？」彼はフランチェスカを鋭い目で見ながら尋ねた。「両親から後ろ盾を頼まれた娘じゃないことはわかっている。コンスタンスはあの恐ろしいウッドリーという女性の、貧しい親戚だそうじゃないか」

「あら、ルシアン、ひどい言い方ね」フランチェスカは彼をからかった。「わたしは見返りなしでは後ろ盾にならない打算的な女だと思っているの？」

「親愛なるフランチェスカ、そんなことは少しも思っていないよ。きみはこの五年のあいだ、いくらでも裕福な夫を選ぶことができた。だが、そうしなかった。でも、きみがあの娘を選んだ理由がわからない。彼女は社交界にデビューする年齢はとうに過ぎている。いわゆるオールドミスだよ」

「コンスタンスはわたしより若いのよ。だから年の話はやめましょう。でも、どうしても知りたいというなら、ロックフォード卿のせいなの」

「ロックフォード卿！」ルシアンは驚いて叫んだ。「彼がこれにどんな関係があるというんだい？」

「彼はわたしに挑戦したのよ」

ルシアンはかすかにほほえんだ。「もちろん、きみはそれを受けて立たずにはいられなかった」

フランチェスカはうんざりした顔になった。「この成功には、サファイアのブレスレットがかかっているの。それを手に入れたいものだわ」

「なるほど」ルシアンは口をつぐみ、それから尋ねた。「で、何を賭《か》けたんだい？」

「このシーズンのあいだに、コンスタンスに夫を見つけること」

「ああ、造作もないことだな」ルシアンはエレガントに肩をすくめた。「財産がないうえに、取り立てていうほどの縁故もない。明らかに結婚適齢期よりも五歳は上だし、すでにシーズンの三分の一が過ぎているが、そのどれもこれっぽっちも問題にはならないな。きみのことだ、どこからか伯爵を……最低でも男爵を引き抜いてくるぐらい、なんでもないだろう」

「玉の輿《こし》にのせる必要があるとは言わなかったわ」フランチェスカは言い返した。「適切な相手でいいの」

「ほう、だったらもっと簡単だな」ルシアンはにやっと笑った。

「いいわ。少々むずかしいことは認めますとも。だからこそ、あなたが今夜、彼女と踊ってくれたことがとても重要なの」フランチェスカはにっこり笑って言葉を続けた。「あなたが彼女を魅力的だと思っていることをみんなに示してくれたおかげで、彼女の価値はぐんと上がったわ」

ルシアンはちらりと横目で見た。「やれやれ、まだ何か頼み事がありそうだな」

「ルシアン!　まるで何か魂胆がなければ、わたしはあなたを褒めたことがないみたいじゃないの!」

彼は黙って片方の眉を上げた。

「いいわ。来週、一緒にレッドフィールズに来てほしいの」

彼は苦痛に耐えるような顔になった。「田舎に?　フランチェスカ、きみはわたしの心の光だが、田舎に旅をしろというのかい?」

「ケント州よ、ルシアン。未開地のジャングルに踏みこんでくれ、と頼んでいるわけではないわ」

「だが、田舎のパーティに?　きっと恐ろしく退屈に違いない」

「ええ、間違いなく退屈でしょうね。うちの両親が催すのですもの。だからこそ、あなたに来てもらう必要があるの。もっと楽しくするために」

「しかし、なぜだい?」

「うちのパーティは、コンスタンスに何人か独身の男性を紹介するのに、絶好の機会になるはずよ。あなたの言うとおり、彼女には財産がない。だから、独身の男性たちはしばらく一緒に過ごして、彼女の機知と笑顔に恋をする必要があるのよ」

「わからないな。そのためになぜわたしが必要なんだい？　代わりに独身男性をもうひとり呼べるじゃないか」

「彼らに来てもらう必要があるからよ。うちの父とベイジングストーク卿とソーントン将軍のそばで、彼らがワインを飲みながら今日の若者について嘆くのを、何人の若い紳士たちが聞きたがると思う？　さもなければ、チャドリー公爵未亡人とホイストなんてカードゲームをしたがると思う？」

「驚いたな、彼女も来るのか？」

「母の名づけ親ですもの。毎年必ず来るわ。だからもっと楽しいゲストも呼ぶ必要があるのよ。今年はドミニクも来るかもしれない。今夜はこれまでよりも穏やかな口ぶりだったから」

「だったらわたしは必要ないよ」

「ドミニクをあてにはできないわ。それに、たとえ来たとしても、最初の晩に父とけんかして、ロンドンに戻ってしまうかもしれない。興味深い男性はできるだけたくさんいるほうがいいの。ドミニクは戸外で楽しませてくれるでしょうし、あなたは楽しい会話を保証してくれる」

「親愛なるフランチェスカ、きみの美しい容姿があれば、たくさんの独身の男たちが喜んで出席するに違いないとも」ルシアンは言った。「しかし、わたしもお供するとしよう。その賭《かけ》に勝つために、きみがあれこれ画策するのをかぶりつきで見るのは楽しそうだ」

「ありがとう。承知してくれると思ったわ」

「きみの……どう呼べばいいのかな、宿敵？　友人？　彼はどうなんだい？」

フランチェスカはけげんそうな顔をした。

「きみに挑戦状をたたきつけた男さ。ロックフォード卿だ」

「ああ」美しい顔に理解を浮かべ、フランチェスカは肩をすくめた。「彼ね。少なくとも、舞踏会には立ち寄るでしょうよ。ダンシー・パークの屋敷にいればね」彼女は数多い公爵邸のひとつを口にした。ダンシー・パークは彼女が育った家からさほど遠くないところにある。

「彼が邪魔をすると思うかい？」

「シンクレアが？」フランチェスカは笑った。「どんなことでも、自分の手をくだすほど関心を持つとは思えないわね。彼はわたしたち死すべきあわれな者たちが人生を自分の手に握ろうとあくせくするのを、神のように泰然と見守るのが好きなのよ」

ルシアン卿は彼女の皮肉な言い方に眉を上げた。「しかし、どうやら今夜はオリンポス山からおりてきたようだぞ」

ルシアンが顎をしゃくったほうに目をやると、ロックフォード公爵が見えた。あちこちで声をかけられては立ち止まり、寄り道してくるが、彼が顔を上げたときにまっすぐフランチェスカを見たところを見ると、最終的な目的地はここらしい。フランチェスカはくるりと背を向け、踊っている人々に目をやって無関心を装った。

彼が近づいてくるとすぐにわかったが、自分の横で足を止め、同じようにダンスフロアを眺めたときにも、顔を向けさえしなかった。

「どうやらきみは、あひるから見事な白鳥を作りだしたようだな」彼はややあって、愉快そうな声で言った。

フランチェスカはちらりと彼を見た。気むずかしそうな顔は例によって何を考えているかわからない。「わたしの努力はほとんど必要なかったわ。こう言ってはなんだけど、ロックフォード卿、あなたはこの賭に間違った娘を選んだようね」

魅力的な唇に、かすかな笑みが浮かんだ。「簡単に勝てると思っているようだね」

「いいえ、そうは言わないわ」フランチェスカは答えた。「でも、彼女はほかのふたりより、はるかに勝てる確率が高いわね」

「うむ。急いで選びすぎたかもしれないな」彼は認め、フランチェスカを見た。その目には笑いが含まれているような気がしたが、ロックフォード卿の表情はいつだってまったく読めない。「きみのことだ、遠慮なくそれにつけこむのだろうね」

「もちろんよ」

ダンスが終わり、コンスタンスとパートナーが、ルシアンとロックフォード卿にはさまれて立っているフランチェスカのところへ戻ってきた。ロックフォード卿に気がついたコンスタンスの目に、かすかな不安がよぎるのを、フランチェスカは見逃さなかった。

彼女はロックフォード卿にコンスタンスを紹介した。彼がここに来たのはそのためだろうと思ったのだ。だが、彼がコンスタンスにお辞儀したあと、次のダンスを求めたときには少しばかり驚いた。コンスタンスも驚いたようにフランチェスカをちらりと見た。

「でも、あの、すでにパートナーが決まっていますの」コンスタンスは、むしろほっとしたような声でそう言った。

「ああ、なるほど」ロックフォード卿は自分たちのほうに歩いてくる若者に目をやった。「ミクルスハムかな?」

「はい?」コンスタンスは戸惑ったように訊き返し、ロックフォード卿が示したほうを見た。「ええ。そうですわ、ミスター・ミクルスハムと」

ロックフォード卿はきらりと目を光らせ、新たにやってきた男をにこやかに迎えた。

「やあ、ミクルスハム。気のいいきみのことだ、次の曲をミス・ウッドリーと踊るのを、あきらめてくれるだろうね?」

どちらかというと小太りで背が低く、生姜《しようが》色の髪を注意深くなでつけた若者ミクルスハムは、いきなり公爵に声をかけられてびっくりしているように見えた。彼は畏敬の念を浮かべ、鼻梁《びりょう》にそばかすの散った顔を赤くして口ごもった。「あ、あの……あなたにですか？　ええ、も、もちろんですとも」彼は公爵にお辞儀した。「喜んで。つまり、その……失礼、ミス・ウッドリー」彼は少しばかり懇願するようにコンスタンスを見た。

「よろしい。ミス・ウッドリー？」ロックフォード卿はコンスタンスに向かって腕を差しだした。コンスタンスは少しためらったあと、にっこり笑ってそれを取った。

フランチェスカはダンスフロアへ歩いていくふたりの後ろ姿を見ながらつぶやいた。

「いったい彼は何を企《たくら》んでいるのかしら？」

「きみの小鳥を脅かすつもりかな？」ルシアンが頭に浮かんだ可能性を口にした。

「いいえ、ロックフォード卿がわたしの計画の邪魔をするはずはないわ」フランチェスカは答えた。「勝負の結果に影響を与えようとするのは、卑怯《ひきょう》者のすることだもの」

ロックフォード公爵は、コンスタンスの腰に手を当ててワルツのステップを踏みはじめた。彼が笑顔でコンスタンスを見下ろすのを見て、フランチェスカは苛立《いらだ》ちが胸をちくりと刺すのを感じた。

「まったくいやな男」彼女は目をそらした。

ルシアンが考えこむような顔で彼女を見た。「しかし、どういうつもりなのかな？」

「わたしを苛立たせたいだけかもしれないわ」

「だったら、見事に成功したな」

「うるさいわね、ルシアン」フランチェスカはぴしゃりと決めつけた。「それより、次のダンスを申しこんでちょうだい」

「喜んでそうするとも」彼は深々と頭をさげて答えた。

6

コンスタンスは冷たい汗が背筋をへびのようにくねりながら滑り落ちるのを感じた。公爵と踊るのは、生まれて初めての体験だ。実際、ついさっきまでは公爵に紹介されることさえ思いもよらなかったのだ。

もちろん、ドミニクはいつか伯爵になるが、あの人懐っこい笑みと鷹揚《おうよう》な物腰に、コンスタンスはつい彼の称号と血筋を忘れてしまう。一方、ロックフォード卿《きょう》のすべてが、彼は公爵であることを示していた。堅苦しいとまではいかないが、板のようにまっすぐな背筋、何世代もの貴族の血筋の者に特有の泰然自若とした態度。この公爵ににこりともせずに見下ろされると、ほとんどの人々が目をふせたくなるに違いない。刷毛《はけ》ではいたような眉の下の黒い目は、すべてを注意深く観察し、何ひとつ見逃さないように見える。コンスタンスは、一緒にいて居心地のいい男性ではないようだと思った。

少なくとも、わたしはこの人と一緒ではくつろげない。

公爵が話しかけようとせず、ステップに集中できるのがありがたかった。今夜踊った誰よりも、うっかりステップを間違えて足を踏んだりしてはまずい相手だ。

公爵のほうは黙っていることにまったく抵抗ないようだった。きっと自分がほかの人々に与える影響には慣れているのね、とコンスタンスは思った。自分からその状況を変える努力をするつもりもないらしく、ただ黙って、なんとなくこちらを不安にさせる黒い目で彼女を見ている。

「レディ・ホーストンはきみを庇護《ひご》しているようだね」彼はようやくそう言った。

沈黙に慣れはじめたコンスタンスは、どきっとして、少し用心深く答えた。「とてもご親切な方ですわ」

なぜ公爵が自分と踊っているのか、コンスタンスにはさっぱりわからなかった。彼がダンスを申しこめば、ここにいる人々がいっそう彼女に好奇心をそそられる。それがレディ・ホーストンの計画を助け、自分が賭《かけ》に負ける可能性を高くすることは、わかっているはずなのに。

あんがい、わたしがどんな女か知りたいだけなのかもしれないわ。それともあの賭は、彼にとってはたいした意味のないもので、勝とうが負けようがかまわないのかしら？

何かよからぬ動機があってわたしと踊っているのだったらどうしよう？　踊っている最中に何かを探りだし、わたしがばかな真似《まね》をして物笑いの種になるように仕組むとか。

すると公爵の唇にかすかな笑みが浮かび、コンスタンスは彼にこの思いを読まれてしまったような気がした。「たしかに、そういう噂《うわさ》は聞いたことがある」彼は皮肉っぽく言った。

この言い方に少しばかり興味を惹《ひ》かれ、コンスタンスはちらりと彼を見た。公爵とフランチェスカが友人なのか、たんなる知人なのか、あるいは宿敵どうしなのか、この口調からは判断できない。上流貴族のあいだでは、もっとも恐ろしい敵どうしがしばしば親友のようににこやかに接することを、コンスタンスも学びはじめていた。〈オールマックス〉を主催するレディたちですら、容赦なく仲間をこきおろす。

公爵はコンスタンスに出身はどこかと尋ねた。コンスタンスは彼にそれを告げ、叔父一家と暮らしていることも説明した。

「ロンドンを楽しんでいるかな？」

「ええ、とても。ありがとうございます。レディ・ホーストンにお会いしてからは、とても楽しく過ごしていますわ」

「たいがいはそうなるね」

まったく、なんと平凡な会話かしら。彼がわたしにダンスを申しこんだのが、楽しい会話をするためでないことはたしかね。

「彼女の助言に従えば、何事もうまくいくに違いない」公爵はそう言った。

「そう願っています」それから、コンスタンスはこうつけ加えた。「でも、公爵様にはまずい結果になるのではありませんの?」

この大胆な発言には自分でも驚いたが、正直に言えば、そもそもこうして公爵と踊るようになった原因を迂回《うかい》し、奥歯に物がはさまったようなやりとりをすることに、うんざりしはじめたのだった。

公爵は眉を上げ、本物の驚きの表情を浮かべた。「なんだって? なぜわたしがきみの不幸を願うのかな、ミス・ウッドリー?」

「正確には不幸を願うわけではありませんわ。でも、公爵様がレディ・ホーストンと賭をなさったことは、存じあげているのですもの」

「彼女はきみに話したのか?」公爵は驚いたように見えた。

「わたしはそれほど愚かではありません」コンスタンスは言い返した。「何をするつもりか話さずに人を変えるのは、少しばかりむずかしいことですわ」

「そうかもしれないな」彼がそう言ったときに、黒い瞳に何かが浮かんだ。コンスタンスにはかすかな笑みのように見えた。「で、きみは彼女の計画に賛成したのかな?」

「わたしはレディ・ホーストンが賭に勝つとは思っていません。それはあてにしていませんの。でも、一度だけでもシーズンを経験してみたくなって……」

今度こそ笑みが唇に浮かんだ。それはほんの一瞬だったがたしかだった。「では、そうなることを願っているよ、ミス・ウッドリー」

　そのあとは、ダンスが終わるまでどちらも何も言わなかったが、コンスタンスはなぜかもうそれほど気詰まりには感じなかった。ワルツが終わると、公爵はコンスタンスを連れてフランチェスカのところへ戻った。それと入れ替わりに、フランチェスカはルシアンと踊りに行った。あまりに楽しい時間を過ごし、叔母といとこたちのことをすっかり忘れていたのが後ろめたくなって、コンスタンスは叔母たちを捜して周囲を見まわした。

　舞踏室を見ていくと、しばらく前に憎しみをこめてにらんでいた女性がふたたび目に入った。彼女はもう母親と一緒に立っているのではなく、なんとドミニクの腕を取ってダンスフロアに向かうところだった。

　彼女がわたしをあれほど恐ろしい目で見ていたのは、わたしがレイトン卿と踊っていたからなの？　でも、そんなばかなことがある？　わたしたちはたった一度ワルツを踊っただけよ。それでもコンスタンスは、ドミニクがべつの女性と踊るのを見て、棘《とげ》のような嫉《しっ》妬《と》が胸を刺すのを感じた。

　いずれにせよ、その件に関してできることはひとつもない。そこで彼らのことを考えないように努めながら、叔母といとこたちを捜して、あちこちにかたまっている人々を迂回しながら広間を歩きだした。驚いたことに彼女のほうに会釈したり、頭をさげてくる人々が何人もいた。これまで踊った男性や、フランチェスカのところに話しにやってきた女性たちもいたが、まったく知らない人々も交じっていた。フランチェスカの友情の効果はたいしたものだ。

ダンスフロアの端に立って話している大勢のグループをまわりこんだとき、ようやく叔父一家が見えた。コンスタンスは彼らのほうに歩きだしながら、叔母が不機嫌な顔で自分を見ているのに気づき、内心ため息をついた。わたしのことが気に入らないんだわ。おそらく、昼間の口論のことをまだ怒っているのだろう。ブランチ叔母はレディ・ホーストンを怒らせては得にならないと気づき、わたしを止めなかったが、姪《めい》を自分の思いどおりに動かせなかったことが気に入らないのだ。

コンスタンスはにこやかに挨拶《あいさつ》したが、ブランチ叔母は苦い声で食ってかかった。

「あら、ようやく身内のところに挨拶に来てくれたのね。でもまあ、わたしたちはもうあまり重要ではないんでしょうね。レディ・ホーストンとそのお友達にすっかり目を奪われているようだから」

「そんなことはないわ、叔母様」コンスタンスは落ち着きを保とうとした。「でも、レディ・ホーストンは、わたしたちにこのパーティの招待状をくださったうえに、わたしを一緒に連れてきてくださったんですもの。舞踏会のあいだ一緒にいるべきだと思ったの」

ブランチ叔母はこの分別のある答えに鼻を鳴らした。「ええ、とても正しいことね。自分を見せびらかして。ここにいる男たちの半分と踊り、一人前の大人なのにまるで若い娘のように振舞って。そんなドレスを着て。ええ、みんながあなたを笑っているに違いありませんよ。あなたの軽薄な行動をね」

恥ずかしさのためか怒りのせいかよくわからないが、コンスタンスは頬に血がのぼるのを感じた。「ブランチ叔母様！　ひどいわ。どうして笑われるの？　一緒に踊ったのは、フランチェスカにちゃんと紹介された殿方ばかりよ。フランチェスカが同意してくれた人たちと踊るのは、悪いことではないはずよ。それにこのドレスは……」

コンスタンスは自分を見下ろし、それからわざと自分よりもっと胸を露出している叔母のドレスを見た。「このドレスには不適切なところはひとつもないわ」

「あなたには色が若すぎますよ」ブランチ叔母はそっけなく決めつけた。「もう若い娘ではないのよ、コンスタンス。あなたの年の女性があんなにダンスして、殿方に媚《こび》を売るなんて……まったく恥ずかしいことだわ」

「特定の年齢を過ぎたら、ダンスができないとは知らなかったわ」コンスタンスは冷ややかに言い返した。「ダンスフロアには、その規則を教えてあげたほうがいい女性がたくさんいるようね」

「結婚した女性のことを話しているんじゃないの」ブランチ叔母は即座に言い返した。「もちろん、結婚していれば、夫や友人と踊るのは適切なことですとも。でも、未婚で年もいっているあなたが、同じように振舞うのは恥ずかしいことよ」

「どうして？」

叔母はぎょっとして訊《き》き返した。「どうしてですって？　それはどういう意味？」

「そのとおりの意味よ」コンスタンスは怒りを浮かべて言い返した。「結婚していない女は、どうして踊ってはいけないの？　結婚していなければ、何歳から踊っていけないのかしら？　二十歳？　二十五歳？　男性にも同じことが言えるの？　独身の男性は踊ってはいけないの？」

「もちろん、そんなことはないわ。ばかばかしい」ブランチ叔母はかっとなって言い返した。「厳密な規則などありませんよ。暗黙の了解というのがあるだけ。結婚していない女性は――」

「存在するのをやめるの？」コンスタンスは尋ねた。「叔母様はまるで、夫を捕まえられなかった女は、それを恥じて、生きるのをやめるべきだと言っているように聞こえるわ」

「あなたの年まで誰の目も引かなければ、いまになって引く可能性はほとんどありませんからね」叔母は険しい顔で言い返した。「あなたがロンドンに来たのは、ジョージアナとマーガレットが結婚相手を見つけるのを手伝うためよ。それなのに……」気持ちが高ぶり言葉が続かなくなったらしく、叔母は扇で床を示した。「あんなにたくさんの殿方と踊ったのに、いとこたちに誰ひとり紹介しようともしない。ただのひとりも」叔母が言いたかったのは、最初からそれだったのだ。「ロックフォード公爵と踊ったのに、わたしの娘たちに公爵の注意を向けようとすらしなかったわ！」

「ああ」いとこたちは口を尖《とが》らしてコンスタンスを見ている。コンスタンスはまたしてもちくりと胸が痛んだ。

たしかに叔母の言うとおり、コンスタンスはついさっきまで、叔母やいとこたちのことをまったく忘れていた。すっかり興奮し、自分のことしか考えていなかった。ダンスのあとで叔母のところに来て、パートナーを一家に紹介することもできたのに。母親がひだや蝶結《ちょうむす》びだらけのドレスを着せるせいで、ジョージアナとマーガレットがまるでウェディングケーキのように見えるのは、このふたりのせいではない。ふたりには手に入るかぎりの助けが必要なのだ。

ええ、わたしは若い男性を何人かこのふたりのそばに連れてくることができるわ。

「そうよ、わたしたちも公爵と話してみたかったわ」ジョージアナがすねた声で言った。

「ジェーン・モリッシーにたっぷり自慢できたのに」マーガレットがつけ加え、ふたりともくすくす笑った。

もちろん、このふたりのそばに男性を連れてきても、うまくいくとはかぎらない。マーガレットやジョージアナと味気ない会話をかわせば、少しでも機知のある男性は急いで離れていくに違いない。

「ごめんなさい」コンスタンスは謝った。「あなたたちを紹介すべきだったわね。次のパートナーはジョージアナとマーガレットに紹介するわ。でも、フランチェスカの話だと、ロックフォード公爵は、根っからの独身主義だそうよ」

「でも、いつか結婚しなくてはならないはずよ」叔母は言い返した。「跡継ぎが必要ですもの。わたしの娘たちにも、ほかの女性と同じようにチャンスがあるわ。そうでしょう?」

コンスタンスはこの問いには答えなかった。まったく根拠のない、理屈にも合わない、手前勝手な結論だが、こういう考え方は叔母の特徴なのだ。そこにある誤りや矛盾を指摘しても無駄なばかりか、叔母の逆鱗《げきりん》に触れる恐れがある。

「美しいパーティね」コンスタンスは明るい声で言い、べつの方向に話を向けようとした。

叔母はコンスタンスがいとこへの義務を怠った話を続けたそうだったが、しばらくするとゴシップ好きの本性をまるだしにして、自分が今夜見かけた上流階級の重要人物たちに関して、知っていることを話しはじめた。

コンスタンスは叔母の怒りをなだめたくて、いつもよりも注意深く耳を傾けていたが、まもなく思いが勝手にひとり歩きしはじめた。彼女は広間を見まわし、ブランチ叔母の気を引きそうなものを探した。

フランチェスカがこちらに歩いてくるのが見えたときには、心からほっとして彼女にほほえみかけた。「フランチェスカ」

ブランチ叔母は振り向いて、満面に笑みを浮かべた。「レディ・ホーストン! もっと早くお会いできなくて、とても残念でしたわ。あまりにもたくさんの人がいて。さあさ、あなたたち、レディ・ホーストンにご挨拶なさい」

ジョージアナとマーガレットは従順にフランチェスカに挨拶した。フランチェスカはにっこり笑い、うなずいた。「ご機嫌はいかが、レディ・ウッドリー？　またお会いできてとても嬉《うれ》しいわ」

ふたりは六月の暖かい夜のこと、おいしいパンチと美しい舞踏室のことを話した。そういう話題なら、ブランチ叔母はひと晩じゅうでも続けられる。だが、叔母が娘のドレスを話題にして、そこに使われている上等のフランス製レースにフランチェスカの注意を喚起しはじめると、フランチェスカは叔母が息を継いだ隙《すき》にこう言った。

「コンスタンスからお聞きになりました？　来週、彼女をレッドフィールズに招いたのですよ」

ブランチ叔母はぽかんとした顔でフランチェスカを見た。「なんですって？　どこへです？」

「ケント州にある父の屋敷ですわ。毎年、夏にはそこでパーティが催されますの。ロンドンからそれほど遠くないんですよ。ほんの数時間の距離ですわ。コンスタンスに一緒に行ってくれるように頼みましたの。お許しいただけます？　二週間ほど。彼女がいなければ、きっと退屈ですもの」

ブランチ叔母はコンスタンスを見た。その目に深い嫌悪が浮かんでいるのを見て、コンスタンスは叔母が許してくれないと確信した。そうなったら自分はどうするだろう？　叔母に逆らって許可を得ずに出かければ、家から追いだされるのは間違いない。

「まあ、奥様。なんとご親切なのでしょう」ブランチ叔母はフランチェスカに顔を戻した。「でも、そんなふうにコンスタンスをひとりで行かせるわけにはいきませんわ。二週間も見知らぬ人々のあいだで過ごすのは、とんでもなく不適切なことですもの。この人の評判を考えませんと」

フランチェスカはかすかに眉を上げ、冷ややかな声で言った。「わたしが一緒なのですよ、レディ・ウッドリー。付き添いなしだというわけではありません。それに伯爵家のパーティでは、おかしなことは起こらないとお約束できましてよ」

「ええ、もちろんですわ、レディ・ホーストン」ブランチ叔母は媚《こ》びながらも、がんとして譲らなかった。「それにもちろん、あなたの評判は申しぶんのないものです。でも、わたしはコンスタンスに対する責任を真剣に捉《とら》えていますの。そんなに長いこと、身内の誰も付き添わずに、ひとりで旅に出すことも、ひとりで置くこともできません」

「たしかに」フランチェスカは叔母をじっと見た。ブランチ叔母はその目を負けずに見返している。

叔母の望みは明らかだ。コンスタンスは恥ずかしくて内心たじろいだ。フランチェスカはあきらめてしまうのではないか？　そう思った瞬間、自分がどれほどレッドフィールズに行きたいかに気づいて、コンスタンスは息を止め、成り行きを見守った。

「なるほど」フランチェスカはややあって、氷のような冷ややかな笑みを浮かべた。「もちろん、コンスタンスひとりを招くつもりはありませんでしたのよ。あなたとロジャー卿、お嬢さんたちもお招きするつもりでしたわ」

「ご親切にありがとうございます、奥様」ブランチ叔母は勝ち誇った笑みを隠すために目をふせた。


一週間後、コンスタンスは叔父一家と郵便馬車に乗り、ロンドンを発《た》ってケント州に向かった。

この一週間はひどいものだった。叔父一家は寄ると触るとレッドフィールズと、そこで待つもてなしの話ばかり。めったに興奮しないロジャー叔父ですら、伯爵の館《やかた》を見られる期待に胸を膨らませていた。建築に深い関心を持っている叔父は、レッドフィールズの伯爵邸は、もっともすぐれたエリザベス朝様式の建築のひとつなのだ、と目を輝かせながら説明した。

ブランチ叔母は、もちろん、そんなおかしな楽しみ方にあきれて目玉をくるっとまわしただけだった。叔母に言わせれば、屋敷自体はまったく重要ではない。もちろん、それが立派なものであるかぎり、だが。問題はそこに集まる人々だった。叔母は数少ない友人を訪ねて、その週のほとんどを費やし、レッドフィールズのパーティに招かれたので、少しのあいだロンドンを留守にすると、さりげなく自慢した。こうした訪問のふたつめの目的は、言うまでもなく、セルブルックの伯爵夫妻、その家族、領地、そこに呼ばれそうな人々に関して、あらゆるゴシップを仕入れてくることだった。

叔母がほとんど家にいないため、二週間の旅の計画と荷造り、準備のすべてがコンスタンスの肩にかかった。ジョージアナとマーガレットが持っていくドレスを選ぶ。もちろん、できるだけすっきりしたドレスを選ばせようとした。その手伝いの合間に、ボタンやギャザーや縁飾りをつけたり、家政婦に留守のあいだの指示を与えたり、一家の衣服を荷造りするメイドを手伝ったりで、自分の用意をする時間などほとんどないくらいだった。〈ミル・デュ・プレシス〉で仕立ててもらったドレスと、もっと安いお針子に頼んだドレスが、出発の前にできあがってきた。どれもすばらしい出来で、そのことがほかのあらゆる頭痛の種を忘れさせてくれた。

ブランチ叔母は予測どおり、コンスタンスがベッドに広げた新しいドレスを見て鼻を鳴らした。「これはみんなあなたには若すぎるわよ、コンスタンス。付き添いが着るようなドレスではないわ。最近のあなたは何を考えているやら、まったくわかりませんよ。レッドフィールズで、わたしたちに恥をかかせないでくれるといいけど」

コンスタンスはたまりかねて叔母を振り返った。彼女は何年も叔母に気に入られようと努力してきた。叔母と自分が違いすぎることはわかっていたから、同じ関心を分かちあってほしいと期待したこともなかったし、友人になれるとも思わなかった。だが、叔父一家は彼女にとっては唯一の身寄りなのだ。何年も一緒に暮らしてきて、叔母も少しは愛情を持つようになってくれたのではないか？　そう思っていたのに、フランチェスカと出会ってからというもの、叔母はただ自分のためにコンスタンスをこき使いたいだけだということをことあるごとに思い知らされる。彼女が叔母の敷いたレールからはずれ、自分のために生きはじめたとたんに、平気でけなし、傷つける。そんな叔母を見ているとどうしようもなく腹が立った。

「恥をかかせないように努力しますわ」コンスタンスは叔母の目を見てそっけなく言った。「でも、わたしは付き添いではありません。マーガレットとジョージアナを育てる手伝いはしてきたし、これからも続けるつもりです。でも、ふたりの付き添いをするのは叔母様の役目で、わたしの役目ではありませんわ。レディ・ホーストンはレッドフィールズで楽しむようにわたしを招いてくださったんです。だからそうするつもりです。叔母様たちの荷物を持ったり、捜し物をしたりする気はないし、ふたりのそばに付き添うつもりもありません」

叔母の目が怒りにぎらついた。「まあ！　ずいぶん尊大になったこと。レディ・ホーストンの影響ね。彼女はよい相手ではないようだわ」

「そうですの？　叔母様はきっと、レディ・ホーストンがわたしたちの前から消えたほうがいいと思っているんでしょうね」コンスタンスは挑むように叔母を見た。

ブランチ叔母は息を吸いこんだものの、思いなおして口を閉じ、ややあってからこう言った。「レディ・ホーストンのような地位にある女性がすれば、申しぶんなく受け入れられることでも、未婚の女性がしたら魅力的に映るとはかぎらないのよ。財産もなく、立派な名前もない女性はとくに」

「ウッドリーの名前は、誰にとっても立派なものだと思いますわ」コンスタンスは譲らずに言い張った。「叔母様が違うとおっしゃるなんて信じられません」

叔母は言いこめられて口ごもった。「そんなことは……ウッドリーの名前は立派な名前ですとも」彼女は言葉を切り、コンスタンスをにらみつけた。「わたしたち、どうしてここに立ってそんな話をしているのかしら？　まだ荷造りが終わっていないのに」

叔母はベッドの上のドレスを苦い目で見て、コンスタンスの部屋を立ち去った。

コンスタンスは荷造りを終え、叔母との言い争いを忘れようとした。この訪問は楽しいものにするのよ。叔母に台無しにされるのはごめんだわ。

翌日、郵便馬車にすべての荷物を積むために午前中ひと汗かいたあとで、彼らはようやく出発した。長い旅でないのは幸運だった。ジョージアナは乗り物が苦手で、彼女の嘔吐《おうと》を抑えるためにひんぱんに停《と》まらねばならなかったからだ。

レッドフィールズに着いたのは、午後も遅くなってからだった。栗《くり》や薄紅色の花が咲いているさんざしの古木が茂る美しい公園を通り抜けると、伯爵邸がそびえていた。

「まあ!」コンスタンスは息をのんで感嘆の声をあげ、もっとよく見ようと馬車の窓から顔を出した。

沈む夕陽《ゆうひ》が赤煉瓦《あかれんが》の建物を温かくそめ、たくさんの窓をきらめかせている。三階建ての典型的なE字形の館の正面からは、三つの高く尖った切妻屋根が空へと突きだしている。伯爵の館は、威厳があると同時に温かみを感じさせる建物だった。中央の急傾斜の屋根からは、たくさんの煙突がそびえ、一階しかない東側の長い棟の上には手すり付きの通路が見える。

とても美しい館だわ。レイトン卿はどうしてここを訪れたがらないのかしら? コンスタンスはそう思わずにはいられなかった。もしもわたしがこんなに魅力的な屋敷の跡継ぎだったら、一年じゅうここで過ごしたいでしょうに。

郵便馬車は、両側のふたつよりも少し飛びだしたポーチのある中央の切妻屋根の前で停まった。彼らは馬車をおりて、畏敬《いけい》の念を浮かべ、近くで見るとさらに堂々としている屋敷を見上げた。ポーチの上の石壁には、三種類の紋章が彫りこまれ、どっしりした正面扉へ至る石のアーチも彫刻で飾られている。

お仕着せに身を包んだ召使いが、即座に扉を開け、広い入り口のホールから客間へと彼らを導いた。コンスタンスは背筋をぴんと伸ばした召使いに従って大理石の廊下を歩きながら、胃がしこるような不安を感じた。フランチェスカがまだ到着していなかったらどうしよう？　フランチェスカの両親、セルブルック伯爵夫妻とは一面識もないのだ。たとえ娘がコンスタンスとその身内を招待したと聞いても、会ったこともなければ名前を聞いたこともない一行が押しかけたら、伯爵夫妻は腹を立てるのではないか？

客間のソファに座っているフランチェスカの姿が目に入ったときは、心からほっとした。彼女は年配の女性と話していた。よく似ているところを見ると、おそらく母親だろう。部屋を見まわすと、窓のそばにいるドミニクが、彼らに気づいて戸口を振り向いた。窓から差しこむ光をハンサムな顔に斜めに受けて、彼が自分にほほえみかけるのを見て、コンスタンスの心臓はどくんと音をたてた。

フランチェスカが小さな声をあげてぱっと立ちあがり、急ぎ足に部屋を横切ってきてコンスタンスの手を取った。そしてコンスタンスをそれまで話していた女性のところに導き、紹介しはじめた。

思ったとおり、それはレディ・セルブルックだった。ブロンドの髪には白いものが交じり、青い目のまわりと口の両端にしわが刻まれているものの、近くから見るとフランチェスカにそっくりだった。だが、フランチェスカの顔をこれほど明るくしている活気が、母親にはまったくない。注意深く抑えられたその表情は、コンスタンスには少しばかり冷たく見えた。レディ・セルブルックは、コンスタンスと叔父一家に礼儀正しくうなずき、小声で歓迎の言葉を口にしたが、ウッドリー一家に興味を持った様子はまったく見られなかった。

ハンサムな中年の紳士、セルブルック卿も、コンスタンスたちに挨拶するために椅子から腰を上げた。彼の物腰も妻と同じように控えめで堅苦しく、青い目には息子をあれほど魅力的にしているきらめきはなかった。

「レディ・ラザフォードとミス・ミュリエル・ラザフォードをご存じかしら?」フランチェスカは部屋にいるほかの人々のほうへと顔を向けた。「レディ・ラザフォード、ミス・ラザフォード、ロジャー・ウッドリー卿とレディ・ウッドリーをご紹介しますわ。こちらはミス・コンスタンス・ウッドリーよ」

コンスタンスはフランチェスカが示したほうへ体を向けた。黒い髪の中年の女性と、同じく黒い髪の若い女性が並んで座り、コンスタンスに冷ややかなまなざしを向けている。ラザフォード母娘《おやこ》が、先日の夜、憎悪を浮かべて自分を見ていたふたりだと気づいて、コンスタンスは軽いショックを受けた。

ふたりに慎《つつ》ましくお辞儀をして、礼儀正しい挨拶を口にし、フランチェスカに従って彼女のいとこたちへと向かいながら、コンスタンスはこっそりふたりを観察した。ミュリエル・ラザフォードは背筋を伸ばして椅子の背に背中をつけずに座り、両手を膝に置いている。すそと襟ぐりにレースのひだを飾った小枝模様のモスリン地のアフタヌーンドレスを着ているが、やわらかい若い娘のようなデザインは、どちらかというとシャープな顔立ちにあまりよく合っていなかった。細い鼻からまっすぐな口まで母親にそっくり、目の色がとても淡いせいで、いっそう冷ややかに見える。

「ミス・ウッドリー！」ミュリエル・ラザフォードを観察していたコンスタンスは、ドミニクの声で我に返った。彼は窓辺を離れ、目を輝かせて近づいてくる。ドミニクはコンスタンスの手を取り、お辞儀をして、つかのまそのまま握っていた。

目の隅にミュリエル・ラザフォードが不愉快そうに唇を引き結ぶのが見えた。

「またきみに会えて、こんな嬉しいことはない」ドミニクは言った。

ラザフォード母娘のことなどたちまち忘れ、コンスタンスは彼を見上げてほほえんだ。

「レイトン卿。どうか叔母と叔父を紹介させてくださいな」

彼はコンスタンスの連れに向かいあい、くったくのない笑みを浮かべた。「ロジャー卿。レディ・ウッドリー。ミス・ウッドリー。ミス・ウッドリー。旅はいかがでしたか？」

ドミニクの笑顔に、ジョージアナとマーガレットは赤くなってくすくす笑った。魅力的なドミニクに気さくに話しかけられて、娘たちばかりかブランチ叔母までうっとりしているようだった。

「快適でしたわ。ありがとうございます、レイトン卿」叔母はまるで娘のようにしなを作って答えた。「お心にかけてくださって恐縮ですわ」

「でも、疲れていらっしゃるでしょう？　お部屋にご案内しましょうか？」フランチェスカは親しげにコンスタンスの腕を取り、彼らを二階へと導きながら、顔を寄せてささやいた。「パーレーに案内させてもいいんだけど、あの部屋から抜けだしたかったの。どこかを探せばもっとつまらない会話もあるでしょうが、聞きたくないわね。ただ、気の毒なドミニクひとりを残していくのは少し後ろめたいわ」

コンスタンスは微笑した。「レイトン卿は、その気になれば簡単に逃れることができそうですわ」

フランチェスカはくすくす笑った。「まあ、彼のことがよくわかるのね。つい先日会ったばかりなのに」

コンスタンスは自分の部屋がフランチェスカの隣で、叔父一家のふた部屋とは廊下の半分も離れているのを知ってほっとし、心から感謝した。おそらくフランチェスカが特別にそう計らってくれたのだろう。すぐ隣にいるのでなければ、何かにつけて雑用を言いつかることも、いとこたちの着替えを手伝えと言われることもない。

トランクはすでに部屋に運ばれ、メイドがドレスを取りだして、ドレッサーにかけているところだった。彼女はお辞儀をして、コンスタンスに言った。「あたしはナンです、ミス。何かご用があれば、いつでもお呼びください」彼女はドアのそばの呼び鈴を示した。「おぐしはメイジーが結うそうですが、着替えはあたしがお手伝いさせていただきます。夕食は八時です。その前に少し横になられますか？」

ナンは話しながらコンスタンスの手からマントを取り、きれいにする必要のあるしみがないかどうかをたしかめてから、大きなマホガニーの衣装だんすにかけ、帽子と手袋も受けとった。それからコンスタンスのトランクから今夜着るドレスを取りだし、アイロンでしわを伸ばしに行った。コンスタンスは顔と手を洗って旅の埃《ほこり》を落とし、髪をおろしてブラシをかけた。旅のあいだしだいにひどくなっていた頭痛は、いつのまにかすっかり治っている。

彼女はベッドに横になった。馬車に揺られ、たえまなく車輪の音とおしゃべりを聞いてきた旅のあとで、静かな部屋でこうしてゆっくりできるのはなんてすばらしいことだろう。眠るつもりはなかったが、そう思っているうちに眠ってしまい、メイドがふたたび入ってきた音で深い眠りから覚めた。ナンはコンスタンスが今夜着ることにしたドレスにきれいにアイロンをかけて戻ってきたのだった。白いサテンのスリップに、白いレースを重ね、薔薇《ばら》色と白の広い縦縞《たてじま》のボディスを組みあわせたドレスだった。大きくあいた襟ぐりは四角で、同じ白いレースで縁どられている。

ナンは彼女が新しいドレスに着替えるのを手伝ってくれた。ナンが後ろのボタンを留めていると、ドアをノックされる音がして、フランチェスカがメイジーを従えて入ってきた。

「まあ、コンスタンス！」フランチェスカは息をのんだ。「とてもすてき。マドモワゼル・プレシスは、美しいドレスを作ってくれたわ。なんてきれいに見えるのかしら。さあ、座って、メイジーに髪を結ってもらいましょうね」

コンスタンスはおとなしく従った。メイジーはこの前と同じように、彼女の髪に魔法をかけ、ピンで留め、くるくるひねって、顔のまわりにカールした髪が落ちるようにした。フランチェスカは椅子を引き寄せ、メイジーの仕事ぶりを見ながら話しはじめた。

「夕食のときには、もっと興味深いお客様が到着しているはずよ」彼女はコンスタンスに約束し、ちょっと言葉を切って小さなくしゃみをした。「失礼。シリル・ウィラビーのことは覚えているでしょう？　レディ・シミントンの舞踏会で踊った人よ。彼も来るの。それにアルフレッド・ペンローズと、ダンバラ卿も」

フランチェスカが招待客の詳細を、独身男性についてはとくに詳しくその顔立ちから性格まで話すのをうわの空で聞きながら、コンスタンスは今夜のことを考えていた。レイトン卿にまた会える、そう思うと胸がときめくと同時に、得体の知れない不安に襲われた。この滞在は、彼女にとっては現実とまるでかけ離れた、まったくべつの人生を経験できる特別なひとときだった。ここにいるあいだは、叔父一家の厄介者で、彼らの恩に感謝し、機嫌をそこねまい、少しでも役に立とう、とけなげに努力する年のいった未婚の姪ではなく、十八のときに父が病に倒れていなければ送っていたはずの、何不自由ない暮らしを楽しんでいる魅力的な女性になれる気がする。

とはいえ、心のなかには不安や懸念がわだかまっていた。叔母が言ったように、もしもこれが恥ずかしいことだとしたら？　ほかの人々がわたしを見て、ここにいるのはおかしいとか、若い女性のように振舞い、装うには年をとりすぎている、と陰で笑っていたら？

「できたわ！」フランチェスカが叫んで、顔を輝かせた。「とても美しいわ。完璧《かんぺき》よ。見てごらんなさいな」

フランチェスカの言葉に従い、部屋の隅にある姿見のところに向かうと、そこに映っている自分を見て、コンスタンスはほほえまずにはいられなかった。鏡のなかから見返してくる女性は美しいばかりか、とても洗練されて見える。これなら誰もわたしを付き添いだと思う人はいないわ。

フランチェスカが彼女の隣に立って、腰に腕をまわした。「準備はできた？」

コンスタンスはうなずいた。「ええ」

「よかった。では、階下に行って、殿方の心をいくつか捕まえましょう」

7

今夜のゲストは、フランチェスカが公式ダイニングルームの控えの間だと言った場所に集まっていた。そこは昼間、家族が座っていた客間よりも狭い部屋だったが、壁際にいくつか椅子があるだけで、余分な家具はない。控えの間は人々でいっぱいで、話し声がわんわんと響いていた。コンスタンスは客の数に驚き、戸口で足を止めた。部屋いっぱいに見知らぬ顔がつまっている。

「心配しないで、すぐにみんなと知り合いになるわ」フランチェスカが請けあった。「いらっしゃい。最初にチャドリー公爵未亡人に紹介するわね。最年長のお客様で、母の名づけ親なの。何ひとつ聞こえないから、ただ軽蔑《けいべつ》するようにじろりと見て、うなずくだけ。こんなふうに」フランチェスカは顎を上げ、鼻の先からコンスタンスを見下ろして、わずかに頭をさげた。「誰にでもそうするの。だから、腹を立ててはだめよ」

公爵未亡人は奥の壁際でレディ・セルブルックの横に座り、自分の前にいる人々を不機嫌な顔で見ていた。鋼灰色の髪を昔の女性のように高く上げているが、これはかつらではなかった。すたれてから少なくとも十五年はたつような張り骨で広げた黒いドレスも、べつの時代に属していたように見える。フランチェスカがお辞儀をしてコンスタンスを紹介したときの反応が、あまりにもさっきの真似《まね》に似ているので、コンスタンスは笑いをこらえるのに苦労した。

続いてフランチェスカはコンスタンスを連れて部屋をまわり、ひとりひとりに紹介していった。コンスタンスはあまりの数にめまいを覚え、紹介された人々の名前の半分も覚えられそうにないと不安にかられた。ようやく、舞踏会で一緒に踊ったシリル・ウィラビーのところに来たときは、心からほっとした。シミントンの舞踏会で踊った相手は、ほかにもふたり来ていたが、彼らの名前を思いだせなかったから、ふたりの名前を呼んで挨拶《あいさつ》してくれたフランチェスカにひそかに感謝した。ミュリエル・ラザフォードよりもはるかに感じのよさそうな若い女性が何人かいるのもありがたい。運がよければ、ミス・ラザフォードとその母親とは、あまり一緒に過ごさずにすむかもしれない。

部屋をまわっている途中で、ドミニクが入ってくるのが見えた。彼はフランチェスカとコンスタンスがしたように、真っ先に母とその名づけ親である公爵未亡人のところに挨拶に向かった。コンスタンスは見つめているのに気づかれないように目をそらしたが、まもなく顔を上げると、ドミニクが彼女を見ていた。彼はコンスタンスにほほえみ、自分の横にいる男性に何かつぶやいてそこを離れた。あちこちでゲストに挨拶しながらゆっくり歩いてくるが、コンスタンスは彼が自分のところに来るつもりだとわかった。そしてフランチェスカとダンバラ卿《きょう》という少々冗長な若い紳士と話しながらも、ドミニクがどこにいるかを全身で感じ、ダンバラ卿が話しているロンドンからの道中のエピソードから、ともすれば気持ちがそれそうになった。

ドミニクが話しかけてくる寸前に、コンスタンスは彼がすぐ横に立ったのを感じた。

「ダンバラ卿。フランチェスカ、コンスタンス」

「ドミニク！」フランチェスカはほっとした顔で、弟に挨拶するために向きを変えた。

ダンバラ卿はうなずいた。「やあ、レイトン卿。きみに会えるとは思わなかったな。今朝レディ・ラザフォードからきみが来ると聞いたんだが、絶対に来ない、と言ったんだよ。〝一週間前の土曜日に、議会へ行く途中で彼に会いました〟と、ぼくは彼女に言ったのさ。そのときさみが、レッドフィールズには行かない、とたしかに言ったとね。だが、彼女はぼくの話を聞こうとせず、レディ・セルブルックから直接聞いたと主張して譲らない。〝もちろん、レディ・セルブルックは知っているはずだ。ここは彼女の家だし、きみは彼女の息子だから〟と言い張ってね」

「彼女が正しかったな」ドミニクは長い経験から身につけた巧みさで、ダンバラ卿の話をさえぎった。「あれから気が変わったんだ」

「まあ、そういうこともあるな」ダンバラ卿は同意した。「ぼくも、つい今朝そういうことがあった。青いジャケットを着てここに来るつもりで、召使いにはそれを取りだしておくように言ったんだが、今朝、目が覚めると、いや、茶色にすべきだ。旅をするには茶色のほうがいい、と思ったのさ。わかるかい?」

「もちろん、そのほうがいい」ドミニクは早口に同意した。「ぼくもそうしただろうね。ミスター・カルサーズともう話したかい? 彼は馬車につけるのに葦毛《あしげ》を二頭ほしがっているんだ。きみは、ウィンソープが売ろうとしているあの二頭を見ただろう?」

「へえ、カルサーズが?」ダンバラ卿の目に初めてかすかな生気が宿った。「あれはやめたほうがいい。ああ、あれはまずい。彼に話したほうがいいだろうな」そう言って部屋を見まわした。

「ええ、そうしたほうがいいわ」フランチェスカは同意した。

ダンバラ卿は彼らのそばを離れるためにそれから二、三分かけて挨拶すると、ようやくカルサーズのほうへと部屋を横切りはじめた。

フランチェスカは大きなため息をついた。「ありがとう、ドミニク。あなたは救い主よ」

「ダニーは壊れた車輪の話をしていたのかい?」ドミニクは愉快そうに目をきらめかせながら尋ねた。

「ええ。でも、実際に壊れるところまでは、まだずいぶんかかりそうでしたわ」コンスタンスは言った。

「そのとおり」フランチェスカが同意する。「馬車に荷物を積みこむ描写だけで、十分はかかったわね。彼の旅がいまの話と同じくらい退屈だったら、途中で死んでしまわないのが不思議なくらい」

「どうして彼をミス・ウッドリーに紹介する気になったんだい？」

「ずいぶん長いこと避けていたので、どれほどだらだら話す人か忘れていたの」フランチェスカは認めた。「許してちょうだいね、コンスタンス。彼はリストから消すことにしましょう」彼女はドアのほうを見た。「あら、あなたの叔母様と叔父様が見えたわ。彼らを紹介しなくては。ミス・ウッドリーのお相手をしてくれる、ドミニク？」

「喜んで」ドミニクは言った。

フランチェスカが離れていくと、ドミニクはコンスタンスに顔を戻した。「リストって？　なんのリストだい？」

コンスタンスは少し赤くなった。「べつに。レディ・ホーストンがわたしを新しいプロジェクトになさっているだけ。わたしに夫を見つけてくれるおつもりなんですわ」

「きみは結婚したいのかい？」彼は問いかけるように片方の眉を上げた。

コンスタンスは首を振った。「いいえ。どうぞご心配なく。わたしまであなたを追いかけたりはしませんから。結婚したいとはとくに思いませんの」

「では、したくないの？」

「そうではありませんけど、心からそうしたいと望む相手でなければいやなんです。でも、財産のない女には、望む相手が見つかる可能性などほとんどありませんもの」コンスタンスは肩をすくめ、自分の言葉の棘《とげ》をほほえみでやわらげた。

「ああ、するとぼくらは同志だな」彼はにっこり笑ってそう言った。「どちらも結婚市場からの逃亡者だ」

「でも、わたしは追ってくる殿方から隠れる必要はありませんわ」彼女は笑ってそう言い返した。

「それはどうかな？　ぼくらのなかには、鋭い眼識のある者がそんなに少ないのかい？」

「ひょっとすると、みんなあなたと同じで、結婚には関心がないのかもしれませんわ」コンスタンスは指摘した。「ほかの関心は、女性にとっては危険すぎますもの」

たわいのないやりとりを楽しみながら、何気なく周囲を見ると、ミュリエル・ラザフォードの氷のような視線にでくわした。ミュリエルの敵意に、うきうきしていた気分が少ししぼんだ。あの人は、わたしのどこがそんなに気に入らないのかしら？　コンスタンスは不思議だった。きっと何かレイトン卿に関係のあることね。ひょっとすると、彼とミュリエル・ラザフォードにはなんらかの約束でもあるのかしら？

コンスタンスはドミニクの顔を見上げた。彼はコンスタンスを見ていた。ハンサムな顔には、コンスタンス同様、この会話を楽しんでいる様子しか見られない。これはべつの女性を愛している男性の顔には見えないわ。それに結婚市場からの逃亡者だという彼の冗談半分の言葉からも、特定の女性と婚約かそれに近い状態にあるとは思えない。わたしの思い違いね。ミュリエル・ラザフォードに嫌われている理由はほかにあるに違いない。ひょっとするとミュリエルは、自分のお気に入りのどんな男性に対しても、競争意識をむき出しにするのかもしれない。これからは無視することにしよう。コンスタンスはきっぱりとそう思った。

ドミニクがふたたび話しはじめようとすると、夕食の用意が調ったという知らせがあった。彼は母を食堂にエスコートしなくてはならないから、と断って、コンスタンスのそばを離れていった。いまは壁のなかへおさまっている部屋の奥の引き戸と、その先の広い食堂が見える戸口へと、セルブルック卿が招待客を導いていく。公爵未亡人がその腕を取っている。レディ・セルブルックをエスコートしたドミニクがそれに続き、残りのゲストは彼らのあとに従った。

このときまで一度も見かけなかったルシアン卿がコンスタンスのすぐ横に立って、腕を差しだした。コンスタンスは感謝の笑みを浮かべた。フランチェスカがそばにいないため、大勢の見知らぬ人々のなかで少し途方に暮れていたのだった。彼女の席はテーブルの端の近くだった。上座にいるフランチェスカとドミニクからはかなり離れているが、さいわい、ルシアンとシリル・ウィラビーのあいだだった。シリルは知的な褐色の目をした三十代の好ましい男性だ。夕食のときに何を話せばいいか少し心配していたのだが、ルシアンはふたり分の興味深い会話ができるし、ウィラビーとは先日話したことがあり、彼がとても話し上手でやさしいことがわかっている。

とてもたくさんのコースと選択肢のある食事は、ゆうに一時間以上は続いたが、おかげでコンスタンスは気詰まりな思いをすることもなく、快適に過ごすことができた。ルシアンはテーブルにいる全員の社交界の歴史を低い声で説明してくれた。そして彼が左側にいるミス・ノートンに顔を向け、軽妙な会話で楽しませているときは、ウィラビーと、父が好きだった薔薇《ばら》戦争の入り組んだ歴史について話した。

ウィラビーは、父と同じようにエドワード四世の崇拝者で、父と同じように歴史についてよく学んでいた。彼はサセックスに小さな邸宅を構えているのだと打ち明け、ロウワー・ボックスベリーの近くにある静かな村のことを、愛情をこめて語った。彼と話すのはとても楽しかった。フランチェスカが彼を求婚者のリストに含めた理由はよくわかる。ウィラビーは、よく本を読んでいる、知性的な、洗練された紳士、堅実な男性だった。要するに、女性が喜んで結婚したがるようなタイプの男性だ。

だが残念ながら、彼女はこれっぽっちもウィラビーに惹《ひ》かれなかった。好ましい顔立ちで、体つきも、着ているものも悪くない。マナーはよいし、礼儀正しく、ルシアンのように才気煥発《かんぱつ》ではないにせよ、少なくとも多少はユーモアのセンスも備えているし、ウィラビーが口にする意見はルシアンよりも、はるかに穏やかで思いやりがある。だが、そういう長所がわかっていても、ドミニクが近づいてくるときに感じる泡立つようなときめきや興奮の断片すらわかないのだ。

とはいえ、ドミニクに何かを期待しているわけではない。結婚できる望みがないことはよくわかっているから、彼と恋に落ちるという過ちをおかすつもりはまったくなかった。友人だからといって、まったく情熱を感じられない男性と結婚することは考えられない。友人のジェーンは、愛は注意深くはぐくむものだとよく言うが、はぐくむためには、最初に何かが必要だと、コンスタンスには思えるのだった。ウィラビーは好ましい男性だが、コンスタンスは彼と一生をともにしている自分を思い描くことができなかった。

そして、まだほかの誰とも長い時間を過ごしたわけではないが、フランチェスカがこの屋敷のパーティに招待した男性たちのすべてについても、同じことが言えるような気がした。アルフレッド・ペンローズも、レディ・シミントンの舞踏会で踊った相手だ。ダンスのパートナーとしてはすばらしかったが、彼が話すのは馬と猟犬と狩りのことばかり。それにダンバラ卿は！　まあ、彼と一緒にいるのは十分も我慢できなかったのだから、とても一生は無理だ。

ほかにも、今夜初めて会った男性が三人いた。ふたりの名前はとっさには思いだせない。ひょっとすると、もう少しよく知りあえば、そのうちひとりぐらいは小さな火花ぐらいは感じる相手がいるかもしれない。だが、自分の性格からすると、そうはならないという気がした。こんなに苦労した末に、コンスタンスが誰とも婚約しないことになって、フランチェスカがあまりがっかりしないでくれるといいが。

でも、フランチェスカには最初にちゃんと警告したわ。男性のこととなると、極端に好みがうるさい女だとみなされていることは、よくわかっている。条件のよい女性でも相手を見つけるのがむずかしいのに、財産がなくとっくに婚期を過ぎた女ではほぼ不可能だ。いとこたちは、出会ったほぼすべての男性に熱を上げ、会話らしい会話ができないことやワイン好きといった些細《ささい》な欠点は大目に見る。

コンスタンスはこう思うようになっていた。わたしは特別変わった条件を男性に求めているわけではないのよ。なんといってもウィラビーはよい夫になることを認めているのだもの。ただ、簡単に恋に落ちることができないだけ、と。また、ひどく気が滅入《めい》っているときにはこう思う。ひょっとすると、わたしは恋などできない女なのかもしれない、と。

だが、一度だけは恋をしたことがあった。父が病に倒れたあとで、温泉が病を癒《いや》してくれるか、せめて軽くしてくれることを願い、療養のために何カ月かバースへ行ったときのことだった。そこでガレス・ハミルトンと出会ったのだ。彼に求愛されていた何カ月かのあいだは、どれほど幸せだったことか。しばらくのあいだコンスタンスは愛と希望に満たされていた。しかし、その恋は現実という暗礁に乗りあげた。〝父の病気にわたしの看病が必要なあいだは結婚できない〟と、彼のプロポーズに首を振るしかなかったからだ。重い病の床にいる父を残して結婚することなど、どうしてできよう。そのために、ガレスとは別れなくてはならなかった。

あなたはそれ以来、まだガレスのことを忘れていないのよ。友人のジェーンはロマンティックなため息をついてこう言いたがる。だが、コンスタンスはそうは思わなかった。まだガレスに焦がれているわけではない。いつもは彼のことを考えさえしない。しかし、もしかするとあのときの苦い経験のせいで傷つき、恋ができなくなってしまったのかもしれない、と思うことはあった。

夕食のあと、男性はワインとたばこのために喫煙室に行き、女性たちは音楽室に移動した。レディ・セルブルックがミュリエル・ラザフォードに、みんなのためにピアノを弾いてくれと頼んだ。ミュリエルはうなずいて、ピアノの前に座り、そこにある楽譜からひとつを選んで弾きはじめた。

ミュリエル・ラザフォードはピアノが上手だわ。コンスタンスはしぶしぶながら認めた。ただし、テクニックは完璧《かんぺき》だが、何かが欠けている。おまけにミュリエルが選んだのは暗い、ゆっくりした曲だった。満腹したすぐあとに聴いていると、まぶたが自然にさがってくる。公爵未亡人はすでにこの闘いに敗れ、目を閉じて居眠りをしていた。公爵未亡人が髪につけている色鮮やかなふたつのプラムが、頭の動きにつれてこくんこくんと揺れる。

夫人はときどきはっと目覚めて顔を上げ、一瞬だけ驚いたように周囲を見まわす。それからまた目を閉じて居眠りをはじめた。

コンスタンスのすぐ横で、フランチェスカがため息をつき、手にした扇でゆるやかにあおぐと、顔の下半分を隠してつぶやいた。「母は朝が早いの。ゲストにも同じく早起きするように勧めるのが好きなのよ。だからミュリエルにああしてピアノを弾かせるんだと思うわ」

コンスタンスは唇をひくつかせ、急いで下を向いて笑いを隠した。「ひどい人」

「でも、ほんとうのことよ。これを逃れるためにいますぐ男になれるなら、何をあげても惜しくないわ」

「殿方はこれが終わるまで喫煙室にいるの？」コンスタンスは驚いて尋ねた。

「ミュリエルが弾いていることがわかればそうするでしょうね」フランチェスカは言い返した。「それに母は必ず彼女に弾かせるから……」途中で言葉がとぎれ、フランチェスカはくしゃみをした。できるだけ音を抑えようと努めながら、続けざまに二度。「いやだわ。さっきからくしゃみばかり。いやね、風邪でも引いたのかしら」

ピアノに近い前のほうの席に座っているレディ・ラザフォードが、娘の演奏を誰が邪魔したのか見ようと、顔をしかめて振り向く。フランチェスカは謝るようにほほえみ、それから突然ぱっと背筋を伸ばし、いたずらっぽい笑みを浮かべてちらりとコンスタンスを見た。

彼女は扇で口もとを覆い、コンスタンスにかがみこんでささやいた。「わたしに合わせて」

コンスタンスはけげんな顔でうなずいた。フランチェスカは椅子の背に背中を戻し、せわしなく扇を動かした。まるでふいにアレルギーでも起こしたように。それから咳《せ》きこみはじめた。最初は一度だけ。続いて何度も。そのあとはまたしてもくしゃみをして、ひどい咳《せき》の発作に襲われた。それがあまりにも真に迫っているので、コンスタンスは本気で心配になった。

「大丈夫?」コンスタンスはフランチェスカに顔を寄せ、静かな声で尋ねた。

フランチェスカは口を覆っているために答えられず、首を振るばかり。彼女が立ちあがろうとするのを見て、コンスタンスは急いで手助けしようと、フランチェスカの腕をつかんだ。そして謝罪の言葉をつぶやきながら、まだ咳をこらえようとしているフランチェスカの手を引いて音楽室を出た。

廊下に出たあとは、何度か咳をしながら足早に音楽室を遠ざかり、にやっと笑ってコンスタンスを振り向いた。コンスタンスは笑いをのみこみ、友人のあとを急いだ。

「大丈夫?」階段の下にたどり着くと、コンスタンスはもう一度尋ねた。

フランチェスカはいたずらっぽい笑みを浮かべ、それから急いでハンカチを顔に当て、またくしゃみをした。「どうかしら。咳のほうは演技だったのよ。このくしゃみは……」

彼女は咳払いして、うるんだ目をそっと拭《ふ》き、ため息をついた。「いやだわ。明日の外出を逃すはめにならないといいけど」

「どこへ行くの？」コンスタンスは一緒に階段を上がりながら尋ねた。

「村の教会へ行くだけ」フランチェスカは鼻にしわを寄せた。「そこの歴史について、司祭がちょっとした講義をしてくれるの。あの教会は、ノルマン人が建てた塔の典型的なものらしいわ。それと、思いだせないけど、ほかにもいくつか文化財があるのよ。間違いなく死ぬほど退屈だけど、少なくとも外出できるし、公爵未亡人と母とレディ・ラザフォードは行かないから、それだけでも出かけたい気になるわね」

コンスタンスはくすくす笑った。フランチェスカはにっこりしてつけ加えた。「ただし、あなたの叔母様が、その教会を見るのは初めてだから喜んで一行の付き添いを務めます、と母に申してたの。母は即座に飛びついたわ。それでも、多少はおしゃべりをするチャンスがあると思うわ。男性ともね」

彼女はそう言って、希望をこめた目で横にいるコンスタンスを見た。

「楽しそうね」コンスタンスは曖昧《あいまい》に答えた。

「今夜はミスター・ウィラビーの隣にいたわね」フランチェスカは言葉を続けた。「彼のことをどう思う？」

「とてもいい人よ」コンスタンスは答え、ためらった。

「でも？」

「こんなことを言って、恩知らずだと思わないでね。でも、わたしに関しては、ほとんど望みがないことを話しておくべきだと思うの。彼が……その、まだ会ったばかりで、プロポーズされたわけでもないのに、こんなことを言うなんでずいぶんうぬぼれているみたいだけど、たとえプロポーズされても、受けられるとは思えないの。とてもいい人なのはわかってるのよ。でも、愛することができるようになるとは思えなくて、それに――」

「いいのよ。そんなに気をもむことはないわ」フランチェスカは片手を取ってぎゅっと握った。「あなたが誰とも婚約しなくても、怒ったりはしなくてよ。それに、この二週間で誰かがプロポーズするとも思っていないわ！　時間はたっぷりあるし、世界にはシリル・ウィラビーのほかにも、たくさんの男性がいるんですもの。彼はここにいる何人かのひとりにすぎないわ。まだアルフレッド・ペンローズにミスター・ケンウィックに、ミスター・カルサーズ、それにフィリップ・ノートン卿もいるわ。もちろん、ダンバラ卿はだめ。まったくどうして彼をリストに加えたのかしら。それにロンドンに戻れば、数えきれないほどの独身の男性がいるわ」

コンスタンスは胃を締めつけていた力が、かなりゆるんだような気がした。「ありがとう。そう言ってくださると、ほっとするわ。あなたがわたしにどれほどよくしてくださっているかは、よくわかってるの。心から感謝しているわ」

「やめてちょうだい。わたし自身もとても楽しんでいるのよ。わたしはあなたと買い物に行き、何人かを招いただけ。この内輪のパーティを活気づけるという目標ができて、わたしこそ感謝しなくては。いつもは死にそうなほど退屈なんですもの」

ふたりはフランチェスカの部屋にたどり着いた。フランチェスカは呼び鈴を鳴らしてメイドを呼び、ドレスを脱ぐことにした。「さっきの名演技を疑われないために、今夜は早寝したほうがいいでしょうね」

そこでコンスタンスは自分の部屋に戻った。静かな部屋でひとりでいるほうが、ミュリエル・ラザフォードのピアノを聴いているよりも好ましい。まだ眠る気になれなかったが、かといって、することもない。そこで階下の図書室に行き、何か読むものを探してくることにした。フランチェスカと夕食に行く途中で図書室の前を通り、そこが広い部屋で何百冊という蔵書があることに目を留めていたのだ。きっと何か面白そうな読み物が見つかるに違いない。

キャンドルを灯《とも》し、ふたたび静かに階段をおりて、できるだけ足音をたてないように注意深く、図書室へと廊下を進んだ。音楽室の誰かが聞きつけて、廊下に顔を出せば、どんなにいやでも礼儀上あの部屋に座らなくてはならない。さいわいなことに、図書室は音楽室の手前にあった。

戸口のすぐそばにあるテーブルのオイルランプは、芯《しん》を低く絞ってあった。コンスタンスは静かにドアを閉め、ランプの芯を高くすると、右手の書棚に向かい、手にしたキャンドルを掲げ、壁沿いに歩きながら書名を読んでいった。

すると、後ろで物音がした。驚いて振り向き、ソファに座っている男が背もたれから顔をのぞかせているのに気づくと、びっくりして思わず小さな悲鳴をあげた。それからその男がドミニクだとわかり、安堵《あんど》のため息をもらしながら片手を胸に当てた。

「こういう会い方はやめなくてはいけないな」彼は明るい声で言った。「そのうち誰かに見咎《みとが》められる」

「もう少しで心臓が止まるところだったわ」コンスタンスは恐怖の反動で鋭く言い返した。「どこにいらしたの？　入ってきたときには見えなかったわ」

「横になっていたんだ」彼は滑るように立ちあがり、部屋を横切ってきた。「また隠れているんだね？　今度は誰からかな？　恐ろしい叔母様？　いや、待てよ、きみの答えはわかってる。ぼくがここにいるのと同じ理由に違いない。ミュリエルがピアノを拷問しているんだな」

コンスタンスは厳しい顔を保とうとしながらも、くすくす笑っていた。「とても上手なのに」

「そうかな。でも、きみの言うとおりだ。ぼくが間違っていたよ。拷問されるのは聴き手のほうだ」

「あなたは喫煙室にいたんですもの。その拷問を受けずにすんだのでしょう?」

「いや、喫煙室には父がいたからね」

コンスタンスはこの言葉にかすかに眉を上げた。彼がレッドフィールズをめったに訪れないことや、称号をつけて両親を呼んでいるのを聞いたときに推察したとおり、ドミニクとセルブルック卿はうまくいっていないようだ。どうしてかしら? コンスタンスはそう思ったが、もちろん、そんな立ち入ったことを尋ねるのはとんでもなく失礼なことだ。

「邪魔をしてごめんなさい」コンスタンスは代わりにそう言った。

「きみがいるのは邪魔などではないよ」ドミニクは礼儀正しくそう答えた。「こっちに来て、少し話し相手になってくれないか」彼はソファと椅子がある部屋の中央を示した。

コンスタンスは自分が閉めたドアを見た。夜遅く男性とふたりだけで部屋にこもるのは、たとえそれが図書室のような、ときどき人々が出入りする場所だとしても、とても適切なこととは言えない。

「ぼくとふたりきりになるのが怖いのかい? きみの美徳を汚すような真似はしないと約束するよ」彼はからかうように言いながら近づいてきた。

ドミニクとふたりだけでいたときに何が起こったかを思いだし、コンスタンスは脈が速くなるのを感じた。青い目がふいにきらめくのを見て、彼もあのときのキスを思いだしたのがわかった。

彼は片手の指の甲でコンスタンスの顎をなでた。「わかってる。この前は誘惑に負けてしまったからな。きみが信頼できないのも無理はない。そう思っているんだろう?」

「ちゃんとした根拠のある疑いよ」彼女は少し息を乱しながら言い返した。彼の指が触れたところがほてり、彼に聞こえないのが不思議なほど胸がどきどきする。

「あのときはただのたわむれだった」彼は低い声で答えた。「きみを知らなかったし、二度と会えるとも思っていなかった。あれはただの……愚かな過ち、つまり深い意味などない、ちょっとしたお楽しみだった」

「いまは?」コンスタンスは彼から目をそらすことができず、挑むような、それでいて不安でたまらぬような奇妙な気持ちで立ちつくしていた。

「いまは違う。そうだろう?」彼は頬に張りついている巻き毛を耳にかけながら、コンスタンスの顔を探るように見て、唇に目を落とした。ビロードのような青い瞳が暗くかげり、熱をおびてじっと見つめる。コンスタンスはその温かさを感じることができるような気がした。

まるで彼が実際に手を触れているように、肌がちりちりし、なにやら奔放な、猛々《たけだけ》しいものが下腹部をうずかせる。急に息をするのがむずかしくなり、コンスタンスはあえぐように息を吸いこんだ。そして自分の唇がわずかに開いていたことに気づいた。

「わたしがお姉さんの友人だから？」彼女はドミニクのまなざしなど、なんでもないふりをしようと努めながら尋ねた。

「意味があるものになってしまうから」

彼らは長いことおたがいの目を見つめあっていた。ドミニクはまたキスをするかもしれない。そう思い、自分がどれほど強くそれを望んでいるかに気づいて、コンスタンスはショックを受けた。胸が重くなり、うずいて、薔薇の蕾《つぼみ》のような乳首が尖《とが》る。ふいに彼が胸に手を置いているところが頭に浮かび、かっと体が熱くなった。血が燃えているのは恥ずかしいからか、欲望のせいか自分でもわからなかった。

ふたりのあいだの空気がちりちり音をたてているようだった。それからドミニクは手をおろし、一歩さがった。

コンスタンスはつばをのみ、目をそらした。「そ、そろそろ部屋に戻ったほうがよさそうだわ」

「でも、まだ本を選んでいないよ」

「そうだったわ」彼女は書棚に戻り、目の前の一冊を引き抜いてまるで盾のようにそれを胸に押しつけ、つぶやいた。「おやすみなさい」

「おやすみ、ミス・ウッドリー。よく眠るといい」

その可能性はほとんどないわ。コンスタンスはそう思いながら廊下を急ぎ、階段を駆けあがるようにして自分の部屋へと向かった。体じゅうの神経がうずき、研ぎ澄まされ、頭のなかはたったいま起こったことでいっぱいだった。こんな状態では、また何時間も眠れそうもない。

〝意味があるものになってしまうから〟あれはどういう意味だったの？　いったい、どんな意味があるというの？　愛？　結婚？　いいえ、そんなことは考えるだけでもばかげている。ふたりともほとんどおたがいのことを知らないのに。だが、彼の口ぶりからすると、それはその場だけの浮ついた〝たわむれ〟ではない何かなのだ。だとすれば、その反対の深くて真剣なもの？　少なくとも、深くて真剣なものへと向かう一歩になるということ？

コンスタンスは部屋に戻ると、窓の外の暗闇《くらやみ》を見つめた。いいえ、彼はただこう言いたかったのかもしれない。もう一度キスすれば、わたしが社会的な破滅へと至る道を踏みだすことになる、と。

伯爵家の跡継ぎは、財産なしの準男爵の娘とは結婚しない。今夜レッドフィールズに滞在している結婚相手になりそうな男性の名前を挙げたとき、フランチェスカはレイトン卿の名前は口にしなかった。彼女がどれほどわたしのことを好きでも、弟の花嫁候補だとみなしてはいないのだ。言うまでもなく、あの堅苦しいセルブルック卿とレディ・セルブルックもそうは思わないだろう。

だから、レイトン卿の言葉はわたしに対する一種の警告に違いないわ。コンスタンスはそう結論をくだした。とはいえ、あれは警告のようには聞こえなかった。まるで、誘いのように聞こえた。

彼女は窓枠に頭をあずけ、目を閉じて、ふたりのキスを思いだした。頬にかかる熱い息と、激しく重なった固い唇の感触を。自分の体に渦巻いたほてりと飢えを。

乱れる思いを振りきるように頭を振り、窓に背を向けたとき、まだ図書室から持ってきた本を抱えていることに気づいた。

トマス・ホッブズの『リバイアサン』。いやだ、夜の読書にぴったりの悪夢のような、楽しい読み物だわ。皮肉たっぷりにそう思いながら苦笑をもらした。

ホッブズの本をドレッサーに置き、ため息をついてドレスのボタンをはずしはじめる。メイドのナンには呼び鈴を鳴らしてくれと言われているが、いまは誰とも一緒にいたくない。ひとりでレイトン卿のことを考えていたかった。そのせいで何時間も眠れないとしてもかまわない。久しぶりに生きている気がするのだもの。それを心ゆくまで楽しむとしよう。

8

翌朝、朝食におりていくと、フランチェスカの姿はどこにもなかった。コンスタンスは、兄のフィリップ・ノートンと一緒にノーフォークから来ている、にぎやかな姉妹と楽しくおしゃべりした。ふたりの話からわかったかぎりでは、ノートン姉妹はレディ・セルブルックの遠い親戚《しんせき》にあたるらしかった。静かで内省的な兄フィリップの、少しばかり行きあたりばったりの庇護《ひご》のもとで暮らしているこのふたりは、兄とは違って外向的な性格だった。十七歳と十八歳の姉妹は社交界にデビューする年齢に達しているものの、まだデビューしていないのだと話してくれた。田舎の集まりやパーティしか経験したことのないふたりは、レッドフィールズのパーティをそれは楽しみにしているようだ。今日の予定である村の教会への遠出のことも話題になった。

年配の女性たちと馬に乗らない人々には幌《ほろ》のない向かい座席の四輪馬車《ランドー》が用意されていることを、ふたりはコンスタンスに教えてくれた。でも、馬に乗りたければその用意もしてもらえるの。わたしたちは馬に乗るつもりよ。ふたりはそう言った。

「もちろん、ミス・ラザフォードに比べれば、わたしたちの乗馬術はとても未熟に見えるでしょうけど」エレノア・ノートンは、そんなことはちっとも気にしないという笑顔でつけ加えた。

「ミス・ラザフォードの乗馬の腕前はすばらしいの。ちゃんと自分の馬も連れてきているのよ」妹のリディアがつけ加える。「昨夜《ゆうべ》、ほかの馬に乗る気にはなれない、と話してくれたわ」

「ええ、そうでしょうね」コンスタンスは皮肉な声で言った。

「あなたは馬に乗るんですか、ミス・ウッドリー？」妹たちのおしゃべりを聞いていたらしく、兄のフィリップがいきなりそう尋ね、コンスタンスをびっくりさせた。

彼女はにっこり笑って答えた。「ミス・ラザフォードほど上手ではないと思うけど、ええ、乗馬は好きですわ。でも、もう何年も乗ってませんの。それに、残念ながら乗馬服を持ってくることを思いつきませんでしたの」

実際、乗馬服はロンドンにさえ持ってこなかったのだ。それが必要になることなど、想像もできなかったから。だから、〝年配の女性たち〟とランドー馬車に乗るしかない。少なくともミュリエルと同じグループにならずにすむのはありがたいわ。コンスタンスはそう思って自分を慰めた。

フランチェスカの不在が気になり、食事のあとコンスタンスは彼女の部屋に立ち寄った。

不幸にして、もしやという予感が的中していた。ドアをノックすると〝どうぞ〟というしゃがれた声がした。フランチェスカは寝間着の上にショールをかけ、枕《まくら》を背にしてベッドに起きあがっていた。顔が赤く、うるんだ目はしょぼしょぼしている。

「ああ、コンスタンス」フランチェスカがかすれた声で嘆いた。「ごめんなさい。どうやら、ひどい風邪を引いてしまったようなの」

「まあたいへん。いいえ、謝ったりしないで。わざと引いたわけではないんですもの」

「教会には行けないわ」フランチェスカは嘆き、それから続けざまにくしゃみをした。

「もちろん無理よ」コンスタンスは同意した。「おとなしく寝て、早くよくなってね。わたしも残って看病するから。ええ、そう、それがいいわ」

「だめ！　そんなことをしないで！」フランチェスカは叫んだ。「メイジーがお茶を運んでくれるし、額を冷やしてくれるわ。あなたは出かけてちょうだい。約束して！」

フランチェスカがあまりにも興奮してそう言うので、コンスタンスは急いで出かけると約束した。「でも、こんなに具合の悪いあなたを置いていきたくないわ」

フランチェスカは咳《せ》きこみながらもきっぱり首を振った。「いいえ。病人の看病をするために、ここに連れてきたわけではないんですもの。みんなと出かけて、楽しんでらっしゃい」

友人を置いていくのは自分勝手のような気がしてためらっていると、メイジーが香りのよいハーブを浮かべた熱いお湯を持って入ってきた。メイドはそれをフランチェスカのベッドのそばに置き、お出かけになったほうがフランチェスカ様は喜ばれます、と請けあった。

「ほんとは」メイジーはコンスタンスをドアへと導きながら、耳打ちした。「こういう状態を誰かに見られるのがおいやなんですよ。あたしは慣れていますから。それに、どうすればいいか、心得てますから」

たしかに何年もフランチェスカの世話をしてきたこの献身的なメイドは、病気の看病もほかの誰より慣れているはずだ。コンスタンスは後ろめたい思いをせずに階下に行き、ほかの人々に加わった。

エレガントな鹿毛《かげ》の雌馬にまたがったミュリエル・ラザフォードを見た瞬間、コンスタンスは棘《とげ》のような嫉妬《しっと》が胸を刺すのを感じた。ほっそりしたミュリエルは、男っぽい仕立てのチャコールグレーの乗馬服と、黒い髪に粋《いき》にかぶった小さな帽子がとてもよく似合っていた。落ち着かぬ様子で躍るように動く馬をたやすく抑えて、軽やかなステップを踏ませている。ふだんは冷ややかな目が、馬上にいるいまはほとんど温かく見えた。馬の背にまたがった彼女は、これまでのいつよりも魅力的に見えた。

ほとんどの若い人々はそうだが、ドミニクも馬に乗っていた。長身で肩幅の広い彼は、思わず見とれるほどすてきだった。まるで生まれたときから鞍《くら》にまたがっていたように見える。そういえば、フランチェスカは彼が軽騎兵隊にいたと言っていたわ。馬に乗り、敵軍めがけて先頭を走る彼の姿が目に浮かぶようだ。

コンスタンスは叔母や馬に乗れないジョージアナやミス・カスバートと一緒に、あきらめて馬車に乗った。コンスタンスの記憶が正しければ、ミス・カスバードは公爵未亡人の甥《おい》だか姪《めい》だかの娘だった。まじめで、とてもおとなしい娘だ。恐れていたように、馬車のなかではブランチ叔母がしゃべりつづけた。料理のすばらしさから、部屋や館《やかた》のすばらしさ、そしてもちろん、昨夜聴いたミュリエルのピアノのすばらしさを。叔母はよほど感心したらしく、ミュリエルを褒めちぎった。

うわの空で聞いていたコンスタンスは、ドミニクが馬に乗った一行から遅れて、ランドー馬車の横に並びかけ、帽子を取ってエレガントにお辞儀をするのを見て驚いた。ジョージアナばかりかブランチ叔母までが、とたんに背筋をしゃきっと伸ばし、感激もあらわにおおげさな挨拶《あいさつ》を返した。ミス・カスバートですら、ドミニクの存在に少しばかり活気づいている。

彼はコンスタンスを見た。「今日はきみの乗馬姿が見られなくてとても残念だよ、ミス・ウッドリー」

「ええ、ほんとうに。わたしも乗りたかったわ。でも、乗馬服を持ってくることを思いつきませんでしたの」彼女は正直に答えた。

「それはなんとかなると思うな」彼は言った。「家のどこかに、きみが着られるものがあるはずだ。そのうち乗馬を楽しもう。このあたりを案内するよ」

「ええ、ぜひとも」すぐ横で、叔母といとこがコンスタンスをにらみつけていた。

「とても美しいサマーハウスがあるそうですわね」ブランチ叔母が口をはさんだ。「若い人たちをそこに案内していただけたら、きっと喜ぶと思いますわ。ねえ、ジョージアナ、あなたも行ってみたくない？」

「ええ、お母様、ぜひ行きたいわ」ジョージアナは熱心に答えた。

「母にそう伝えますよ」ドミニクはなめらかに答えた。「サマーハウスを訪れる計画を立ててくれるでしょう。ひょっとすると、もう予定に入っているかもしれませんよ。あそこへはよくピクニックに出かけるんです」

娘をサマーハウスに案内してほしいとほのめかす叔母を、ドミニクがするりとかわすのを見て、コンスタンスは笑みを押し殺した。「ピクニックはとても楽しそうだわ」彼女はパラソルを少し傾け、彼を見上げた。

ドミニクはランドー馬車の横に並んだまま、まもなく訪れる教会のことや、村の日常のことを話しつづけた。コンスタンスはどんな話題でもかまわなかった。彼がそばにいてくれるのが嬉《うれ》しい。叔母やいとこの存在さえ、彼がいてくれるおかげでいつもほど苦にはならなかった。

途中でコンスタンスは、ミュリエルが何度もちらちら振り向き、氷のような目でこちらを見ていることに気づいた。レイトン卿《きょう》がわたしと一緒に過ごしているのが気に入らないんだわ、とコンスタンスは思った。ミュリエルがわたしを特別嫌っていると思うのは、ばかげた錯覚かしら？　あんがい彼女は、どの女性にも同じように非難の目を向けるのかもしれない。

一行がさらさらと流れる川にかかった小さな石橋を渡りはじめ、その眺めを楽しむために橋の上で馬車を停《と》めると、ついにミュリエルが馬を停め、向きを変えて、彼らのところへ戻ってきた。

「どうかしたの？」彼女は少しも心配などしていない声で問いただした。「館に戻らなければならなくなったの？」

ミュリエルはこの予測が正しいことを願っているに違いない。コンスタンスは彼女の願いを砕くことに喜びを感じた。「いいえ、眺めを見るために止まったの。とても美しい景色ね」

ミュリエルはかすかに驚いたような顔で、鼻の先からコンスタンスを見下ろし、関心がなさそうに、西側の土手沿いにたおやかな枝を垂らしている美しいやなぎと川に目を向けた。この人が驚いたのは、わたしが直接話しかけたからなの？　コンスタンスはちらりと思った。

「なんだ」彼女はつぶやいて、ドミニクを見た。「どうしてこんなに遅いの、ドミニク？エリオンがけがでもしたのかしら？」

「いや。エリオンは申しぶんなく元気だよ」ドミニクはなめらかに答え、馬の首をたたいた。

「こんなにゆっくり歩かされて、じれているに違いないわ」ミュリエルは軽蔑《けいべつ》の笑みを唇に浮かべた。

ドミニクはちょっぴり愉快そうな表情で片方の眉を上げた。「ぼくの馬の扱い方を批判しているのかい、ミュリエル？」

さすがのミュリエル・ラザフォードも、これには赤くなった。「とんでもない。いいえ、もちろん違うわ。あなたがケンタウロスのように乗ることは、誰でも知っているもの。わたしはただ……あまりにもゆっくりのペースを保っているのに驚いただけ」

「ここにいる美しいレディたちと、会話を楽しんでいるだけさ」ドミニクはあっさり答えた。「よかったらきみも加わるかい？」

ミュリエルはちらりと馬車を見た。おそらくランドー馬車の横に並ぶことなど、何よりもしたくないだろうに、少しのあいだためらったあと、彼女はドミニクににっこり笑いかけた。「ええ、いいわ」

残りの道中は、それまでほど楽しくなかった。ミュリエルがドミニクに、ほかの女性にはなじみのない人々や場所、出来事のことを話しかけつづけたからだ。彼は何度も話題を変えようとしたが、そのたびに、ミュリエルはすぐ自分たちにしかわからないべつの話題に切り替えてしまう。そのせいで取り留めのない、退屈なやりとりになった。ミュリエルはとくに会話を楽しみたいわけではなく、ドミニクと自分が親しい友人で、ほかの女性たちは属していないグループの一部であることを、コンスタンスやほかの女性に示したいだけなのだ。

ありがたいことに、橋から教会までは、それほど遠くなかった。橋を渡るとまもなく、彼らはカウデンという静かな村に入った。教会の銃眼付きの角ばった石の塔が木立の上に見えてきて、やがて馬車は墓地のすぐそばで止まった。屋根付き門の向こうには、教会の裏手にある墓地が広がっている。

ほかの人々はすでに馬をおりて、木陰にたたずみ、一緒に来たふたりの馬丁に手綱をあずけて、談笑していた。

ドミニクは馬をおりて、馬車からおりる女性たちに手を貸した。先に着いていた人々と合流すると、黒い司祭服に身を包んだ恰幅《かっぷく》のよい司祭が、満面の笑みで彼らを迎えた。

「これはこれは、聖エドマンド教会にようこそ」彼は爪先で少し体を弾ませながら、上機嫌で歓迎した。「これほどたくさんの高貴な方々をお迎えするのは、めったにないことですからな。レイトン卿」彼はさらに嬉しそうに笑み崩れながら、ドミニクに向かって頭をさげた。

そして先頭に立ち、十三世紀にまでさかのぼるノルマン様式の塔と、古い木製扉に施された魅力的な金属細工に注意を喚起しながら、教会へ入っていった。司祭はよく響く豊かな声をしていて、説教のときにはとりわけ効果を上げるに違いない。会堂のなかで司祭は、真鍮《しんちゅう》を使った十五世紀の八角形の洗礼盤や、陽《ひ》が差しこむと石の床に宝石のような色を散らすフランドルのステンドグラスがはまった東側の窓などを指さしながら、教会の歴史的、建築学的な価値を説明しつづけた。

彼らは貴族やその奥方の肖像に覆われた棺《ひつぎ》のそばを通った。その中心は明らかに、きわめて詳細な肖像が彫りこまれた十三世紀のフローリアン・フィッツアラン卿の石棺だった。この伯爵が、東の壁際にずらりと棺と記念碑が並ぶ歴代のレイトン卿やセルブルック伯爵たちの祖先なのだ。フローリアン・フィッツアラン卿の肖像は、わきに剣をつけ、祈るように組んだ両手を胸の上に置き、両足を大きな猟犬、スタッグハウンドの上にのせて横たわっていた。

いまでは色褪《いろあ》せてほとんど見えないが、十二の使徒を描いた壁画もあった。ゴシック様式のアーチに、黒ぐるみを使ったジャコバン様式の会衆席。高い説教壇の上には平らな音響板がついている。伯爵一家の会衆席はボックス式で、ほかよりも広く、後ろにいる信者たちには見えないように椅子の背もたれが高かった。

司祭は彫刻を施した仕切りや大理石の祭壇について説明しながら、見学者たちを教会の正面にある内陣へと導いていく。コンスタンスは肖像や記念碑を見ながら、後ろからのんびりとついていった。この教会の文化財も思いがけなくすばらしいものだったが、彼女はこの地に住み、この教会で礼拝してきた故人たちをしのばせるものに、何よりも興味を惹《ひ》かれた。

「フィッツアラン一族はきわめて自信たっぷりな連中だったようだね」誰かが皮肉たっぷりに後ろからつぶやくのを聞いて、振り向くと、ドミニクが立っていた。彼はセルブルック初代伯爵の徳をおおげさに称《たた》えている真鍮の記念碑に顎をしゃくった。

コンスタンスは微笑した。「ほとんどの棺や記念碑がこういう栄光に満ちた言葉を使うものよ」

「それは明らかだな。ぼくは彼の肖像画を見たことがあるが、〝親切で思いやりのある〟父親で、〝公平な主人〟というよりも、独裁者のように見えたよ。だが、このフィッツアランは……」彼は自分たちの一、二メートル先の壁にある、真鍮の飾り板を指さした。

「意志の弱そうな顎に、どちらかというとわびしげな表情だ。奥方が口やかましかったと言われているから、そのせいでこんなにびくついた顔をしているのかもしれないな」

コンスタンスはくすくす笑い、からかうように彼を叱《しか》った。「あなたは祖先の人たちに厳しすぎるわ」

「ずらりと並んだ彼らの肖像画を見たら、そうは言わないだろうよ。明日見せてあげよう。そうすればきみにもわかる」

ふたりはゆっくりと彫像や飾り板などを見ていった。ドミニクは興味を惹かれた碑銘や名前を挙げては、そのほとんどに皮肉たっぷりの意見を述べていく。

「やめて」コンスタンスはふざけて顔をしかめた。「教会で笑わせるなんて不謹慎よ」

彼はわきにある小さな礼拝堂に目をやった。ほかのみんなはそこにかたまり、ゴシック末期の建築様式である垂直様式の窓について語る司祭の説明に耳を傾けている。ドミニクはコンスタンスの腕をつかみ、教会の裏へと顎をしゃくった。「だったら、外を歩くとしよう。それなら神聖な教会を乱さずにすむ」

コンスタンスは導かれるままに、横のドアから建物の裏にある古い墓地に出た。緑の濃い墓地には、樫《かし》やイチイの古木が涼しい陰を作っている。あまりきちんと手入れをされていない自然なところが、コンスタンスは気に入った。苔《こけ》むした墓石のなかには、思い思いの向きに傾いているものが多い。なかにはほかの墓石に心地よく寄りかかっているものもあった。蔦《つた》が鉄のフェンスのほとんどを覆い、アーチのかかった門の屋根の上まで伸びている。石の壺《つぼ》には花が咲き乱れ、そこかしこにある薔薇《ばら》の灌木《かんぼく》が、いくつかの墓所を囲む低いフェンスの上に生い茂っていた。

ふたりは静かに話しながら、古い墓や記念碑、彫像のあいだを縫って小道を歩いていった。ところどころで足を止め、そこに書かれている文字を読んだ。苔むしてほとんど読めないものもあった。生や死についてひねりのきいた注釈を遺《のこ》しているものもある一方で、子供の墓石に刻まれた心を揺さぶられるような悲しいものもあって、それは小さな墓石を見守る天使のような存在だった。

ドミニクといるのは楽しく、心地よかった。ふたりは彼が名前を知っている人物の墓や故人について話した。教会のこと、村のこと、レッドフィールズのことも話した。彼に両親のことを尋ねられ、コンスタンスは気がつくと両親の話をしていた。母がどんな人だったのか、どんなふうに死んだのかを覚えていないこと、自分を育ててくれた父のこと、ふたりの強い絆《きずな》のことを。

「お父さんを深く愛していたようだね」

「ええ。いまでも恋しいわ。よく一緒に過ごしたから。話したり、本を読んだりして。司祭の奥さんは、父がわたしにもっと強く結婚を勧めるべきだ、とよく嘆いていたわ。まだ父が生きているときに、自分勝手だとなじっているのを聞いたこともある。でも、父はわたしをロンドンで社交界にデビューさせるのを一、二年遅らせても、かまわないと思っていたのよ。まさか自分が病気になり、それができなくなるとは夢にも思っていなかったの。そして病気になったあとは、父のそばを離れることなどできなかった」

「きっとつらかっただろうね」彼女の腕を取り、でこぼこの地面を越える手助けをしながら、ドミニクはやさしい声で言った。

彼が触れたとたん、かすかな震えが体を走り、鼓動が速くなった。たったこれだけでこんなにもときめき、こんなにも激しく反応するなんて。ドミニクも何かを感じたのかしら？　コンスタンスは彼を見上げたが、それを読みとるのは不可能だった。彼の目には温かみがあるが、それが自分に向けた彼の気持ちなのかどうかは、よくわからない。

「でも」彼は腕を放し、前方に目を戻した。「そういう絆を持てるのは、すばらしいことだろうな」

「お父様とは仲がよくないの？」コンスタンスは注意深く尋ねた。一昨日レッドフィールズに着いてから、ドミニクが伯爵と談笑しているところはまだ一度も見ていない。それに、いまの言葉からしても、彼と父親の絆がさほど強くないことは明らかだ。

ドミニクは口もとに皮肉な笑みを浮かべ、首を振った。「ああ、よくないよ。これは……ずいぶん控えめな表現だ」

彼らは低い石壁でほかの場所から区別されている場所に来た。そこは注意深く手入れされ、小さなパルテノン神殿のような石の丸天井には、中央の紋章をはさんで両側に天使が彫りこまれている。紋章の下にはフィッツアランという名前が刻まれていた。中央の霊《れい》廟《びょう》のまわりには、いくつも大理石の墓石が立っていた。

「わが家の墓地だ」ドミニクは石壁をまわりながらそう言った。「教会のなかの連中よりもよく知られていない祖先と、最近の祖先が眠っている。どうやらぼくらは忘れられるのが心配で仕方がないみたいだね」

コンスタンスは彼のあとから墓石の名前や日付を読んでいった。ドミニクは墓所のいちばん奥で足を止め、つかのま、そこにたたずみ、墓石のひとつを見下ろした。コンスタンスが見たこともない暗い顔をして、青い目に悲しみを浮かべている。

コンスタンスは墓石の名前を読んだ。レディ・アイヴィー・フィッツアラン。最愛の娘。レディ・アイヴィーは十二年前に一月の寒さのなかで亡くなっていた。誕生日の日付から、まだ十六歳という若さで死んだことがわかる。

「ぼくの妹だ」ドミニクは低い声で言った。「末っ子だった」

コンスタンスはとっさに彼の手を取り、それをもうひとつの手で覆った。「とてもお気の毒だわ。仲がよかったの？」

「そうあるべきなほどは、よくなかった」彼は苦い声で答えた。

いまの言葉はどういう意味？　コンスタンスは少し驚いて彼を見た。だが、こんなに個人的なことを詮索《せんさく》するのは失礼だ。彼女がやさしく彼の手を握りしめると、ドミニクはほほえみを浮かべ、握り返してきた。

「ありがとう」

墓地の向こうから話し声が聞こえてきた。ほかの人々が教会のほうから墓石のあいだを歩いてくる。ミュリエルは乗馬服の長いすそを腕にかけ、きょろきょろ見まわしながらウィラビーと並んで歩いてくる。

コンスタンスは彼女に見つからぬように、フィッツアラン一家の大きな霊廟の陰に隠れたい衝動にかられたが、無理やりそれを抑えつけた。気のせいか、ドミニクも口の端を苛《いら》立《だ》たしげに引きつらせたように見えた。

「どうやら、これ以上逃げられそうもないな」彼はそう言って、コンスタンスの手を放した。

ふたりはほかの人々のところへ戻っていった。ふたりを見つけたミュリエルの目に、一瞬、間違いなく苛立ちが、あるいは怒りが浮かんだ。彼女はウィラビーの腕をしっかりつかんだまま、つかつかとふたりに近づいてきた。

「ドミニク。墓地をぶらついて何をしているの?」彼女はそっけないまなざしをコンスタンスに向けると、ウィラビーの腕を放してドミニクの横に並び、所有権を主張するように彼の腕を取った。「祖先を見るためにこんなところに引っ張られてくるなんて、よほど司祭の話を聞きたくなかったのね。墓地を見てまわるなんて、恐ろしく退屈だわ。まあ、重要な一族の墓所は、ほかの人々にはとても興味深いんでしょうけど」

彼女は見下したような目でコンスタンスを見た。あなたは身分の低い女だから、フィッツアラン一族のような高貴な家族には畏《い》敬《けい》の念を持つに違いない。でも、ドミニクと同じグループに属しているわたしは、そんなものは面白くもなんともないわ。そう言いたいのだろう。コンスタンスはパラソルをぎゅっと握りしめ、それでミュリエルの頭をたたいてやりたい衝動をこらえた。

「すると、きみにとってはぼくの家族は重要ではないんだね、ミス・ラザフォード？」ドミニクは眉を上げ、かすかな皮肉を含ませて尋ねた。

「なんですって？」ミュリエルは驚きを浮かべ、それから赤くなった。彼女が狼狽《ろうばい》しているのを見て、コンスタンスは溜飲《りゅういん》をさげた。「いいえ、あの、もちろん、そういうつもりでは……」

自分の失言をうまく弁解する言葉を探して、ミュリエルはくちごもった。コンスタンスは助け舟を出す気にもなれず、黙って彼女を見ていたが、沈黙が長引き、耐えがたくなると、持ち前の人のよさで黙っていられなくなった。

「ミス・ラザフォードは、あなたの祖先の人たちのことをとてもよく知っているんですもの。だからとくに興味も湧《わ》かないに違いないわ」コンスタンスはとりなした。「彼らのことをあれこれ知りたがるのは、初めて訪れるわたしたちだけよ」

ドミニクが笑みを含んだまなざしでコンスタンスを見た。「よく言ったね、ミス・ウッドリー」彼はつぶやいた。

ミュリエルはコンスタンスの助けに感謝するどころか、彼女をにらみつけた。「そろそろレッドフィールズに帰る時間よ、ドミニク」

「そうだな」ドミニクは穏やかに言ってコンスタンスと、コンスタンスの横に並んだウィラビーにうなずいた。「失礼、ミス・ウッドリー。ウィラビー」

ドミニクはミュリエルにぎゅっと腕を取られたまま、教会へと戻っていった。ウィラビーは少しのあいだふたりを見送ってから、笑顔でコンスタンスに向きなおった。

「妙な人だ。でも、さっきの助け船はいいことをしたね」

コンスタンスは肩をすくめた。「気詰まりだったんですもの。ミス・ラザフォードには、フィッツアラン家を侮辱する気はなかったのでしょうし」

「たぶんね。実際、彼女はなんでもかでも見下した言い方をするから、自分が言っていることを理解しているのかどうか疑いたくなるね。さっきだって、墓地を歩くあいだ、ぼくのエスコートで我慢してやる、みたいな言い方をしたんだ。たぶん、レイトン卿とダンバラ卿のどちらも、すでに連れがいたからだろうな」

コンスタンスはくすくす笑った。「だったら、あなたこそ黙って彼女に腕を差しだすなんて、とてもよいことをなさったわ」

ウィラビーは微笑した。「まあ、きみには連れがいたから、ぼくも彼女のエスコートで我慢したのさ。だからどっちもどっちだ」彼は腕を差しだした。「馬車までエスコートさせてもらえますか、ミス・ウッドリー?」

コンスタンスは彼の腕を取り、"ウィラビーの腕に手を置いても、まったく胸がときめかないのは、ひどく不公平なことだわ〟と思った。

レッドフィールズに帰る道中は平和だった。ウィラビーが馬車の横を離れず、しばらくするとマーガレットも加わった。コンスタンスはドミニクを見ることを自分に許さなかったが、彼がミュリエルと並んで馬を走らせていることはわかっていた。

屋敷に戻ると、コンスタンスは真っ先にフランチェスカの様子を見に行った。彼女は眠っていたが、メイジーの話では、具合は少しもよくなっていないという。むしろ悪くなり、昼のあいだに熱が出てきたということだった。

コンスタンスはメイジーが休めるように、付き添いを代わると申しでた。そして辞退するメイジーを、夜も簡易ベッドで付き添うつもりなら、食事をして何時間かぐっすり眠る必要があるわ、と説きふせた。これは筋の通った理屈だったから、メイジーは譲歩し、コンスタンスの申し出を受け入れた。

看病といっても、たいしてすることはない。ただベッドのそばに座り、定期的に冷たい布を絞って、熱い額にのせるだけだった。フランチェスカは一、二度目を覚まし、一度はメイジーがベッドわきのテーブルに残していった薬をスプーンでのませるために、コンスタンスが起こした。熱はそれほど高くないため、意識はしっかりしていたから、フランチェスカは起きられないことに苛立ち、あれこれ気をもんでいるようだった。

「付き添ってくれてありがとう」フランチェスカはしゃがれた声で言った。

「あたりまえのことよ。あなたのおかげで、こうしてここにいられるんですもの」コンスタンスは指摘した。「それに、午後のほとんどを叔母と馬車のなかで過ごしたあとでは、この部屋は天国のようよ。まだ耳が痛いくらい」

フランチェスカはくすくす笑い、その笑いが咳《せき》になると顔をしかめた。ようやく発作がおさまると、彼女は言った。「どうして馬車に乗ったの？　馬は苦手なの？」

「乗馬服を持ってこなかったの。新しいものを買うことも思いつかなくて。これまで着ていたのは、ワイバーンに残してきたものだから」

「まあ。それに気づくべきだったわね……」フランチェスカは残念そうに首を振った。

「でも、大丈夫。メイジーにわたしの乗馬服のすそを少しおろしてもらえばいいわ。馬に乗ってしまえば、少しぐらい短くてもわからないもの」

「だめよ、あなたの乗馬服を借りるわけにはいかないわ」

「でも、わたしは使わないのよ」フランチェスカは片手をさっと振ってベッドを示した。

「どうやら、しばらくはここにいるしかなさそう。それに、起きられるようになっても、少しのあいだはおとなしくしていなくてはね。ええ、わたしの乗馬服を使ってちょうだい。乗馬を楽しめないなんて、田舎に来ているかいがないわ」

フランチェスカの言うとおりだ。コンスタンスは譲歩したものの、少しばかり後ろめたかった。この申し出を受けた理由が、ドミニクに誘われたからだと知っても、フランチェスカはこんなに熱心に自分の乗馬服を貸したがるだろうか？

友人であり恩人でもあるフランチェスカに、ドミニクとのことを何ひとつ話していないせいで、コンスタンスは彼女を欺いているような気がして心が落ち着かなかった。だが、まるで彼に真剣に思われているように、彼とふたりで話したとか、乗馬に誘われたことを報告するのも、なんだか愚かしく思える。悪くすれば、厚かましい思いあがりだと取られかねない。そこでコンスタンスは何も言わず、ドミニクとのあいだには何も起こっているわけではない、起こる可能性もない、と自分に言い聞かせた。

その夜は、ほとんどフランチェスカの部屋で過ごし、メイドがトレーにのせて運んでくれた夕食をとった。夜遅く、簡易寝台を持った召使いを従え、メイジーがせかせかと部屋に入ってきた。

「さあさ、ミス」彼女はにこやかにそう言った。「あたしが代わりますよ。どうぞゆっくりお休みください。あたしを休ませてくださって、ほんとにありがとうございました」彼女はベッドをまわってフランチェスカにかがみこむと、額に手を当てた。「どんな具合でした？」

「ほとんど眠っていたわ」コンスタンスは答えた。「少しのあいだ寝苦しそうで、そのあと目を覚ましたの。でも、まもなくまた眠ってしまったわ」

「ありがたいことに、熱は高くなってないみたいです」メイジーは言った。「あなたにうつらないといいんですが。奥様はそれを心配されるに違いありませんからね」

「大丈夫よ」コンスタンスはメイジーを安心させた。「わたしはあきれるほど丈夫なの。だから、レディ・ホーストンに、その点はご心配なく、と伝えてちょうだい」

翌朝、また様子を見に来ると約束して、コンスタンスは自分の部屋に戻った。だが、その夜もなかなか眠れなかった。彼女は午後のこと、ドミニクとふたりで歩いたことを何度も思い返し、そして思った。わたしはいつから、彼のことを〝ドミニク〟と思うようになったのかしら？

それに彼のことを考えるだけで、どうしてこんなに奇妙な気持ちになるの？　胸が痛むの？　まるで体のなかの何かが欠けているように。興奮と不安と憧《あこが》れを同時に感じるなんて、いったいどうして？

彼のほほえみを思いだすだけで、頭がくらくらする。腕に置かれた彼の手や長い強い指に腕をつかまれたときのことを思いだすと、またしても体がほてり、うずいた。

ドミニクは手の届かない人。夢を見るのをやめて、現実に戻り、彼のことはいますぐ頭から追いだしてしまうべきよ。

だが、いくらそう自分に言い聞かせても、いまのコンスタンスには、明日また彼に会うときのことしか考えられなかった。

9

翌日、朝食をすませて様子を見に行くと、フランチェスカは眠っていたものの、夜のあいだに熱がさがり、少し気分がよくなったことがわかった。メイジーに任せておけばなんの心配もない。

フランチェスカの部屋に留《とど》まる理由も見つけられず、彼女はぶらぶらと階下に戻った。今朝食のテーブルで聞いた話では、男性陣は朝早く狩りに出かけたということだった。今日はほかの予定はとくになさそうだ。フランチェスカが不在とあって、まるで偽りの身分でここにいるような違和感がある。図書室で本を見つけ、部屋で過ごそうかとも思ったが、ひきこもるのは失礼にあたるかもしれない。

中央の廊下を歩いていくと、小さな居間のひとつに通りかかった。音楽室や広い客間よりも、少しくだけた感じのその部屋には、女性たちが何人か座っている。叔母とレディ・セルブルック、レディ・ラザフォード、ノートン姉妹もそこにいた。今朝のふたりは先日ほど溌剌《はつらつ》としているようには見えない。ふたりの沈黙と眠そうな目は、昨日の遠出で疲れた可能性もあるが、楽しい話し相手がいなくて退屈しているせいかもしれない。

戻ったほうがよさそうだと思いながら、コンスタンスが戸口でためらっていると、ノートン姉妹が顔を上げ、彼女を見つけた。

「ミス・ウッドリー！」

「どうか入ってらして」

姉妹のひとりが立ちあがり、急ぎ足に部屋を横切ってきて、コンスタンスに逃げられるのを恐れるように腕をつかみ、自分たちが座っているソファへと引っ張っていった。この熱烈な挨拶《あいさつ》からすると、ふたりが元気なく見えたのは、どうやら年配の女性たちとの退屈な会話にうんざりしていたためらしい。

「昨日の遠出を楽しんだ？」エレノア・ノートンが尋ねた。

「ええ、とても興味深かったわ」コンスタンスは答えた。

彼女が言葉を続けようとすると、叔母が口をはさんだ。「もちろん、コンスタンスも楽しみましたとも。楽しくないなんてことがあります？　とてもためになるツアーでしたもの。うちの娘たちも、昨夜《ゆうべ》はその話で持ちきりでしたのよ。とても美しい教会ですわね、レディ・セルブルック」ブランチ叔母は、まるで伯爵夫人が聖エドマンド教会を建てたかのようにそう言った。

そして教会のさまざまな喜びを長々と話しつづけた。コンスタンスの隣でリディアとエレノア・ノートンがもぞもぞ体を動かし、レディ・ラザフォードが苛立《いらだ》たしげにレディ・セルブルックと目を見かわした。コンスタンスは叔母のことが恥ずかしくて顔が赤くなったが、とうの本人は恥ずかしがるどころか、ほかの人々の反応に何ひとつ気づいていなかった。

自分のために叔母を救おうと決心して、叔母が息を継いだ隙《すき》に、急いでエレノアに、今日の午後は何をするつもりか尋ねた。

「お庭を散歩しようと思っていたの」エレノアが少し元気を取り戻した声で言った。

「とても美しいと聞いたのよ」リディアが口を添える。「よろしかったら、一緒にいかが？」

「なんてすばらしい思いつきかしら」またしてもブランチ叔母が口をはさんだ。「若い人たちは散策するとよろしいわ。娘たちも一緒に行きたがるでしょう。実はわたしも、今朝少し歩いてきましたのよ。とてもよい気持ちでしたわ」

叔母はまたしても長々と庭のすばらしさをまくし立てた。コンスタンスはそれから一、二度、叔母の饒舌《じょうぜつ》をさえぎり、ほかの人々を会話に引きこもうとしたが、そのたびに、ほとんど即座に叔母がその話をひったくってしまう。ブランチ叔母はまわりの人たちを苛立たせることに、ひねくれた喜びを見出《みいだ》しているのではないしら？　そう思いたくなるくらいだ。

とうとうレディ・セルブルックが立ちあがった。叔母はつかのま、口をつぐんだ。

「失礼させていただきますよ」レディ・セルブルックはこわばった笑みを浮かべた。「家政婦に今夜のメニューについて話してこなくては」彼らにこくりとうなずいて、彼女は立ち去った。

「ほんとうにすばらしいお方だわ」ブランチ叔母が言った。「とても気品がおありになる」

「ええ、お気の毒に。あの人はたくさんのことに耐えなくてはならないんですよ」レディ・ラザフォードが同意した。

「あら、そうなのですか?」叔母は好奇心をまるだしにしてレディ・ラザフォードを見た。レディ・ラザフォードは、叔母を黙らせるいちばん効果的な方法を見つけたわ。伯爵夫人について、興味深い噂《うわさ》を仕入れるチャンスを。

「それはたくさんの悲劇に見舞われたのよ」レディ・ラザフォードは言葉を続けた。「十一、二年前に、末のお嬢さんを亡くされたの。まだ十六歳だったのに。それからご長男で跡継ぎのテレンスが、わずか二年前に馬に振り落とされて首の骨を折ったのよ。もちろん、あの人は絶望したわ。セルブルック卿《きょう》も同じでしたよ。テレンスはふたりの自慢の息子でしたからね。とてもハンサムな若者だったわ。もしも生きていたら、ミュリエルの相手は……」彼女は言葉を切り、首を振った。「でも、いまさらそれを言っても仕方がない。彼が死んだために、ドミニクが跡継ぎになったんですよ」

レディ・ラザフォードはため息をついて、部屋にいる人々を見まわした。コンスタンスは、その視線が自分の上にだけ長く留まったような気がした。

「ドミニクには、ふたりとも少々がっかりしたようね」

レディ・ラザフォードはそこで言葉を切った。なぜ両親が彼に失望したのか、誰かが尋ねるのを待つかのように。コンスタンスは黙っていた。レディ・ラザフォードがドミニクの悪口を言うのに手を貸すのはごめんだ。

不幸にして、噂話には目のない叔母がその質問を口にした。「どんなふうにですの？」

「もちろん、彼がテレンスのようなよくできた息子になることは、誰も期待していませんよ。テレンスはほとんどの男性より、頭ひとつ抜きんでていましたからね。乗馬の名手で、スポーツはなんでも得意、ギリシャ神のようにハンサムで、何をしても、人よりよくできたわ」

「まるで男性の鑑《かがみ》のような人ですのね」コンスタンスは皮肉まじりに言った。レディ・ラザフォードが褒めちぎるせいか、彼女はテレンスに反感を持った。

「ええ、そのとおりだったわ」レディ・ラザフォードは熱心に同意した。「ドミニクが彼のようになれる望みはなかった。それでも、もう少し、しっかりしてくれると思ったのに。ギャンブルやお酒、殴り合いのけんか……ロンドンのあらゆるたぐいの悪徳にそまってね。そのうえ、女たらしだという評判で」またしてもレディ・ラザフォードはコンスタンスを冷たい目でじっと見た。「結婚する気もない娘に言い寄って、真剣なつき合いだと思わせる。でも、もちろん、少したつと捨ててしまうのよ」

コンスタンスは手のひらに爪を食いこませた。レディ・ラザフォードの言葉が、彼女に向けられているのは明らかだ。これはドミニクが彼女をどうするつもりかという警告に違いない。レディ・ラザフォードはコンスタンスを、ドミニクが〝結婚する気もない娘〟のひとりだとみなしているのだ。彼女は怒りと不信を隠し、平静を装ってミュリエルの母親を見返して、レディ・ラザフォードの描くドミニク像を受け入れるのを拒否した。この人はわたしにドミニクを疑わせるため、わたしを苛立たせるためにこんなことを言っているのよ。そうに決まっているわ。

でも、ブランチ叔母はレディ・ラザフォードにとっては願ってもない聞き手だった。叔母は驚きと不信をこめて息を吸いこんだ。「まさか！　あの方は、とても感じのよい紳士に見えますわ！」

レディ・ラザフォードは肩をすくめ、内緒話でもするように声を落とした。「お酒は昔から彼の欠点だったの。跡継ぎになる前からね。妹の葬儀のときでさえ、酔っ払っていたのよ」

「まさか！」ブランチ叔母はまたしてもあえぐように息を吸いこんで、片手を胸に当てた。

「いいえ、ほんとうですとも」レディ・ラザフォードはうなずいた。「わたしもそこにいたんですもの。そしてドミニクを見たわ。彼は酔って大きな声でわめいていた。まったくひどい恥さらしでしたよ。テレンスが墓地から立ち去らせようとすると、彼に殴りかかったのよ。ご両親がどんなに恥ずかしい思いをされたことか」

「そんな！　とても想像できませんわ」ブランチ叔母は思いがけないエピソードに、目をぎらつかせ、恐ろしげに叫んだ。「なんてひどい！」

「ええ、ひどかったわ。軽騎兵の株を買ったのは、それからまもなくのことよ。セルブルック卿から、レッドフィールズに戻るなと告げられたに違いないわね」

ブランチ叔母は頭を振り振り、舌を鳴らした。ちらっとノートン姉妹を見ると、ふたりともすっかり信じこんで、大きな目でレディ・ラザフォードを見つめている。コンスタンスは唇を噛《か》んだ。何があったのかはっきりしたことがわかっていれば、反駁《はんばく》できるのに。この人はいったいどういうつもりなの。ドミニクに関してこんな話を広め、理不尽にも彼の評判をそこなうとは。しかも、その動機たるや、わたしに彼をあきらめさせるために違いないのだ。

コンスタンスはレディ・ラザフォードを見て、落ち着いた声で言った。「それなのに、お嬢様はレイトン卿とお友達ですのね。彼女のように申しぶんのない評判の女性が、若い娘を食い物にするような道楽者と仲よくしているところを見られたら、評判を落とすことになるでしょうに」

レディ・ラザフォードは目をみひらいた。急に頬に赤みが差し、膝に置いた刺繍《ししゅう》の枠をつかんでいる手に力がこもった。「それはまったくべつのことですよ」彼女はコンスタンスをにらみつけ、鋭く言い返した。

「そうですの？　でも、若い女性は彼のまわりでは安全ではないとおっしゃったのでしょう？」

「わたしの娘のような若い女性は、それとは違うのよ。娘の評判が落ちることなどありえないわ。レイトン卿が良家の娘に悪さをすることなどありえません」

「なるほど」コンスタンスは、怒りに燃えるレディ・ラザフォードの目を落ち着き払って見返した。いまや叔母までコンスタンスをにらんでいたが、それも無視した。「それでも、外聞が……」

「外聞も何も、ひとつもまずいことなどあるものですか」レディ・ラザフォードは癇癪《かんしゃく》を起こして言い返した。「ミュリエルはレイトン卿と婚約しているんですからね！」

この言葉は身を切る寒風のように、コンスタンスのなかを吹き抜けた。ドミニクがミュリエルと婚約している？　そんなはずはないわ！　彼女の心はそう叫んでいたが、興味深い反応を期待してじっと見ている叔母の視線を感じ、コンスタンスは必死に無表情を保った。

いまの言葉に胸を切り裂かれたことを、このふたりに知られるのは死んでもいやだ。

「まあ、ほんとうですの？」彼女は冷ややかに応じた。「でも、お嬢さんを、たったいまおっしゃったような男性の妻になさるんですの？」

レディ・ラザフォードの淡い目が冷たい炎のようにぎらついた。「わたしたちのあいだでは、結婚は愛や恋などという愚かしい感情の結果ではなく、家族どうしの結びつきなのですよ。フィッツアラン一族は重要な家柄です。ドミニクはいつかセルブルック伯爵になる。重要なのはそのことで、彼の短所などどうでもいいのよ」

「ええ、そうですわね」コンスタンスは答えた。「たくさんの人々が、相手の人柄よりも、地位に惹《ひ》かれて結婚しますもの」

レディ・ラザフォードは目をむいて、にらみつけた。一瞬コンスタンスは、彼女が手にした刺繍の枠を投げつけるのではないかと思い、そういう感情的な行為を歓迎する気持ちにすらなった。自分の言葉がこの冷たい、利己的な女性を動揺させたことになるからだ。

コンスタンスは上手に相手の言葉を逆手にとって、伯爵の地位がほしさに母が娘を〝犠牲〟にするつもりだということを指摘したのだった。ラザフォードの身分はさほど高いわけではない。ラザフォード卿は男爵で、古い家柄でもない。それに引き換え、フィッツアラン家の称号は何世紀も前にさかのぼる。ラザフォードの名前には、ウッドリーと同じくらいの価値しかないのだ。それを思い知らされるのは、レディ・ラザフォードにとってはさぞ腹立たしいことだろう。とはいえ、それまでにさんざんドミニクをけなした彼女には、この結婚は冷ややかな打算だけではないと言い抜ける術《すべ》はなかった。

「コンスタンス！」叔母がたしなめた。「なんて失礼なことを言うの！」

「失礼なこと？」コンスタンスは穏やかな声で訊《き》き返した。「あら、そんなつもりはありませんでしたわ、叔母様。ごめんなさい、レディ・ラザフォード。ただ、あなたがそうおっしゃったと思ったものですから」

レディ・ラザフォードはすごい形相でコンスタンスをにらみつけた。「こういう事柄が、あなたに理解できるとは思っていませんよ」

「ええ、そのとおりですわ。わたしにはわかりません」コンスタンスは同意した。「失礼して、少し庭を歩いてきますわ」

彼女はひとりずつ名前を呼んで、ひとりずつ会釈し、別れを告げると、ゆっくりとドアに向かった。この部屋から大急ぎで逃げだしたがっていることを悟られてはならない。レディ・ラザフォードとその鋭い目、ひどい言葉からできるだけ遠ざかりたいと思っていることを。
ド、ド、ドミニクは婚約していた！
コンスタンスは廊下を戻り、温室を通り抜けて、屋敷の裏手にある庭に出るドアを見つけた。自分がどこへ行くのかわからず、どこでもかまわない気持ちで、ただ逃げだしたいとだけ思いつめてずんずん進んでいった。人声が聞こえると急いでわき道にそれ、近づいてくる相手を避けた。くねくねと曲がる道に従い、さらに細い道があればそこに曲がって、どんどん庭の奥へと入っていった。

それからようやく弧を描いている生け垣のそばにひっそりと置かれたベンチに腰をおろした。大きな木の枝が生け垣の向こうから張りだし、彼女のまわりに光と影のまだらな模様を作っている。静かで心の落ち着く場所だった。ときどき鳥のさえずりが聞こえ、さまざまな花の甘い香りが入りまじって漂ってくる。だが、コンスタンスの頭を占領している思いは、その平和な光景とはかけ離れたものだった。

レディ・ラザフォードは嘘《うそ》をついたに違いない。最初の数分はただ夢中でこの思いにしがみついた。そうですとも、あれは真っ赤な嘘よ。ドミニクはあんな冷たい、不快な女性と婚約しているはずがない。レディ・ラザフォードはわたしを傷つけるために、さもなければ、娘があんなにあからさまにほしがっている男からわたしを遠ざけようとして、あんなことを言ったに違いないわ。

でも、それがどれほどありえないことかは、コンスタンスにもわかっていた。娘とドミニクが婚約していると公言し、それが嘘だとわかれば、レディ・ラザフォードの面目はまるつぶれ。ひどい恥をかくことになる。どれほどコンスタンスのことが嫌いでも、どれほど娘と将来の伯爵の結婚を望んでいても、すぐにわかるような嘘をつくはずがない。もしもあれが嘘なら、あの場にいた誰かが花婿になるはずのドミニクを祝福するか、セルブルック伯爵夫妻のどちらかに話せば、簡単にばれてしまうのだ。

　したがって、婚約に関してレディ・ラザフォードが嘘をついた可能性はほとんどないことを、コンスタンスはしぶしぶながらも認めざるを得なかった。そうなると、ドミニクがわたしをだましていたことになる。コンスタンスは吐き気を感じた。

　たしかに、彼ははっきり嘘をついたわけではない。婚約などしていないと言ったことは一度もないから。でも、ふたりが出会ってからの彼の行動は、すべて嘘だったことになる。ドミニクは婚約者がいることを一度も口にしなかった。ミュリエルの名前さえ出さなかった。むしろ彼女を避けているように見えたくらいだ。昨日の午後、ミュリエルが加わったときには、彼女がそばにいることに苛立っているように見えた。

　何よりも、彼はコンスタンスとたわむれ、何度かわざわざ彼女とふたりきりになるチャンスを作り、まるでほかの女性となんの絆《きずな》もないような話し方をした。もっと悪いことに、はるかに悪いことに、彼はわたしにキスしたのよ！　道徳的に、法的にべつの女性と結ばれているのに、ほかの女にちょっかいを出した。なんと卑劣な男かしら？　ドミニクがわたしに持っている唯一の関心は、わたしを誘惑することなのだわ。

　レディ・ラザフォードが言ったように、彼は女たらしに違いない。しかも社交界の身持ちのよくないレディや経験豊富なレディたち、自分が何をしているかちゃんと承知している妻や未亡人を相手に肉体の喜びを求めるだけではない。乙女や若いレディにも見境なく手を出すたぐいの堕落した道楽者で、自分が犠牲にしたレディの評判が地に落ちてもおかまいなし。要するにわたしが決してそうではないと思っていたたぐいの自分勝手で非情な男だった。

苦い失望がこみあげてきた。信頼を裏切られ、コンスタンスは深く傷ついた。ドミニクがべつの女性と婚約していたのはつらいが、彼に対する自分の評価がこれほど間違っていたことのほうがもっと悲しい。

彼女は肩を落としてのろのろと立ちあがり、庭の小道を屋敷へと戻っていった。居間を通りすぎると、にぎやかな話し声が聞こえた。男性の声も混じっているところを見ると、狩りに行った男たちが戻ったのだろう。彼女は止まらずに通りすぎ、足を速めて階段へと向かった。

ようやく部屋に戻って、ドアを閉めると、コンスタンスは窓辺に座った。ここを出ていきたかった。荷造りをして、立ち去りたかった。でも、そんなことはできない。もうここにいたくない理由を、どう説明すればいいのか？　たとえ説明できるとしても、自分がドミニクにまんまとだまされるほど世間知らずで、彼が婚約していることを知って傷つくほど愚かな女だなどと、誰にも認めたくない。

だとすれば、このまま留まるしかなかった。でも、ドミニクのことは避けなくてはならないわ。コンスタンスは自分にそう言い聞かせた。できれば部屋にこもっていたいけれど、そんなことをしてもなんの役にも立たない。それに、あまりにも臆病《おくびょう》すぎる。ドミニクの行為に、さもなければレディ・ラザフォードの知らせに打ちひしがれていることを誰かに悟られるのは絶対にいやだ。

心が決まると、彼女はフランチェスカの部屋を訪れた。そしてメイジーが少し休むあいだ、また付き添いを交代すると申しでた。コンスタンスが入っていくとフランチェスカが目を覚まし、弱々しくほほえんだ。

「わたしはひどい女主人《ホステス》だったわね」彼女は片手を伸ばしながら言った。

コンスタンスはにっこり笑ってその手を取った。「いいえ、もちろん違うわ。ちゃんとひとりでも楽しんでいるのよ。昨日の聖エドマンド教会への遠出もとても楽しかったわ。今日はお庭を少し歩いたの。その前にレディ・セルブルックと叔母とレディ・ラザフォードとお話もしたし」

フランチェスカは顔をしかめた。「だったら、あなたがわたしに腹を立てていないことに、いっそう驚くわね」

コンスタンスは微笑して嘘をついた。「それほどひどくなかったわ」

「嘘をついてくれるなんて、やさしいのね」フランチェスカはため息をついた。「メイジーが言うには、よくなっているらしいの。少なくとも、もう熱はないのよ。ただとても疲れて……でも、もうすぐすっかり治るわ」フランチェスカはかすかな笑みを浮かべた。

「そうしたら、もっと楽しいお相手になると約束してよ」

「そのことは心配しないで。何かほしいものがある？　それとも本でも読みましょうか？」

「いいえ。ここに一緒にいてくれるだけでじゅうぶん。この何日かの出来事を話してちょうだいな」

「あら、とくに何も起こらなかったわ」コンスタンスはベッドのそばにある椅子に腰をおろした。ドミニクはミュリエル・ラザフォードと婚約しているの？　フランチェスカにそう訊きたくてたまらなかったが、ドミニクに対する自分の気持ちを悟られずに尋ねる方法を思いつけない。

「ミスター・ウィラビーやほかの殿方のことを話して。少しは気になる人ができた？」

コンスタンスは首を振った。「ごめんなさい。どうやらわたしはとても頑固らしいわ。でも、今夜と明日はもっと彼らと過ごすように精いっぱい努力するつもりよ」

結局のところ、ドミニクを避けるためには、ほかの誰かと話さなくてはならない。

それを心に留め、しばらくするとコンスタンスは夕食のために階段をおりた。控えの間をさっと見わたすと、部屋の奥でフィリップ・ノートンや彼の妹たちと話している背の高いドミニクの姿が真っ先に目に入った。彼は顔を上げ、コンスタンスに気がつくと、笑みを浮かべた。

コンスタンスは目をそらし、会話に加われそうなほかのグループを探した。目の隅に、ドミニクがノートン兄妹のそばを離れ、こちらに向かって歩きだすのが見える。彼女は急いで左手に向かった。叔母が壁際に座っている。どうしても話し相手が見つからなければ、あそこに行くこともできる。

さいわい、アルフレッド・ペンローズと話していたルシアンがちょうど振り向いて、彼女に気づき、笑いかけてきた。「親愛なるミス・ウッドリー、どうかこちらに。ミスター・ペンローズはもうご存じだね？」

「ええ、もちろん。またお会いできて嬉《うれ》しいですわ、ミスター・ペンローズ」コンスタンスはほっとしてにっこり笑った。あまりにまばゆい笑みに、ペンローズは少し背筋を伸ばし、彼女を興味深い目で見返した。

彼らは教会への遠出の話を少しした。ルシアン卿は自分が行けなかったことを残念がった――愉快そうに目をきらめかせながら。

「ええ、ルシアン卿、ほんとうにいらっしゃれなくて残念でしたこと。すばらしいところでしたのよ」コンスタンスは言った。「たいへん興味深い一日でしたわ」

ペンローズが驚いて自分を凝視するのを見て、コンスタンスはついくすくす笑っていた。

「そうですとも、恐ろしい損失だった」ペンローズはぶっきらぼうにルシアンに言った。

「あなたが墓地をぶらつくのが好きな詩人のタイプならね。さもなければ、四百年前に死んだ人々の肖像にたまらない魅力を感じるとか。ぼくはぞっとするが」

「うむ、ミス・ウッドリー。ミスター・ペンローズは率直な意見であなたを辱めたね。実際はどうだったのか、正直なところを話してくれないか?」ルシアン卿がいたずらっぽい笑みを浮かべて尋ねた。

コンスタンスはくすくす笑った。「わたしに批判させようとしても無理よ、ルシアン卿。わたしときたら、きっと肖像を見るのが好きな、猟奇趣味のある女に違いないわね。とても歴史的な教会だったし、初めての場所だったので楽しかったんですわ」

「よくぞ言ってくれた、ミス・ウッドリー。ささやかな田舎の娯楽を擁護してくれて、ありがたいな」

コンスタンスはドミニクの声にくるりと振り向いた。彼は三人のすぐそば、彼女の真後ろからにっこり笑いかけてきた。コンスタンスはいつものようにみぞおちがひきつれるのを感じた。

ほんの一瞬、固い決心が崩れそうになった。レイトン卿がレディ・ラザフォードの言ったような男性であるはずがないわ。正式に婚約していながら、べつの女性をたぶらかすようなひどい女たらしだなんて。

でも、女をだます男は、とてもだますようには見えないからこそ成功するのだ。コンスタンスは心を鬼にして冷ややかに礼儀正しい会釈をした。「レイトン卿」

彼女はルシアンに顔を戻した。ルシアンはドミニクを温かく迎えた。ペンローズの挨拶にも心がこもっていた。ドミニクがこの小さなグループに入るためにもう一歩前に出る。コンスタンスは彼を見ないように努めた。ありがたいことに、ルシアンが彼と話しはじめ、彼女はそれ以上会話に加わらずにすんだ。数分後、男たちの会話が弾まなくなると、彼女は壁際にいる叔母に目をやり、叔母に挨拶してくるからと早口に断った。

三人全員に向かって会釈すると、ルシアンとペンローズは笑顔で頭をさげただけだったが、ドミニクは目を細めて彼女を見ていた。コンスタンスは彼が何か言う前に背を向けた。これなら彼はあとを追ってこられない。そんなことをしたら奇妙だし、目立ちすぎるもの。これで食堂に入るまでは安全だ。

不幸にして、叔母のおしゃべりに耐えなくてはならなかったが、コンスタンスの予想どおり、ドミニクは叔母と彼女のところにはやってこなかった。そのあと、夕食のテーブルでは、コンスタンスは彼とは反対の端に、ルシアンとウィラビーにはさまれて座った。コンスタンスが席に着くと、ルシアンがつかのまじっと見て、それからテーブルの上座にちらりと目をやった。その視線をたどると、ドミニクを見ているようだ。コンスタンスはかすかな不安にかられた。この人は何か感づいたのかしら？　ドミニクが加わったあと、あのグループから離れるのを急ぎすぎたの？

だが、それからルシアンは彼女に目を戻してほほえんだ。コンスタンスはほっとして、ウィラビーに昼間の狩りのことを尋ねた。

食事の時間は何事もなく過ぎ、夜の残りも過ぎていった。夕食のあとは、注意深くおとなしいミス・カスバートといとこのマーガレットのあいだに座った。ミス・カスバートはほとんどひと言も話そうとせず、マーガレットがひとりでしゃべっていた。でも、コンスタンスがこの席を選んだのは、夜のひとときを楽しむためではない。男性たちが客間に戻ってきたときにドミニクが隣に座れないようにするためだ。

男たちが戻ると、ドミニクは暖炉のそばに立ち、そこに肘を置いて部屋を見まわした。何度か自分を見ているのは感じたが、コンスタンスは彼と目が合うのを避けた。やがてミス・カスバートがそろそろ休むからと立ちあがると、自分も早めに休むことにする、と断って立ちあがった。

ついドミニクのほうをちらりと見ると、彼はけげんそうに眉を寄せ、ミス・カスバートと一緒に部屋を出ていく彼女を見ていた。もちろん、早めに引き取れば、本を読むか窓の外をぼんやりと眺めて、一、二時間ひとり寂しく過ごさねばならない。そのあとも昼間と同じことを何度も繰り返し考え、なかなか眠れなかった。

翌朝起きたときは、睡眠不足で目がはれぼったく、疲れも取れていなかった。コンスタンスは朝食を抜くことにして、お茶とトーストだけを部屋に運んでもらった。きれいに見えれば少しは暗い気分も晴れるかもしれない。彼女はそう思っていちばん魅力的なデイドレスに着替え、フランチェスカの様子を見に行った。

まだ鼻がつまり、元気がないものの、容態は昨日よりまた少しよくなっていた。一時間か二時間ベッドのそばで本を読み聞かせていると、フランチェスカはふたたび眠くなった。コンスタンスは階下に行き、居心地のよい朝の居間の戸口で足を止めた。昨日、ほかの女性たちと話した部屋だ。

なかに入りかけたとき、ひどくつまらなそうな顔で窓際の椅子に座っているドミニクが見えた。コンスタンスは急いで戸口を通りすぎ、できるだけ静かに、足早に、温室のほうへと向かった。

「ミス・ウッドリー！」コンスタンスは名前を呼ばれ、反射的に振り向いた。

居間の戸口から、ドミニクが廊下に顔を出している。コンスタンスは何も言わずに急いで温室に入った。ほとんど走るようにして、植物でいっぱいの広い部屋を横切り、テラスに出た。階段を駆けおり、庭に入る。昨日の小道までもう少しというとき、もう一度、今度はさっきよりも大きな声でドミニクが名前を呼んだ。彼はコンスタンスを追って、テラスに出ていた。

今度は振り返らず、生け垣をまわりこんで小道をどんどん進んだ。スカートをくるぶしまで持ちあげ、くねくねと曲がる小道を走ったが、砂利を踏むドミニクの足音が後ろに聞こえた。どうやら彼から逃れるのは無理なようだ。

「コンスタンス！」彼の声はすぐ近くから聞こえた。「くそ、走るのをやめてくれないか？」

コンスタンスはくるりと振り向いた。「なんですって？」

「どうして逃げるんだ？」急いで追ってきたドミニクは、息を乱し、眉間《みけん》にしわを寄せて尋ねた。

「あなたこそ、なぜ追いかけてくるの？」

「きみがぼくと口をきいてくれないからさ」ドミニクはいっそう険しい顔で言い返した。「いったいどうしたんだ？　どうしてぼくを避ける？」

コンスタンスは冷たい声で答えながら背筋を伸ばした。「ほかの女性と婚約している男性と、ふたりきりで過ごす習慣はないからよ」

「婚約！」ドミニクはつかのま、ぽかんとした顔でコンスタンスを見つめた。それから怒りに顔を赤くした。「婚約だって？」彼はすばやく一歩近づき、コンスタンスの手首をつかんだ。「これでも、婚約しているように見えるかい？」

そして力任せに彼女を引き寄せ、もうひとつの腕を腰にまわしてコンスタンスをすらりとした固い体にしっかり押しつけ、唇を奪った。

10

コンスタンスはあまりにも驚いて、抗議することもできずに立ちつくした。彼の腕がとても強くつかんでいるせいで、身を引くこともできない。ドミニクは熱い口でむさぼるようにコンスタンスの口を略奪した。荒々しいキスがもたらした欲望の激しさに、コンスタンスは体を震わせた。彼のあらゆる愛撫《あいぶ》に細胞がひとつ残らず活気づき、全身の血が脈打ちはじめる。

もう何日も、数えきれないほど何度も、彼のキスのことを考えてきたのだった。レディ・ウェルカムの図書室で初めてキスされてからずっと。あのときのあらゆる瞬間を、あらゆる角度から再現してきた。実際、夢にまで見たくらいだ。

だが、そうした空想はひとつとして実際のキスとは比べものにならなかった。心臓が雷のような音をたて、体じゅうの神経が目覚め、鋭い快感でちりつく。ドミニクは唇を荒々しく押しつけ、求め、奪い、溺《おぼ》れそうなほどの歓《よろこ》びを与えてくる。荒々しいキスにこめられた怒りが燃えつき、あとには全細胞を満たすほどの飢えと情熱が残った。

抱きしめていた腕がゆるみ、両手が背中とわき腹を這《は》いおりていく。彼は親指で胸の横をかすめながらウエストへとなでおろし、腰の丸みをつかんだ。少しでもたくさん包もうとするように、指を大きく広げ、モスリンの上から彼女を焼いていく。むさぼるようなキスを続けながら、その手でヒップをつかみ、なで、もみしだき、指を食いこませて彼女を持ちあげると、固い体に押しつけた。コンスタンスは下腹部に彼の欲望のあかしを感じた。コンスタンスの秘めやかな場所に震えがきて、脚のあいだがうずき、熱くなる。コンスタンスはふたりの体がひとつにとけるまで、もっと強く抱いてほしかった。腿のあいだに、痛みに似たうずきが生まれた。自分が何を求めているのか、自分でもよくわからないが、狂おしいほどそれがほしかった。

ドミニクが口を離し、震えをおびた低い声で、ささやくようにコンスタンスの名前を呼ぶ。彼女の顔と喉にキスし、唇と歯と舌を巧みに使いながら、白い喉の敏感な肌をじらすようにしゃぶっていく。コンスタンスは頭をのけぞらせ、言葉もなく白い喉を彼の口に与えた。

彼は両手で彼女をなであげ、胸をつかんだ。鋭い快感に襲われ、コンスタンスは身を震わせた。彼女の胸は、彼の愛撫を待ち焦がれていたのだった。やさしい指がやわらかい胸を包むと、コンスタンスを深い満足をおぼえ、それと同じくらい大きな飢えが突きあげてくるのを感じた。

ドミニクは喉の奥から低い声をもらし、ふたたびコンスタンスの唇を奪った。長い指がやさしく胸をもみしだき、親指でかすり、その頂を硬く尖《とが》らせる。そのあいだも、熱い舌が容赦なくコンスタンスをじらし、耐えがたいほどの快感をもたらした。

コンスタンスは彼の膝の上でもだえた。もっとほしい。でも、どうすればいいの？　両手が勝手に動いて、固い胸をなであげ、うなじにまわって豊かな髪をつかんだ。サテンのような髪が滑り、指のあいだを愛撫するのを感じながら、コンスタンスは燃えさかる欲望の穴へとずるずる滑り落ちていくような気がした。それを止める術《すべ》はない。いえ、このまま落ちてしまいたい。

そのとき、かん高い笑い声と、女性たちのくぐもった声が聞こえた。ドミニクは体をこわばらせ、急いで上体を起こして周囲に目をやると、コンスタンスの腕をつかんで小道をはずれ、芝生を横切って、高い生け垣をまわりこみ、蔦《つた》に覆われた東屋《あずまや》のなかに引き入れた。

深い影のなかで、ふたりは神経を張りつめ、待った。先ほどの声が近づいてくる。コンスタンスは彼からわずか数センチのところに立って、広い肩を見ながらドミニクの熱を感じ、においを吸いこんだ。肌が敏感になり、そこに触れている空気まで感じることができるくらいだ。ドミニクの熱い手が腕をつかみ、彼女をその場に留《とど》めていた。

コンスタンスは彼を見上げた。ドミニクは蔦と葉のあいだから、先ほどふたりが立っていた小道をのぞいている。わたしたちは誰に見られてもおかしくなかったんだわ。あの道を誰かが散歩してくれば……抱きあい、夢中でキスしているところを見られ、ひどいことになっていた。わたしの評判はめちゃくちゃになっていたに違いない。

それでも、骨の髄までしみこんでくるのは、恐怖の悪寒ではなく、ドミニクのキスと愛撫で目覚めた欲望だった。まだ全身が快感でちりつき、欲望にうずいている。ドミニクはあの場でわたしをものにすることができた。彼がそうしたとしても、わたしはきっと止めなかった。むしろ彼をせき立てていたに違いない。

コンスタンスはそんな自分に腹が立った。どうしてそんなに弱いの？　理性ではなく、欲望に支配されてしまうの？　これではふしだらな女のように扱われても仕方がないわ！

ようやくノートン姉妹とダンバラ卿《きょう》が現れた。彼らはコンスタンスとドミニクが立っているほんの一、二メートル先をのんびりと歩いていく。さいわい、三人とも周囲を見まわしもしなければ、芝生の先にある木立のなかの、蔦に覆われた東屋に目を向けることもなかった。

ドミニクは彼らが薔薇《ばら》園に入っていくまでその後ろ姿を見送り、ようやく体の力を抜いて、コンスタンスの腕に置いた手をゆるめた。コンスタンスは彼から離れ、東屋を出ていこうとした。が、彼に手首をつかまれた。

「いや、待つんだ！」

「放して！」コンスタンスは鋭く言ってくるりと振り向き、彼をにらみつけた。「それとも、ここで、あなたのお母様の庭でわたしをものにするつもりなの？」

ドミニクは口をこわばらせた。そのまわりがほかよりも白くなり、青い目が燃えるようにきらめく。「もちろん、そんなつもりはないさ」彼は吐き捨てるように言った。

「だったら放して」コンスタンスは自分の手首をつかんでいる彼の手を見た。

ドミニクは彼女を放し、もう触れるつもりはないことを示すように、両手の手のひらを外に向けて、わきに上げた。「無分別な行動を取ったことは謝る。つい、怒りにかられて。それに、きみがあまりにも……いや、言い訳にはならないな。きみをつかむべきでもなかったし、それに……」ついさっきのことを思いだしたのか彼の目がかげり、ちらっとコンスタンスの口もとに視線が落ちた。

彼には何が見えるの？　たぶんキスではれてやわらかくなり、たぎる血で色濃くなった唇が。コンスタンスは赤くなって顔をそらした。

「待ってくれ。お願いだ」彼はさっきよりやさしい、低い声で早口に言った。「せめてぼくに釈明のチャンスを与えてくれないか？　きみは、弁護する機会すらくれないでぼくを有罪だと決めつけるほど不公平なのかい？」

「よくもそんな」コンスタンスはさっと顔を戻し、怒りに燃える目で彼をにらみつけた。

「いったいどうすれば、わたしのほうが悪いような言い方ができるの？　無理やり押さえつけて、ここに留めているのはあなたのほうよ！」

「もう放しただろう？　野蛮な真似《まね》をしたことは謝る。どうかお願いだから、ぼくの話を聞いてくれないか」

コンスタンスは長いこと彼を見つめていた。彼がなんと説明するか、わたしはそれを聞きたい？　ええ、とても。レディ・ラザフォードが言ったことを、これっぽっちの疑いも残らないほどすっかり説明してもらいたい。いいえ、それは愚かな間違いよ。この男のそばでは、自分を信頼できないのは明らかだもの。

コンスタンスは胸の前で腕をくんだ。「いいわ。あなたの話を聞きましょう」

「ありがとう」

彼は庭のさらに奥へと向かって進み、やがて大きなやなぎの木陰にある、木のベンチに導いた。どの小道からもかなり離れたその場所なら、誰かが偶然通りかかることもなければ、道から見える心配もない。コンスタンスとドミニクは、少し離れ、向きあって立った。

「教えてくれないか」ドミニクは言った。「何を聞いたんだい？　どうしてぼくが婚約していると思ったんだ？」

「レディ・ラザフォードが言ったのよ」コンスタンスは答えた。「あなたは娘のミュリエルと婚約している、と」

ドミニクは驚いて眉を上げた。「レディ・ラザフォードが？」彼は目をそらし、考えこんだ。「ずいぶん自信があるに違いないな。さもなければ、追いつめられているか」

「そんな嘘《うそ》をつくのは、考えられないことだわ」コンスタンスは言った。「嘘だとわかれば、ひどい恥をかくことになるのに」

ドミニクはうなずいた。「たしかに。きみが彼女の言葉を信じた理由はわかる」彼はコンスタンスに近づき、両手を取って彼女をじっと見つめた。「だが、それは嘘だ。ぼくはミュリエル・ラザフォードと婚約していない。これまでも、これからも。絶対に。それだけは約束できる」

深い安堵《あんど》がこみあげ、彼につかまれた両手が震えた。コンスタンスはふいに息ができなくなり、まるで気を失うときのように頭がぼうっとして、ドミニクのそばを離れ、倒れこむようにベンチに座った。

「コンスタンス？　大丈夫かい？」ドミニクは彼女の前に片膝をつき、心配そうな顔で見つめた。

コンスタンスはうなずいた。「ええ。ただ……」言葉が続かず、代わりに首を振る。

「ぼくを信じてくれるかい？　誓ってこれは真実だ。フランチェスカに訊《き》いてくれ。両親に訊いてくれてもいい。ぼくはミュリエルにプロポーズなどしていない」

コンスタンスは彼を見た。とても真剣な顔だった。木陰のなかで黒ずんで見える青い瞳はこれまで見たことがないほど一途《いちず》に思いつめている。

昨日からコンスタンスの胸を占領していた重しが消え、代わりに喜びがあふれた。「ええ」コンスタンスはかすれた声でつぶやいた。「信じるわ」

ドミニクはほっとした顔でほほえみ、それからコンスタンスの手に唇を押しつけた。

「ありがとう」

彼はまた彼女の手を取って隣に腰をおろし、手のひらにキスして、自分の頬に当てた。

コンスタンスはつかのま弱さに負け、彼の腕に頭をあずけると、ため息をついて体を起こした。

「レディ・ラザフォードは、どうしてすぐにわかるような嘘をついたのかしら？　あなたが否定したら、ひどい屈辱を受けることになるでしょうに」

ドミニクは肩をすくめた。「おそらく、きみがぼくに率直に尋ねる勇気などないことを願ったのだろうな。さもなければ、きみがだまされたと思いこむことを。それとも、婚約していると言ってしまえば、ぼくが彼女の意向におとなしく従うと思ったのかもしれない」

「どうして、そんなことを考えるの？」

ドミニクは愉快そうな目になった。「レディ・ラザフォードはぼくを知らないからさ。あの人は、自分の決して弱いとは言えない意志に、ほかの人間を従わせるのに慣れている。夫も子供たちも、決して逆らわないからね。高慢ちきで意地の悪い性格で、なんでも自分の思いどおりにしたがるあのミュリエルさえ、母親には決して逆らわないんだ。レディ・ラザフォードはぼくのことも、同じように無理やり従わせることができると思ったのかもしれないな」ドミニクはため息をついて立ちあがり、ベンチの前を歩きはじめた。「ぼくは婚約していない。ぼくらのあいだには、どんなたぐいの暗黙の了解もない。だが、両親はぼくがミュリエルと結婚することを心から願っているんだ。彼らはぼくが跡継ぎになったその日から、うるさく攻め立ててきた。両親も、レディ・ラザフォードも、したがってラザフォード卿も、この結婚を望んでいるんだよ」

「どちらの両親も望んでいるとしたら、最後はあなたも同意することになるのでしょう?」コンスタンスの生まれたばかりの幸せが、端からぼろぼろと崩れはじめた。

「いや!」彼は鋭く否定した。「とんでもない! ミュリエルと結婚するくらいなら、毒蛇と寝たほうがまだましだ。実際、おそらくこのふたつのあいだには、ほとんど違いはないだろうな」

「でも、ご両親はあなたがどれほどこの結婚を嫌っているかご存じないの?」

ドミニクは鼻を鳴らした。「両親はその件に関するぼくの気持ちなどどうでもいいのさ。彼らにとっては、そんなものは少しも重要じゃない。重要なのは領地だけ。一族の存続だけだ」ドミニクはため息をつき、ふたたび隣に座った。「レッドフィールズは大きな領地だ。しかし、長い年月のあいだに、その大半が借金のかたになっているんだよ。つまり、フィッツアラン家には金が必要なんだ。そして父は、ぼくを犠牲にして、それを手に入れようとしているんだ」

「ラザフォード家は裕福なの？」

「とてもね」ドミニクはうなずいた。「彼らはあんなに尊大だが、ラザフォード卿の称号は古いものではないんだよ。しかも、彼らの祖先は商人だった。レディ・ラザフォードの祖父は、ウールの商いをして巨万の富を築いたんだ。息子に貴族の花嫁を迎え、孫娘を男爵に嫁がせられるだけの富を。そしていまやレディ・ラザフォードは、娘を伯爵夫人にしたがっている」

「なるほど」

「彼らふたりが、この台本を練りあげたのさ。父とレディ・ラザフォードが。どちらの要求にも、申しぶんなくかなう取り決めだ。それにかかわる人間たちの願いなど関係ない。一人は自分の義務を果たさねばならない。一族が何よりも大事なんだ」

「ミュリエルはどう思っているのかしら？」答えはわかっているが、コンスタンスは尋ねた。ミュリエルはドミニクを自分のものだと思っている。それをことあるごとにはっきりさせてきた。

「彼女は同意していると思う。母親とよく似た、プライドの高い、野心家だからな。彼女が伯爵に狙《ねら》いを定めたのは、それ以上の身分の候補が手に入る見込みがほとんどないからだ。もしもロックフォード卿をものにできるチャンスがあると思えば、彼を狙うだろう。彼女があせりはじめていなければ、間違いなくぼくはリストのはるか下にいるはずなんだよ。彼女に言わせれば、ぼくは……自分の立場に対する適切な敬意が欠けている男だからね」彼はにやっと笑った。「だが、結婚してしまえば、ぼくのあらゆる気まぐれを砕くことができると確信しているんだろう」

「ええ、ミュリエルなら、きっとできるでしょうね」コンスタンスはうなずいた。「正直に言って、彼女と結婚する気がないと聞いて嬉《うれ》しいわ。ミュリエルのことは好きになれないの」

「ぼくもだよ。父はこのパーティでぼくに結婚を無理強いしたいと願っている。それがわかっていたから、ここには来ないつもりだったんだ」彼は言葉を切り、コンスタンスを見た。「フランチェスカがきみを招待するまでは」

コンスタンスは彼を見て、すぐに目をそらした。ドミニクの温かいまなざしに心が騒いだ。彼が娘のミュリエルと婚約しているというレディ・ラザフォードの話がただの嘘だったとわかったのはとても嬉しかったが、ドミニクの父親がこの結婚を望んでいるという事実は厳然と残る。伯爵家はドミニクに、裕福な資産を持参できる花嫁を必要としている。つまり、彼がコンスタンスのものにならないという現実は、少しも変わらないのだ。ドミニクは彼女をだましていたわけではない。卑怯《ひきょう》な女たらしではなかった。だが、いつか家族を満足させるような結婚をすることになる。愛へと至る危険な坂道をくだりはじめるのはひどく愚かなことだ。

「でも、あなたは自分が果たさなくてはならない義務を、なおざりにする人ではないわ」彼女は静かに言った。

ドミニクはつかのま彼女を見て、同じように静かな声で答えた。「ああ。そうだね。この二年はそれを無視しようと最善をつくしてきたが」

コンスタンスは歯を食いしばっている彼を見た。青い瞳にはいつもの笑いの影もない。ドミニクは国を守るために命がけで戦ってきた人なのだわ。こういう彼を見ていると、なんの抵抗もなくそれを信じることができる。部下を率いて戦い、血を流した男。犠牲を払うことのできる男だ。

妹の墓の前で悲しんでいる彼を慰めようとしたときのように、彼女は彼の手にそっと自分の手を重ねた。ドミニクはかすかな笑みを浮かべ、手のひらを返してコンスタンスの手を取ると、それを口もとに持っていき、やさしく唇を押しつけた。

さざなみのような快感が走り抜け、コンスタンスはこの反応を悟られるのを恐れて、急いで彼から離れた。

「わたしは一度だけ、もう少しで婚約しかけたことがあるの」彼女は言った。

ドミニクが凍りついた。ややあって、彼は尋ねた。「しかけた？」

「ええ。プロポーズされたのよ。でも、お断りしたの」

「愛していなかったのかい?」ドミニクは注意深く尋ねた。

「愛していたわ。少なくとも、自分ではそう思っていた。すぐに立ちなおったところを見ると、愛ではなかったのでしょうけれど」

「きみは断った」

「結婚できなかったの。父が病気で、そばにいて看病をする必要があったから」彼女はドミニクを見た。「人は自分に課された義務を果たさなければならないものだわ。それがほかのすべてに優先するのよ」

「で、彼はどうしたんだい?」

コンスタンスは肩をすくめた。「断りの返事を受け入れたわ。そして自分の人生を歩みつづけ、一、二年あとに結婚したの」

「愚かな男だ」ドミニクはコンスタンスを見つめて低い声で言った。「きみを待っていなかったなんて」

ドミニクの熱いまなざしに欲望をかき立てられ、体の奥がうずいて、コンスタンスは息を止めた。ふいに先ほどのキスと愛撫が頭に浮かび、勝手に体が彼のほうへと傾いた。

ドミニクがすばやく腕をつかみぐいと引っ張ったかと思うと、コンスタンスは彼の膝にのせられていた。彼は片方の腕を背中にまわして支え、もう片方の手で顎をつかみ、キスを求めて顔を上向けた。熱い口が重なり、いつ果てるともなくむさぼる。コンスタンスは慎みも恥ずかしさも忘れ、両手を首にまわして彼にしがみついて大胆に口を押しつけ、熱いキスを返した。

ドミニクは飢えたように彼女の口を味わいながら、片手を胸にさまよわせ、やわ肌を覆っている邪魔な布地に苛立《いらだ》った。彼は襟ぐりから手を突っこんで、クリームのようになめらかな胸を見つけ、それをつかんだ。いきなり肌に彼の指を感じ、コンスタンスはびくっと体を痙攣《けいれん》させたものの、たちまちこの愛撫に応《こた》えて肌がちりちりとほてり、胸の頂が硬く尖った。

ドミニクの愛撫が彼女の息を奪い、鋭いうずきをもたらす。まるで火がついたように体が燃えていた。彼が口と手で触れたところが、もっと熱くなる。大きな手にもみしだかれて胸がぽってりと重くなり、それと同時に狂おしい欲望が突きあげてきた。

それが秘めた部分をとろけさせ、コンスタンスはきつく脚を閉じた。下腹部の奥が耐えがたいほど激しくうずく。

激しい飢えを満たそうと、彼女は舌をからめ、夢中でキスした。するとヒップの下で彼のものが大きくなり、コンスタンスはドミニクの膝の上で落ち着きなく体をよじった。ドミニクは窒息するような声をもらした。彼は彼女の口から喉へ、白い胸へと唇をおろし、震える胸にキスし、敏感な頂へと唇を滑らせた。

彼がそこにやさしくキスした瞬間、鋭い快感が腿のあいだへと走り、爆発した。驚いてコンスタンスは、かすれたうめきをもらした。彼は胸にキスしながら、低く笑う。それに反発を感じる間もなく、濡《ぬ》れた舌が胸の頂を一周し、それを包みこんだ。

コンスタンスは思わずのけぞって、彼の髪を両手でつかんだ。熱い舌の愛撫が、えも言われぬ快感を生む。彼が先端を口に含むと、またしても鋭い快感に貫かれ、体が痙攣した。彼が薔薇の蕾《つぼみ》のような先端を引っ張るたびに、体の奥がひきつれる。舌が先端を転がすたびに、いっそう大きな飢えが生まれ、いっそう深い満足がもたらされる。

ドミニクはドレスの上から胸をなで、つかんでは放し、つかんでは放す。彼のものは、すでに石のように固く、弓のようにしなり、かろうじて自分を抑えているかのように、体のあらゆる筋肉がこわばっている。

熱い息で白い胸に濡れたあとを残しながら、彼が名前を呼ぶ。すると肌がちりちりして、腿のあいだで何かが張りつめ、うずきが増していった。ドミニクはやわらかい胸に顔をすりよせ、軽くキスしながらもうひとつの胸へと唇を這わせていく。敏感になった肌にビロードのような唇のキスを受けながら、コンスタンスは全身を期待に震わせて、待った。彼がもうひとつの胸の頂を口に含み、魔法のような快感をもたらすのを。ドミニクがじらすように頂のまわりを舌でなぞり、熱い息を吹きかける。コンスタンスは全身をこわばらせ、泣くような声をもらした。

ドミニクの愛撫に体が燃え、コンスタンスは身もだえしながら、腰を突きあげ、やわらかい体を彼に差しだした。ドミニクが喉の奥からしぼりだすような声をもらし、熱い口に先端を含んで吸いはじめる。

彼は腿のあいだに片手を滑らせた。コンスタンスは驚いて、体を痙攣させながら、この愛撫を拒むように彼の手をぎゅっとはさみこんだ。だが、器用な指がリズミカルに動き、布地の上からじらすように、ためすようになでつづけると、脚の力が抜けていった。

あまりの快感に頭がぼうっとして、コンスタンスはぐったりと彼の腕に身をゆだねていた。実際は、胸をのぞけば、彼に見られているところはひとつもない。ほかはどこもドレスで覆われていたが、まるで自分を大きく開き、彼の前にすべてをさらしているような気がした。これまでの保守的な考え方、いつも盾となってきた慎みや美徳や落ち着きが、ひとつずつはぎとられ、その下の情熱をむきだしにされたようだった。激しく脈打ち、うずくその核が、彼女を駆り立てた。彼の肌をじかに感じたい。熱いむさぼるような口を感じたい。まだそれを言葉にするだけの知識もない、ほかのたくさんのものがほしい。

コンスタンスは彼のものになりたかった。しっかりと肌を合わせ、あますところなくとけあって、ドミニクに満たされたい。細かいことはよくわからぬまま、コンスタンスはそれだけを願い、焦がれ、切望し、ねだらずにはいられなかった。

「ドミニク……」彼の名前がため息のようにこぼれる。「お願い……」

この言葉に我に返ったように、ドミニクは顔を上げた。

「ドミニク？」コンスタンスはぱっと目を開け、彼を見上げた。

ドミニクは欲望に燃える顔でコンスタンスを見下ろし、歯を食いしばって必死に自分を抑えようとしていた。暗くかげった目は重いまぶたで半分隠れている。

「なんてことを」震える息を吐きだし、彼は目を閉じた。「こんなことはできない。ぼくたちは……」

どうして？　コンスタンスはまだ渦巻く欲望につかまれ、ぐったりと抱かれて、かすかな風に胸をなでられながら、混乱して彼を見つめた。それから、突然、自分がどこにいるか、何をしているかに気づいて、真っ赤になり、あわてて体を起こすと、むきだしの胸を隠すためにドレスを引きあげた。

「も、もう行かないと」声が震え、急に泣きそうになる。なんてこと。こんなふしだらなことをして、ドミニクにどう思われるかしら？

「待ってくれ」彼は低い声で止め、肩をつかんでコンスタンスを自分に向けた。「ぼくはきみがほしい」彼は食い入るように見つめてかすれた声で言った。「何よりも、誰よりも、きみがほしい。だが、そんなことはできない……きみを傷つけるようなことはしない」

何か言えば泣きだしそうで、コンスタンスは黙ってうなずき、一歩さがった。それからきびすを返し、急いで彼から離れた。足早に屋敷へと戻りながら、髪をかきあげ、ピンで留めなおし、震える手でドレスの前をなでつけて、途中で誰かに会わずにすむことを祈った。どれほどドレスや髪の乱れを直しても、たったいましていたことは顔に表れているに違いない。

館《やかた》に入ると、ふだんは召使いたちしか使わない裏手の細い階段を駆けあがった。ありがたいことに、階段をおりてくるメイドたちにはひとりも出会わなかった。ほっとしながら自分の部屋へと廊下を急ぎ、ドアに鍵《かぎ》をかけて、崩れるように座りこんだ。

コンスタンスは長いことただ座っていた。やがて手足の震えがしだいにおさまり、動悸《どうき》が落ち着いてくる。それからようやく立ちあがり、鏡の前に立った。目がきらめき、頬が上気して、唇はあざのように赤く、ぽってりしている。わたしは恐れていたとおりに見えるわ。念入りにキスされたように。それに輝いている。これまでのどんなときよりも美しい。

どうやら、奔放な愛撫とは、とても相性がいいようね。皮肉たっぷりにそう思い、首を振りながら椅子に戻った。

子供のころから、女を惑わせる肉欲の罪について警告されてきたが、今日までは彼らが何を言っているのかまるでわかっていなかった。

わたしはドミニクにすべてを与えたかった。実際、そうしなかったのは彼が自分を抑えたからで、わたしが拒んだからではなかったわ。わたしはすっかり夢中になり、この体のなかで荒れ狂う欲望の虜《とりこ》になっていた。体を駆けめぐった快感、腿のあいだに渦巻いていた炎、あの熱、あのうずき。それを思いだすだけでたまらなくなる。

あれほど官能的な、情熱的な面が自分のなかにあるとは、思ってもみなかった。愛し、傷ついたことはある。だが、つい先ほど全身を貫き、ほかのすべてを忘れさせるほど激しい欲望を感じたことは一度もなかった。それはコンスタンスを驚かせた。実際、衝撃を与えたと言ってもいい。

正直に認めるなら、胸をくすぐるような歓びも感じた。もしかすると、わたしはレディにあるまじき、みだらな女かもしれない。洗練されてもいなければ、じゅうぶんな美徳を備えてもいないのかもしれない。体じゅうの血を燃やす情熱のことを思うと、胸がときめいた。これをあきらめるのはいや。ええ、もっと味わいたい。ドミニクの腕に抱かれ、彼のベッドに横たえられたい。男と女のあいだに起こりうることをひとつ残らず知りたい。彼に教えてもらいたい。

もしも今夜、彼のところへ行ったら、何が起こるかしら？　彼にこの身を捧《ささ》げたら？　彼はわたしを引き寄せて、世界が消えうせ、ふたりの歓びしか存在しなくなるまでキスしてくれるかしら？　それともわたしの名前を汚すのを恐れて、また自分を抑えてしまうかしら？

ドミニクに抱かれるには、自分の名前を汚すしかないのだもの。いつかセルブルック伯爵になる彼は、わたしを自分の名前で守ってくれることはできない。ミュリエル・ラザフォードとは決して結婚しないという彼の言葉を信じたとしても、彼は裕福な女性と結婚しなくてはならないのよ。それが彼の名前と家族に対する義務。何世代も引き継がれてきた領地と領民に対する義務だ。彼は跡継ぎとして、なんとしてもフィッツアラン家の地位を維持しなくてはならない。ドミニクはそのために払う犠牲に怖《お》じ気《け》づくような人ではないわ。しなければならないことをする人。彼はいつか莫大《ばくだい》な持参金をもたらす相手と結婚するでしょう。

わたしとの結婚は彼に破滅をもたらす。実際、彼がそれを望んでいると考える根拠さえない。〝愛〟という言葉は、一度も口にしていないもの。ふたりのあいだにあるのは、熱い欲望の渦だけ。彼はわたしをほしがっている。それは間違いない。でも、愛してはいない。わたしを愛する自由は彼にはないの。

理性を忘れてはだめよ。コンスタンスは自分に言い聞かせた。ドミニクのことがほしくても、彼の愛も名前も決して得られないのよ。それがわかっていて、欲望を満たすだけでじゅうぶんなの？　その願いを満たすために、この身が破滅する危険をおかせるの？

11

フィッツアラン家の接待の目玉である舞踏会は、それから二日後の夜に催された。コンスタンスはいちばん美しいドレスを着た。まるでお菓子のような淡いピンクのサテンに、白いレースのオーバースカートを重ねたそのドレスは、レースの横が開いて、後ろへくるっとまわり、下のスカートを見せている。四角い襟ぐりのボディスには、ピンクのサテンに真珠をちりばめた三角形の胸飾りが縫いつけてある。メイジーはつややかな髪を高く結いあげて、くるくると巻いて滝のように落とし、ピンクのサテンで作った薔薇《ばら》の花やリボンをからめてくれた。

特別に安くしてもらってもわたしには高い買い物だったけれど、それだけの価値はあったわ。鏡に映った自分の姿を見つめながら、コンスタンスはそう思った。このドレスを着たわたしを見たら、ドミニクがどんな顔をするかしら？　そう思うと自然に笑みがこぼれる。

彼女とドミニクは、庭で過ごした午後以来、慎重に振舞っていた。おたがいを避けるわけではなかったが、ふたりきりにならぬように気をつけた。言葉をかわすのはほかの人々が一緒にいるときだけ。ドミニクはほんの少しでも、彼女に触れないように気をつけていた。挨拶《あいさつ》のときにも手を取ろうとせず、廊下を歩くときも腕を差しださなかった。

彼はコンスタンスを危うい立場に追いこむまいと決意しているようだった。コンスタンスのほうも、自分の気持ちに自信が持てなかったから、彼を誘惑するような態度はとらなかった。だが、ドミニクが同じ部屋にいるときは、たとえそちらを見ていなくても、常に彼の存在を全身で感じた。そして顔を上げると、彼女の目はまるで見えない糸に引かれるようにまっすぐに彼に見つけた。まもなく彼がそばにやってきて、足を止め、たとえほんの一、二分でも話しかけてくる。彼がじっとコンスタンスを見つめると、ふたりのあいだの空気はちりちりするようだった。

今夜、このドレスを着たわたしを見て、ドミニクの目に欲望がきらめくのを望むのは、きっといけないことね。コンスタンスはそう思ったが、ほかのものを着る気になれなかった。

隣の部屋では、メイジーがフランチェスカの支度の仕上げにかかっていた。フランチェスカは今朝久しぶりにベッドを出て、三時ごろ昼寝をしたほかはずっと起きていた。まだ本調子ではないものの、快方に向かっているとあって、舞踏会を逃すのはいやだと言い張ったのだ。

コンスタンスが入っていくと、フランチェスカがほほえんだ。「まあ、今夜は特別美しいこと」

「あなたほどではないわ」コンスタンスは率直に答えた。

黒いサテンとチュールレースのドレスを着たフランチェスカは、まるで絵のように美しかった。透き通った長袖《ながそで》がエレガントな白い腕をいっそう魅惑的に見せている。ブロンドの髪を頭の上でシニョンにして、そこからわっと巻き毛がこぼれだしている。その髪にも、ボディスやレースと同じ翡翠《ひすい》色のビーズを散らしてあった。翡翠のビーズで作ったチョーカーがほっそりとした首を飾り、繊細な白い肌をいやがうえにも引き立てていた。

フランチェスカは微笑した。「ありがとう。でも、あなたは自分の美しさがわかっていないようね。さあ、下におりて、みんなを圧倒させましょう」

フランチェスカはコンスタンスの腕を取り、ふたりして屋敷の裏手にある広い舞踏室へと階段をおりていった。その横にある温室と同じように、舞踏室もテラスに面していた。そこに出るドアも、ずらりと並んだ窓も、今夜は大きく開けられ、そこから涼しい夜の風が吹きこんでくる。

白と金色に飾られた壁は、部屋の中央に一列にさがっている三つのシャンデリアのきらめきを反射していた。クリスタルのしずくは、壁に取りつけられた燭台《しょくだい》からもさがっている。さりげなく観葉植物で隠された奥の壁際の小さなステージからは、美しい音楽が流れてくる。部屋のあちこちに置かれた花瓶には、たくさんの薔薇がいけられ、甘い香りを放っていた。

なんて美しいの。コンスタンスはそう思いながら芳香を吸いこみ、ゆっくり吐きだした。どこがどう違うのかわからないが、今夜の舞踏会はこれまで出席したどの舞踏会よりも美しく見えた。もしかすると、こんなにも胸を満たす興奮とときめきのおかげかもしれない。

ふたりはみんなと言葉をかわしながら、舞踏室をゆっくりとまわっていった。今夜はこの一週間滞在しているゲストよりもたくさんの人々が集まっている。近くから招かれた人々や、舞踏会にやってきて、ひと晩だけ泊まっていく人々もたくさん来ているからだ。テラスへ出る窓の近くで、ふたりはロックフォード公爵と会った。いつものようにエレガントで、身が引きしまるような威圧感を漂わせている。公爵は若い女性をともなっていた。まるで石に彫りこまれたような公爵の顔とは対照的に、女性のほうは興奮で頬を美しくそめ、目をきらめかせているが、髪や目の色が同じだけでなく顔立ちが似ているところを見ると、公爵の身内か親戚《しんせき》に違いない。

思ったとおり、彼女とフランチェスカにかすかに頭をさげて会釈したあと、公爵はこう言った。「ミス・ウッドリー、紹介するよ、妹のレディ・カランドラだ」

「レディ・カランドラ、お目にかかれて光栄ですわ」コンスタンスは、黒い瞳をきらめかせながら輝くような笑みを浮かべた若い女性に言った。

「わたしのほうこそ」カランドラはコンスタンスの手を取って答えた。「今夜の舞踏会は、とても楽しみにしていましたの。先月は祖母とバースで過ごしましたのよ。バースは死ぬほど退屈で。シンクレアからこの舞踏会のことを聞いて、どんなに胸がときめいたことか」

カランドラは兄のように長身ではないものの、同じ漆黒の髪に黒い瞳の美しい女性だった。彼女の端整な顔立ちを形容するには、エレガントという言葉がふさわしいかもしれないが、片頬のチャーミングなえくぼとちゃめっけたっぷりの輝きが若さを表している。カランドラは兄の堅苦しい物腰とはほとんど正反対に、伸びやかな、はきはきと話す女性だった。明らかにロックフォード公爵よりもずっと若いというのに、兄を恐れている様子はまったくない。ロックフォード公爵に威圧感を感じるコンスタンスにとっては、これは少し驚きだった。

「どうか、うちにもいらしてね」カランドラは熱心にコンスタンスに言った。「兄は来週になったらロンドンに戻るけど、わたしはあの家にひとりきりなの。まあ、シンクレアときたら田舎にいるときはいつも執事と話したり、帳簿を見たりで、いたとしてもとてもお粗末な話し相手なんだけどね」カランドラはコンスタンスの肩越しにその後ろを見て、ぱっと顔を輝かせた。「レイトン卿《きょう》！　まあ、あなたに会えるなんて嬉《うれ》しいわ！」

ドミニクの名前を聞いたとたん、コンスタンスはぴくんとみぞおちが震えるのを感じた。

ゆっくり振り返り、注意深く気持ちを抑えながら、彼に挨拶する。「レイトン卿」

「レディ・カランドラ。ロックフォード卿。フランチェスカ」ドミニクはほかの人々に挨拶し、コンスタンスに向かいあった。「ミス・ウッドリー」

彼の目に浮かんでいる表情が、コンスタンスの望むすべてを語っていた。彼女は頬をそめ、目をふせた。慎み深い娘がするように。だが、このときばかりは、マナーに従ったというよりも、自分の目にも同じ情熱がきらめくのを隠すためだった。

「次のダンスはぼくと踊る名誉を与えてくれますね、ミス・ウッドリー」

本来なら、ドミニクは公爵の妹に先に尋ねるべきところだった。レディ・カランドラのほうが、コンスタンスよりもはるかに身分が高いし、新しいゲストだったから。だが、コンスタンスは彼がそうしなかったことがとても嬉しかった。カランドラは美しく、裕福で、有力な人々とつながりのある女性だ。そんな明らかに彼にとっては申しぶんのない妻となるに違いないカランドラと、ドミニクがダンスフロアに向かうのを見るのはつらかったに違いない。

コンスタンスは低い声で同意し、彼が差しだした腕を取ってフロアへ導かれていった。

彼らがあとに残した三人は、ふたりが踊るのを見守った。

ややあって、ロックフォード卿がかすかに嘲《あざけ》るような調子で言った。「やれやれ、レディ・ホーストン。きみはこういう形で賭《かけ》に勝つのが公平だと思うかい？」

女性ふたりは、けげんな顔で同時に彼を見た。

「どういう意味かしら？」フランチェスカは尋ねた。

「親愛なるフランチェスカ、このシーズンが終わるまでにミス・ウッドリーに夫を見つけるという賭のことだ。彼女を自分の弟と結婚させるのは、とても公平なやり方だとは思えないが」

フランチェスカは体をこわばらせ、ロックフォード卿を見つめた。「なんですって？」

「なんの話、シンクレア？」カランドラが尋ねた。「なんの賭？」

「なんでもないの」フランチェスカは赤くなり、あわててそう言った。「ふたりでちょっとした賭をしたの。それだけ」

「ミス・ウッドリーの結婚相手を見つける賭？」カランドラは好奇心を浮かべて尋ねた。

「まあ、なんてすてき！」彼女はダンスフロアのふたりに目をやった。「とてもお似合いのカップルに見えるわ」

「いいえ」フランチェスカは抗議した。「ロックフォード卿、あなたの間違いよ。わたしはコンスタンスとドミニクの仲立ちなどしていないわ」

公爵は問いかけるように片方の眉を上げ、それから黙ってふたりのほうに顎をしゃくった。

フランチェスカはいらいらしながら不安にかられて彼の示すほうに目をやった。コンスタンスとドミニクは、カントリーダンスの複雑なステップを踏んでいた。離れているときでもおたがいの目を見つめあい、ふたたび一緒になって手のひらを合わせ、最初はこちらに、それからあちらにまわっている。たしかにふたりは完璧《かんぺき》なカップルに見えた。広間にいるほかの人々のことなど、まったく目に入らず、ふたりだけの世界に浸っているようだ。

　それを見てとると、フランチェスカは鋭く息をのんだ。「ああ、そんな……」彼女はうめくようにつぶやいた。「ああ、たいへん。こんなことになるとは」

　コンスタンスは自分の顔が輝いていることも、ドミニクの目がひたと自分にすえられていることも気づいていなかった。ただ喜びが胸を満たし、あふれて、まるで天にものぼる心地がするだけだった。ドミニクの妻になることはできないが、今夜はそれもどうでもよかった。今夜のこの完璧な思い出を、一生胸に抱きしめていこう。分別を持つのは明日でいい。明後日やそのあとのすべての日々でいい。彼と恋に落ちてはいけない理由を自分に言い聞かせるのは。そして深い悲しみに沈むのは。

　いまはまだ彼を見て胸を躍らせ、彼と踊り、手のひらを合わせながら円を描き、彼の熱を感じ、肌のにおいを吸いこめるほど近づくことができる。

　音楽が終わり、コンスタンスは彼に向かって愛らしくお辞儀をした。そして彼の腕を取ったが、ドミニクはフランチェスカたちのところへ戻ろうとはせず、彼らに背を向けてテラスに出る開いた窓へと向かった。コンスタンスはほほえみ、彼とともに外に出た。

ほかのカップルも外の涼しい夜気を求めてテラスを歩いている。階段を庭へとおりていく人々さえいた。ドミニクとコンスタンスは広いテラスに留《とど》まり、きらめくフランス窓の前をゆっくり横切っていった。

下の庭からは、むせるような薔薇の香りが漂ってくる。最後の窓の向こうは暗くかげっていた。ふたりは暗いテラスの端で立ち止まり、淡い光に照らされた庭に目をやった。ビロードのような夜空を見上げると、白くきらめく星よりもやわらかく、温かそうに見えるほの白い月がのぼっていた。

ゆるやかな風がうなじと肩をなで、顔のまわりを縁どる巻き毛をそよがせる。コンスタンスは向きを変え、ドミニクを見上げた。

彼はすぐそばにいた。わずか数センチのところに。月の光が鋭い陰影をつけている端整な顔には、弱い光のなかでも明らかな情熱は浮かんでいる。コンスタンスはこの前のキスを思いだし、耐えがたいほどの興奮をもたらした彼の愛撫《あいぶ》を思いだした。何年も前に愛していると思った相手とも味わったことのない激しい興奮を。ドミニクを見るたびに感じるこの気持ちは、ただの欲望ではなく、もっと強い、もっと深いものかもしれない。こんなふうに感じるのは、ドミニクと恋に落ちたから？　もう彼の虜《とりこ》になってしまったからなの？

　コンスタンスは彼にキスしてほしかった。それがどんなに不適切なことでもかまわない。彼のキスが自分のなかにもたらす情熱を、もう一度感じたい。体を焼くような強烈な快感を、もう一度だけ味わいたい。今夜のあとに待っている人生は、どれほど味気ないことか。もう二、三日もすれば、レッドフィールズを去り、それから何週間かあとには、わたしのシーズンも終わる。あっというまに過ぎてしまう。ここを離れたら、ドミニクとあと何回会えるかしら？　そしてロンドンの滞在が終われば、永遠の別れが待っている。二度と彼の唇を味わえずに残りの一生を過ごすことになるの？　奔放な情熱を知らずに。このまま年を重ね、ほかの人々が求愛され、結婚し、子供を持つのを見守るだけで、わたし自身はそうした喜びをひとつとして知らずに老いていくなんて、なんとわびしい人生だろう。

　ふいにある思いが頭にしのびこんできた。せめて一度だけでも、貪欲《どんよく》にすべてを味わい、欲望のきわみを経験したほうがましよ。大切な思い出を集めているとしたら、もっとも深い、もっともすばらしい歓《よろこ》びも味わってみたい。

　ドミニクにふたたびキスし、彼の腕のなかでとけてしまいたい。彼の固い体のなかに隠されたあらゆる歓びを見つけたい。わたしのこの体が、どれほど大きな歓びを感じられるか知りたい。それを感じたい。これはいけないことかもしれない。でも、男の人と横たわるのがどういうことなのか知りたいわ。いいえ、ただの男の人ではなく、ドミニクと。コンスタンスは体が震えるほどの激しさでそうしたいと思った。その歓びを拒んだら、一生自分に対して悔やむことになるだろう。

いっそあらゆる用心を振り捨て、社会のしきたりに逆らって、つかのまの情熱に身を任せてしまいたい。恐ろしいと同時に、くらくらするほど魅惑的な可能性を秘めた願いが、頭をよぎった。

それが顔に出たのか、ドミニクがうめくような声をもらし、彼女を抱き寄せた。彼はそっと唇を重ね、甘くやさしくコンスタンスの唇をしゃぶり、口のなかに舌を這《は》わせてくる。だが、夢中になるにつれてキスが深まり、激しくなって、彼女をひしと抱きしめながら、荒々しく舌を突き入れた。

キスが激しくなっても、コンスタンスは怖くなかった。むしろそれにあおられて、めらめらと燃えあがり、彼の首に両手をからませて体を押しつけ、もっと近く、さらに近く彼を引き寄せた。欲望の鋭い鉤爪《かぎづめ》がふたりをつかみ、体の奥深くで熱くうずいてとぐろを巻く。

すると情熱の霞《かすみ》を通して、くぐもった話し声が聞こえてきた。ドミニクは彼女を抱いたまま、急いで深い影のなかへと移動し、なだらかに傾斜する庭園の小道を見下ろした。ひと組の男女が、低い声で話しながら散歩している。ドミニクはコンスタンスを放し、手をつないで、さらに影の奥へと逃れた。コンスタンスはドミニクのそばに立ち、息を乱しながらそのひと組が通りすぎるのを待った。

彼らは近づいてきて、影の端のすぐ先で立ち止まった。一秒がまるで一分にも引き伸ばされ、じりじりと這うように進む。が、ようやくふたりはきびすを返し、テラスの中央へと戻っていった。

暗がりのなかで目をきらめかせ、ドミニクはコンスタンスを見つめた。そして片手を口に押し当てて、指の関節にキスした。

「なかに戻らないと」彼はかすれた声でつぶやいた。

コンスタンスはうなずいた。欲望にうずく体は彼の言葉に従いたがらなかったが、ここに留まっているのは危険だった。こんなに長く舞踏室から姿を消していることが、ひょっとするともう人の口にのぼっているかもしれない。上気した顔に浮かんでいるに違いない情熱の余韻も、こうして消すことができたら。コンスタンスはそう思いながら、髪とドレスをなでつけ、乱れを直した。

彼女はドミニクの腕に手をかけ、ふたりでテラスを戻っていった。外のランタンのやわらかい光で見上げると、ドミニクも彼女を見下ろしてほほえむ。コンスタンスは恥ずかしそうにほほえみ返し、はっきりそこに浮かんでいるはずの自分の気持ちを見られるのが怖くて目をそらした。

ドミニクが咳払《せきばら》いした。「きみに伯爵領を見せたいな」

これはごくあたりまえの言葉だったが、官能の余韻が残るかすれた声に、コンスタンスはぶるっと身を震わせた。

「ええ、ぜひ見たいわ」彼女はさりげなく言おうと努力した。

ふたりは舞踏室に入り、少しばかり堅苦しい調子で話しながら、一緒に馬で領地をまわる計画を練った。コンスタンスは自分のほてる頬が、舞踏室のダンスや散歩や大勢の人いきれで上気した顔をしているほかの人々のそれと同じように見えることを願った。

「何か飲むものを持ってこよう」ドミニクが言い、コンスタンスは微笑した。

「ありがとう」パンチを飲めば、体のほてりが少しは静まるかもしれない。

彼はコンスタンスを椅子のひとつに座らせ、踊っている人々を迂回《うかい》して、部屋の奥に用意されている飲み物や軽食のテーブルへと向かった。コンスタンスは扇を使い、見るともなくダンスフロアを見ながら待っていた。すると急に自分の上に影が落ち、誰かが横に立った。

「いったいどういうつもり？」熱い石に水が落ちるような女性の声が問いただす。

コンスタンスは驚いて、顔を上げた。棒のように細い体をシンプルな、まるで少女のような白いドレスに包んだミュリエル・ラザフォードが、冷たい怒りを放ちながら立っていた。このドレスは彼女にはまるで合っていなかった。白い色とかわいらしいデザインで、たぶん結婚市場のほとんどを占めるデビューしたての娘たちのひとりだと強調するつもりなのだろうが、ミュリエルは明らかに、そうした娘たちのほとんどより年上だった。十八か十九の娘たちより、むしろ二十八歳のコンスタンスに近いように見える。いつも不機嫌に人を見下しているせいで、眉間《みけん》に深いしわのあるもう若くない顔が、清純なドレスのせいでいっそうきわだってしまう。それに抜けるように白い肌も、白いドレスのせいで青白く見える。

ミュリエルは怒りに燃える険しい顔でコンスタンスをにらみつけた。青い目はまるで氷のかけらのよう。手を固く握りしめるあまり、手のなかの扇がぽきんと折れそうだ。

「なんとおっしゃったの？」コンスタンスは冷ややかに訊《き》き返し、ミュリエルを見上げた。

「なんて厚かましい」ミュリエルは食ってかかった。「母がドミニクとわたしのあいだには取り決めがあると言ったはずよ。それなのにまだ彼を追いかけるなんて。あなたが彼をテラスに誘いだして、気を引こうとするのを見たわ」

軽蔑《けいべつ》のこもった言葉に怒りがこみあげ、コンスタンスはミュリエルの耳をつかんで思いきり引っ張りたい衝動にかられた。が、かろうじて落ち着いた静かな声を保つとこう言った。「言葉に気をつけるのね、レディ・ミュリエル。言っていいことと悪いことがあるのよ」

「彼に近づかないで！」ミュリエルは叫び返した。

「わたしがあなたなら、声を落とすでしょうね。こんなにたくさんの人々の前で、醜い騒ぎを起こしたくないでしょう?」

「かまうもんですか!」ミュリエルはいきり立った。「あなたが何を企《たくら》んでいるか、みんなにもわかればいいのよ!」

「お母様はああおっしゃったけれど、あなたはレイトン卿と婚約などしていない。それをみんなに聞かれてもかまわないの?」コンスタンスは静かな確信に満ちた目でミュリエルを見返した。

ミュリエルの目に怒りの色が混じり、コンスタンスは一瞬、平手打ちを食わされるかと思った。だが、ミュリエルはどうにか自分を抑え、乾いた笑い声をあげた。

「彼があなたと結婚するとでも思っているの?」ミュリエルは軽蔑に満ちた声で言った。「レイトン卿のような紳士は、顔がきれいなだけで名前もお金もない、あなたのような女とは結婚しないのよ。そういう女性は、彼らにとっては一時の気慰め、それだけよ。彼らはわたしのような女性と結婚するの!」

「ミュリエル、それ以上自分を物笑いの種にする前に、口をつぐんだほうがいいぞ」太い男の声がそう言った。

ミュリエルとコンスタンスは驚いて声のしたほうを見た。ドミニクがふたりのそばに立っていた。ふたりとも彼の姿が見えなかったのだ。ドミニクはわたしたちの会話をどれくらい聞いていたのかしら? コンスタンスはちらりとそう思った。

彼はコンスタンスに向かってかすかに頭をさげ、手にしていたパンチのカップを差しだした。冷ややかな、礼儀正しい表情を張りつけているが、青い瞳は怒りに燃えている。

「ド、ドミニク」ミュリエルはうろたえた。「そこにいたの？　見えなかったわ」

「そうらしいな」彼は石のような硬い表情でミュリエルを見た。ミュリエルは意地の悪い女性だが、それでもコンスタンスはほんの少し彼女が気の毒になった。「きみも、きみの母上も、どうやら誤解しているらしいな、レディ・ミュリエル。きみとぼくは婚約などしていない」

鋭いパンチを受けたようにたじろいだものの、ミュリエルはすばやく立ちなおり、小さな笑い声をあげた。「もちろん、まだ正式に発表はしていないけれど……」

「正式な発表などありえないな」ドミニクはそっけなく切り返した。

ミュリエルは鋭く息をのみ、目をみひらいた。何か言おうとして口を開けたが、言葉は出てこなかった。

「ぼくの父ときみの母上は、自分たちで勝手に決める前にぼくに相談すべきだったな。あるいは父が、きみとレディ・ラザフォードに、そのうちぼくも両親の決めたことに従うと思わせるようなことを言ったかもしれない。しかし、はっきり言うが、ぼくは譲歩する気はまったくない。伯爵に対して、彼の言うとおりに結婚すると思わせるようなことはいっさいしたことがないし、きみにも、きみのご両親にも、ぼくがきみに結婚を申しこむとほのめかしたことは一度もない。少なくとも、それはわかっているはずだぞ。その事実は、きみの母上やきみが、たったいまきみがミス・ウッドリーに言ったような嘘《うそ》を控えるのに、じゅうぶんな理由になると思ったのだが」

ミュリエルは呆然《ぼうぜん》とドミニクを見つめていたが、どうにか自分を取り戻し、低い、尖《とが》った声で言った。「ドミニク！　ばかなことを言わないで。あなたとわたしのような立場の人間は、女々しい感情よりも大きな理由のために結婚するのよ。それはあなたも――」

「ミュリエル」ドミニクはいらいらしてさえぎった。「ぼくは決して――」

「やめて！」ミュリエルはとげとげしい笑顔を張りつけ、彼を止めようとするかのように片手を突きだした。「どうか。言わないで。ここに留まって、あなたがあとで悔やむに決まっている言葉を聞く気はないわ。この……愚かさを乗り越えたあとで」彼女はコンスタンスを最後にもう一度ナイフのような目でにらみつけると、きびすを返し大股に歩み去った。

ドミニクの顎がこわばり、青い目が危険な感じにきらりと光った。つかのま彼は、ミュリエルを追いかけていきそうに見えた。するとルシアン卿をともなったフランチェスカが明るい笑みを浮かべ、さっと歩み寄った。

「ドミニク、ここにいたの！」彼女はわずか三十分前に会ったことなどすっかり忘れたように嬉しそうに叫び、弟の腕を取って向きを変えさせた。

　ドミニクは体をこわばらせたものの、目に見えて表情をやわらげ、コンスタンスを見た。

「すまなかった、ミス・ウッドリー」

　コンスタンスは震えていた。神経が尖り、胃がかきまわされていたが、首を振り、唇に笑みを浮かべた。「いいえ、どうか、心配なさらないで。わたしは大丈夫よ。レディ・ミュリエルの話し方にはかなり慣れてきたもの」

「では、わたしよりもずっと勇気があるな」ルシアンが口をはさむ。「ここだけの話だが、わたしはあの人が怖い」

　ほかの人々がほほえみ、緊張がほぐれた。ルシアンはコンスタンスに向きあい、優雅にお辞儀をして、いまにもはじまろうとしているダンスを求めた。

　コンスタンスはほっとしてこの申し出を受けた。少しのあいだドミニクから離れ、落ち着きを取り戻す必要がある。ルシアンのようにダンス上手な会話の名手は、この目的には完璧なパートナーだった。コンスタンスは彼の腕に手を置き、礼儀正しくフランチェスカとドミニクに会釈した。

　フランチェスカはふたりの友人が離れていくのを見送り、彼らがダンスフロアに立ち、音楽をはじまるのを待って、弟に顔を戻した。

「それで」彼女は胸の前で腕を組み、弟にそっくりの紺碧《こんぺき》の瞳で彼を見据えた。「あなたはいったい何をしているつもりなの？」

ドミニクは体をこわばらせ、かっとなった。「なんだって？　姉さんまでそんなことを言うのか？」

彼はさっときびすを返し、大股に離れていく。フランチェスカはその後ろ姿を見つめ、ため息をついてあとを追うと、舞踏室の外で追いついて袖をつかんだ。

「ドミニク、待って」

彼は足を止め、無表情にフランチェスカを見た。フランチェスカは低い声で毒づくと、ちらりと周囲を見て、弟の手をつかみ、廊下をずんずん歩いて音楽と話し声から遠ざかった。途中で壁沿いに置かれた細いテーブルのひとつから蝋燭《ろうそく》立てをひとつ取り、壁の燭台で火をつける。彼女は廊下沿いに並んでいる閉ざされた扉のひとつを開けて、ドミニクをなかへ引っ張りこんだ。

フランチェスカはすばやく周囲を見まわした。そこは彼らの母が朝のあいだ居間に使っている、東に面した小部屋だった。暗い部屋にはほかの人影はなく、明かりもフランチェスカが手にしているキャンドルだけだ。彼女はそれをドアのそばの小さなテーブルに置き、振り向いてドミニクを見た。

「何が言いたいんだ、フランチェスカ？」ドミニクは冷たい声で尋ねた。「きみもミュリエル・ラザフォードが義理の妹になることを願っているのかい？」

「とんでもない」フランチェスカは言い返した。「むしろ、あなたがあんな氷のような女性と結婚しないだけの分別を持っていることを願いたいわ。あなたが誰と結婚しようと、それはあなたの自由よ。でも、コンスタンス・ウッドリーを傷つけることは許さないわ。わたしはあの人が大好きなの」

ドミニクは乾いた声で吠《ほ》えるように笑った。「ぼくは違うと思うのか？」

「あなたがコンスタンスに好意を抱きすぎているのではないかと怖いの」フランチェスカはひるまずに答えた。「彼女があなたと恋に落ちるように仕向け、彼女の胸を引き裂くのではないかと怖いのよ」

「どうしてぼくが彼女の胸を引き裂くと思うんだ？」

「あなたもわたしも、この家には資産家の嫁が必要なことがわかっているからよ」

「どうして？」ドミニクは苦い声で訊き返した。「なぜぼくは、腐りきった家族を喜ばせるために結婚しなくてはいけないんだ？　ぼくらの家には、犠牲にする価値のあるものなどほとんどない。それはきみもわかっているはずだぞ」

「でも、これもわかっているわ」フランチェスカは言い返した。「あなたは自分の義務を果たす。これまでもそうしてきたし、これからもそうするでしょう」

ドミニクは姉を冷ややかな目で見た。「ぼくにそうしろというのかい？　ほかの人々はともかく、愛のない結婚がどんなものかをよく知っている姉さんが」

フランチェスカは涙ぐんで、急いで目をそらした。

「ああ、くそ!」ドミニクは部屋を横切り、姉の肩に両手を置いてやさしい声で言った。「ぼくの舌ときたら、悪魔に呪《のろ》われてしまえ。ごめんよ、フランチェスカ。あんなことを言うべきではなかった。きみに八つ当たりするつもりなどなかったのに。どうか、許してくれないか」

フランチェスカはうるんだ目で微笑した。「いいえ、謝るのはわたしのほうだわ」彼女は弟に腕をまわし、逞《たくま》しい胸に頭をあずけた。「ああ、ドミニク。あなたには幸せになってほしいの。ほんとうよ。あなたが幸せになってくれるなら、家族も、レッドフィールズも、そんなものはどうでもいい。祖先がさんざん愚かに浪費してきたつけを、あなたが払う必要などないわ」フランチェスカは顔を上げ、弟を見た。「コンスタンスを愛しているの? 彼女と結婚したいの?」

ドミニクは苦悩する目で姉を見た。「よくわからないんだ。ぼくたちはそういう感情を持つことができるんだろうか? フィッツアランはひどい一族だからね」

フランチェスカは悲しげにうなずいた。「残念ながらそのとおりね」彼女は弟のそばを離れ、近くの椅子に腰をおろして、ドレスのスカートをなでつけながら低い声で言った。「まったくわたしは愚かな結婚をしたわ。わたしもあなたも、それはよくわかっている。わたし自身を助けることもできず、家族の役にも立たなかった。あなたには、そういう結婚をしてほしくない。コンスタンスと結婚してくれたら、こんなに嬉しいことはないわ。

彼女ほど身内になってほしい人はほかに思いつかないもの」

ドミニクは首を振った。「いや、姉さんの言うとおりだ。いまのままでミス・ウッドリーを追いかけるのは、卑劣な男のすることだ」ドミニクは窓辺に歩いていき、カーテンをつかんで暗い庭を見つめた。彼の顔はかげり、弱い光ではその表情は読めなかった。「自分の義務がどこにあるかはわかっている。それに従って結婚すべきだ」

12

コンスタンスは何度もさりげなく舞踏室を見まわしたが、ドミニクはあれっきり戻ってこなかった。フランチェスカは何かに気を取られている様子だ。コンスタンスは一度ならず彼女が眉間《みけん》にしわを寄せているのを見た。

ミュリエルとのシーンに取り乱しているに違いないわ。コンスタンスはそう思った。わたしをここへ連れてきたことを悔やんでいるではないかしら？　ドミニクの両親は、ドミニクがミュリエル・ラザフォードと結婚することを期待している。ひょっとすると、フランチェスカも同じ気持ちかもしれない。ドミニクは一族には金が必要だと言ったけれど、買い物に行ったときのフランチェスカも注意深くお金を使っていたわ。もしかすると、ドミニクの両親だけでなく、フランチェスカもドミニクに裕福な家の娘と結婚してもらう必要があるのかもしれない。

ミュリエルのように、フランチェスカもわたしのせいでドミニクがミュリエルと結婚したがらないと思っているのかしら？　彼女の態度がこれまでと変わったようには見えないが、何かを心配しているのはたしかだ。

コンスタンスは落ち着かない気持ちでベッドに入り、翌朝は着替えをしながら、あれこれ考えた。早めにレッドフィールズを辞去して、ロンドンに帰ったほうがいいだろうか？　できればそうしたくない。ドミニクから離れることを考えただけで、胸が引き裂かれるほどつらいけれど、フランチェスカに害をおよぼすようなことは決してしたくない。こんなにもよくしてくれた彼女に恩を仇《あだ》で返し、伯爵家を滅ぼす一因となることはできない。

わたしがここにいなければ、とコンスタンスは思った。たぶんドミニクは家族の願いを受け入れ、もっとこの結婚に乗り気になるはずよ。わたしという気を散らす対象が目の前から消えれば、ミュリエルともっと頻繁に話し、一緒に過ごすようになって……何を見つけるの？　問題はそれだった。ミュリエルは人を批判することしか頭にない、心の冷たい俗物だ。ドミニクが恋に落ちるどころか、あのミュリエルにほんの少しでも好意を持つことさえ想像できなかった。わたしが姿を消しても、ミュリエルのあの性格は変わらない。たとえわたしにそうする力があったにせよ、ドミニクを一生ミュリエルと過ごさねばならないはめに追いやることなどできない。

コンスタンスは、ドミニクがこの先も自分の人生に留《とど》まることはないという事実を受け入れていた。彼とはもう何日かすれば別れ、別々の道を歩むことになる。彼はやがて相続財産を持つ女性と結婚するだろう。願わくは、ミュリエル・ラザフォードよりもましな女性と。でも、いまのところは、わたしがここにいることが、ドミニクや伯爵家の破滅につながることはないはずよ。それにたとえ財政的な問題を抱えているにせよ、フランチェスカが弟をミュリエルのような女性と結婚させたがっているとは思えない。あと二、三日ドミニクと一緒に過ごして、幸せをもらっても、長い目で見れば同じことだわ。コンスタンスは自分にそう言い聞かせた。ええ、ドミニクが昨夜言ったように、今日、彼と一緒に領地を見てまわっても害はないはずよ。唯一傷つくことになるのは、わたし自身の心だけ。

自分がドミニクを愛しかけていることは、コンスタンスにもわかっていた。彼と過ごす一秒一秒が、彼女を愛へと近づけていく。コンスタンスの一部は、その愛を知りたがっていた。深い愛がもたらす幸せをあますところなく感じたがっていた。だが、べつの一部は怖がっている。昔も一度だけ愛し、それを失うつらさを経験した。あのときガレスに感じた愛と痛みは、ドミニクがもたらす愛と苦しみに比べれば色褪《いろあ》せるだろう。

コンスタンスは衣装だんすを開け、乗馬服を取りだした。村の教会へ遠出した日の二日後、メイジーが持ってきてくれたのだ。深いブルーのビロードで作られたその乗馬服は、フランチェスカが若いころに着ていたもので、このレッドフィールズに置いてあった。だから、取りだしてコンスタンスに合うようにすそをおろすだけでよかった。あんなに具合の悪かったフランチェスカが、メイドにそれを手直しするように命じてくれた。その思いやりが、コンスタンスは嬉《うれ》しかった。知りあってからまだほんの数週間だというのに、六年も一緒に暮らしてきたいとこや叔母よりも、やさしい気配りをしてくれる。メイジーはその乗馬服と一緒に昔のブーツもクローゼットで見つけてきた。さいわい、コンスタンスとフランチェスカの足は同じサイズだったから、借りることができる。

でも、昨夜ドミニクがあれっきり戻ってこなかったことを思うと……彼は今朝、わたしを連れていきたくないかもしれないわ。誘ったことを悔やんでいるかもしれない。それとも、あれから気が変わって、どんなに気が進まなくてもミュリエルと結婚するしかないと思いはじめたかもしれない。そう思うと、コンスタンスは胸をわしづかみにされたような痛みを感じた。

そのとき、コンスタンスの髪を結うためにメイジーがドアから顔を出した。「おや、馬でお出かけなんですね?」メイジーは部屋に入ってくると、コンスタンスの手から乗馬スカートとジャケットを取った。「でしたら、朝食におりてらっしゃるあいだに、アイロンをかけておきます」

「い、いえ、まだはっきり決まったわけでは」コンスタンスは言葉を濁した。

「かまいません。用意しておきますよ。さあ、今日はどんな髪型にしましょうか? 馬に乗るなら、しっかりピンで留めたシンプルなのがいいですね?」

コンスタンスはうなずいて、メイジーがいつものように魔法をかけるのを見守った。

まもなく彼女は食堂へ入っていった。長いテーブルには、いつもよりもたくさんの人々が顔を揃《そろ》えている。ドミニクは上座の父の隣。その向かいにレディ・ラザフォードと娘のミュリエルがいる。ドミニクは彼とフランチェスカのあいだに座っているケンウィック夫人とその息子のパークと話しこんでいるようだった。コンスタンスはラザフォード母娘《おやこ》の視線を痛いほど感じながら、ほんの一瞬彼を見て、急いで目をそらした。

ラザフォード母娘の隣には、ノートン家の三人と、ロックフォード公爵の妹、レディ・カランドラが座っていた。コンスタンスがフランチェスカの隣のあいている椅子に滑りこむと、カランドラがにこやかに挨拶《あいさつ》してきた。

「おはよう。昨夜《ゆうべ》、ロックフォード卿《きょう》はようやく譲歩して、わたしをここに泊まらせてくれたの。もちろん、兄は馬車で家に帰ったのよ」カランドラはあきれたようにぐるっと目玉をまわした。「領地の管理者や帳簿は、一日も待てないらしいわ」

「あなたがまだいらして嬉しいわ」明るいカランドラが初対面からすっかり好きになったコンスタンスは、心からそう言った。

「ええ、ほんと」エレノア・ノートンが嬉しそうに同意した。「乗馬には大勢いたほうが、楽しいもの」

「乗馬？」

「知らなかったの？　レイトン卿が、今日の午後、領地を案内してくれるのよ」妹のリデイアが説明した。

「楽しいひとときが過ごせそうだ」兄のフィリップ卿がうなずく。

コンスタンスは初めてドミニクと目を合わせた。彼は無念そうな顔をしたものの、こう言っただけだった。「ミス・ウッドリーはもう行くと言ってくれたんだ。いまさら撤回できないよ、ミス・ウッドリー」

「レイトン卿が領地を案内してくれると聞いて、わたしたちも連れていってとお願いしたのよ」エレノアが嬉しそうに言った。

コンスタンスを見てミュリエルがほくそえんでいるところを見ると、ドミニクが領地の〝ツアー〟を計画しているとふれてまわったのは、ミス・ラザフォードに違いない。

「あなたもいらっしゃるんでしょうね、ミス・ラザフォード」コンスタンスは苛立《いらだ》ちを隠し、穏やかに言った。

「ええ、もちろん」ミュリエルは薄い笑いを浮かべて答えた。「何をおいても逃せないわ」

彼女は椅子を押しやって立ちあがった。「失礼、セルブルック卿。しなければならないことがありますの」

「もちろんだとも、レディ・ミュリエル」伯爵は満面の笑顔でそう言い、ラザフォード卿との会話に戻った。

コンスタンスは失望をのみこんだ。ミュリエルはわたしに領地を見せたいというドミニクの言葉を聞いていたに違いないわ。そしてふたりだけで過ごすチャンスをつぶしたのね。ドミニクの石のような表情からすると、いっそう彼に嫌われただけ。ドミニクを思いどおりに操ったつもりかもしれないけれど、好きになってもらうには少しの役にも立たないのに。

いずれにしろ、ほかの人々と一緒のほうがよかったのよ。コンスタンスは自分にそう言い聞かせた。ふたりで出かければ楽しかったに違いないけれど、ドミニクとふたりだけになるたびに奔放な情熱の波に足をさらわれ、自分を見失ってしまうのだから。その心配がないだけ、このほうがずっとよかった。ええ、ほんとうに。

「あなたも一緒に来るの、フランチェスカ?」コンスタンスは尋ねた。

フランチェスカは首を振った。「いいえ、まだ風邪が治ったばかりだから。わたしは母やほかのレディたちと残るわ」

いとこのマーガレットが自分も行くと言った。ダンバラ卿もウィラビーも行くという。実際、若い人々はほとんどが加わるようだった。残るのは、とても内気なミス・カスバートと、馬を怖がっているいとこのジョージアナぐらいだ。

「レイトン卿は、谷全体が見渡せる崖《がけ》に連れていってくれるのよ」リディア・ノートンが言った。

「そんなに高いところまで、行きたいかどうかわからないわ」臆病《おくびよう》なマーガレットがしりごみする。

「少し登るけれど、上まで行くと、このあたり全体が一望できるの」カランドラが説明した。

「それにサマーハウスでお茶をいただくのよ」エレノア・ノートンが口を添える。

「とても楽しそうね」コンスタンスはうなずいた。

みんなの興奮したやりとりのなかで朝食を取りながら、コンスタンスはこの外出への期待に気持ちを切り替えようと努めた。

しばらくして、彼女はフランチェスカとふたりでテーブルを立ち、二階へ戻った。部屋の前でにこやかに別れを告げて、なかに入ろうとしたが、そこで立ちつくし、鋭く息をのみながら思わず声をあげた。

ベッドの上には、濃紺の乗馬服があった。メイジーがアイロンをかけ、コンスタンスが着られるようにそこに広げてくれたに違いないが、それを着ることはもうできない。スカートも上着も、何十という長い裂け目が入り、びりびりに引き裂かれていたからだ。

「どうしたの?」フランチェスカがコンスタンスの声を聞きつけて部屋に入ってきた。ベッドの上にあるものを見ると、彼女も叫び声をあげた。「まあひどい! いったい誰がこんなことを?」

「さあ」コンスタンスはつい苦い声になっていた。「でも、心当たりはあるわ」

「ええ、わたしもよ」フランチェスカはベッドに近づき、ずたずたに切られた乗馬服を見下ろした。それから美しい目に危険な光を宿し、コンスタンスに顔を向けた。「心配はいらないわ。そう簡単にミュリエルの思いどおりにさせてなるものですか」

コンスタンスはフランチェスカの励ましと、助けたいという気持ちが嬉しくてほほえんだ。どうやら、フランチェスカもミュリエルが弟の妻になることを望んでいるかもしれないという心配は、見当はずれだったようだ。

「でも、どうやって？　昔の乗馬服はこれだけでしょう？」

「わたしが持ってきた服を使ってちょうだい」フランチェスカは言った。「メイジーに頼めば、あっという間にすそを直してくれるわ。出発まではまだ一時間あるもの、じゅうぶんよ。わたしは母の乗馬服を借りるわ。少しばかり大きくても平気。今日はとくに見せたい人がいるわけではないから」

「でも、さっきは行かないと……」

「ええ、行かないつもりだった。でも、これを見て気が変わったわ」

フランチェスカは鈴を鳴らしてメイドを呼び、びりびりにされた乗馬服を見せ、どうしたいかを説明した。メイジーは驚きの声をあげたあと、やる気をかき立てられ、すぐさまフランチェスカの乗馬服のすそをほどきはじめた。フランチェスカは乗馬服を借りるために母のところへ行った。母親のブーツは彼女には小さすぎるが、さいわいなことに古いブーツには手がつけられていなかった。

ほかの人々が階下に集まるころには、メイジーはフランチェスカの乗馬服のすそを直しおえたばかりか、レディ・セルブルックの乗馬服を巧みにつまんでピンで留め、フランチェスカの体にぴたりと合わせていた。

ふたりは階下の玄関ホールに集まっている人々に合流した。コンスタンスは自分を見たミュリエルの顔に驚きが、ついで怒りがひらめくのを見て、笑みを隠し、挑むように彼女を見返した。ミュリエルは顔をこわばらせ、ぷいと横を向いてしまった。

馬丁たちが、それぞれが乗る馬を厩舎《きゅうしゃ》から家の前に引いてくるのに、それから何分かかかった。ドミニクはこう言いながらコンスタンスのそばにやってきた。「きみにはグレー・レディを選んだよ。あまり速くないが、気立てのいい雌馬で、とてもおとなしいんだ」

いつものように彼の声にみぞおちがひきつれるのを感じながら、コンスタンスは振り向いてドミニクを見上げた。「ありがとう。この数年はあまり乗っていなかったの」十四歳のときから乗っていた雌馬は老齢になり、のろくなったが、コンスタンスはほかの馬に替える気になれなかった。そしてそれが死んだあと、叔父は新しい馬を買ってくれなかったのだ。

「だったら、ちょうどよかった」ドミニクは彼女をグレー・レディのところにともなった。

コンスタンスはたてがみをなで、話しかけて馬と知りあうために少し費やしたあと、ドミニクがあぶみ代わりに差しだした手に片足をのせて、横向きに鞍《くら》におさまり、彼から手綱を受けとった。ドミニクはすぐそばにいる駿馬《しゅんめ》にまたがり、コンスタンスの横に並んだ。

一行は庭から出て、領地の一部である農地へと向かった。ドミニクはコンスタンスと並び先頭に立った。

まもなく、教会に行ったときと同じようにどんなドレス姿よりも魅力的に見えるミュリエルが、彼らに並びかけた。そしてフランチェスカがこの遠出に加わることにした理由が、コンスタンスにもようやくわかった。

「いらっしゃいな、ドミニク」ミュリエルはコンスタンスを見ようともせずに言った。

「アリオンは早駆けしたくてうずうずしているはずよ。川まで競走しましょうよ」

「みんなを置いていけないよ」ドミニクは穏やかに答えた。「今日はぼくがガイドだからね」

「もちろん、あなたは行けないわ」フランチェスカが馬を走らせてきてそう言った。「わたしがお相手するわ、いらっしゃいな、ミュリエル」

ミュリエルは口もとをこわばらせた。みんなから離れて、とりわけドミニクから離れてフランチェスカと競走することなど少しも望んでいないのはたしかだ。が、いまさら申し出を撤回することはできない。

「いいわ」彼女はそっけなく言うと、フランチェスカと競って走りだした。

ドミニクとコンスタンスは、二頭の馬が疾走していくのを見送った。ミュリエルの乗馬術からすると、彼女がこの競走に勝ったのは少しも意外ではない。とはいえ、この日の真の勝者はフランチェスカだった。ミュリエルが一行のそばに戻っても、フランチェスカは彼女の横にぴたりと張りついて離れようとせず、ミュリエルがなんとかドミニクに少しでも近づこうとするたびに、ふたりのあいだに割りこんだ。この忠誠心が嬉しくて、コンスタンスはつい笑みをもらしていた。

こんなに楽しいのは、生まれて初めてだわ。コンスタンスはドミニクと話し、笑いながらそう思った。ふたりだけのときもあれば、ほかの人々が一緒にいることもあった。彼は森のはずれを通り抜け、牧草地を横切りながら、途中の畑や作物を指さし、説明してくれた。彼はたまたまそこにいる人たちの名前をみな知っていた。あらゆる場所の歴史も詳しく話すことができた。その声からすると、彼がこの領地を愛しているのは明らかだ。コンスタンスはドミニクがこんなに長くここを離れていたことをいっそう不思議に思わずにはいられなかった。両親がミュリエル・ラザフォードとの結婚を望んでいることだけではなく、ほかにも何か理由があるに違いない。

ドミニクの両親はどちらかというと堅苦しい、格式ばった人たちだ。ドミニクとフランチェスカの魅力となっている鷹揚《おうよう》さ、打ち解けた物腰は、あのふたりにはまったくない。だが、そういう個性の違いはどの家族にもあるもので、そのせいで血のつながった親子の仲が、ドミニクと両親のようにこじれることはめったにない。コンスタンスはこの一週間、彼がめったに父や母のそばにいないことに気づいていた。まれに一緒にいてもほんの短いあいだだけだった。夕食のときには父のそばに座るが、それは自分の名札がそこに置かれているからにすぎない。ドミニクが父親と楽しそうに話しているのを見たことは一度もなかった。実際、何も知らなければ、たんなる顔見知りだと思うところだ。

この不和には原因があるに違いないわ。だが、いったいどんな原因だろう？　ドミニクは決して寡黙なたちではないが、過去のことも、家族のこともめったに口にしない。ごくまれに昔のことを話すときも、話題はもっぱら騎兵隊のこと、半島で戦った日々のことだけだ。仲間の軽騎兵の思い出を語るときのほうが、両親のことを話すときよりもはるかに温かみがある。いったい何があったのかしら？　コンスタンスはそう思わずにはいられなかった。

彼らは午後、屋敷に戻る途中で、レッドフィールズの領地内にある、美しい小さな湖に立ち寄った。対岸にサマーハウスが見え、湖のまわりを気持ちのよさそうな小道がぐるりとまわっている。

サマーハウスでは、下男とメイドがそれぞれふたりずつ、屋敷から運んできた大きな籐《とう》かごの中身を広げ、午後のお茶の支度をしていた。ベンチ式木製テーブルのうちふたつには、真っ白なダマスク織りのテーブルクロスがかかり、テーブルのひとつには大きな紅茶沸かし器がのっていた。両側の大皿にはケーキやビスケット、スコーン、耳を切りとった三角形のサンドイッチが並んでいる。

乗馬のあととあって、みな喉が渇き、空腹だったから、お茶も食べ物も大歓迎だ。彼らはひとり残らず大喜びで手を伸ばした。そのあとはみんなで腰をおろし、のんびり話した。フィリップ卿と妹たちが、湖畔の別荘の桟橋に係留されている二隻の小舟に乗りたがると、どうやらリディアにすっかり夢中らしい若いパーク・ケンウィックが、一緒に乗ろうと申しでた。

それからまもなく、今度はフランチェスカが湖をひとまわりしようとミュリエルを誘った。ミュリエルはあまり気が進まないらしく、友人に取り囲まれてテーブルの反対側に座っているドミニクに目をやったが、フランチェスカはこのためらいにもおかまいなし。彼女の腕を取ってさっさと歩きだした。〝音楽室の内装を変えようと思っているの、ぜひともあなたのご意見を聞きたいわ〟と、そう言われては、ミュリエルもあきらめて調子を合わせるしかない。

コンスタンスの隣で、レディ・カランドラが言った。「フランチェスカは、急にミュリエルが大好きになったみたいね」

カランドラの表情豊かな黒い目に笑いがきらめいているのを見て、コンスタンスもにやっとせずにはいられなかった。「ええ、ほんとうに」

「気の毒なミュリエル。ずいぶん苛々していることでしょうね。ドミニクの腕にしなだれかかっていたいのに。でも、あの人は俗物だから、レディ・ホーストンの注目をむげにすることができないのよ」

コンスタンスはこの言葉にどう答えればいいかわからなかった。フランチェスカがあんな行動を取ることにした理由まで知っているのかどうかはわからないが、どうやらカランドラはこの状況を正確に理解しているようだ。

「さてと、フランチェスカがあなたにくれた時間を有効に使わなくてはね」カランドラはにこにこしながらそう言って、今日のホストに顔を向けた。「ドミニク、崖に案内してくれる約束じゃなかった？」

「いいとも」ドミニクは笑顔で応じた。「いつでも行けるよ」彼は姉がミュリエルの腕を取って、のんびり散歩している湖のほうに目をやった。「うん、ちょうどいいタイミングだろうな」

「だが、レディ・ホーストンはどうするんだい？」どうやらフランチェスカに熱をあげているらしい、アルフレッド・ペンローズが尋ねる。「一緒に来たいんじゃないか？」

「いいえ、彼女は残りたがるわ」カランドラが急いで答えた。「崖からの景色は何度も見ているし、風邪を引いたあとで、まだ本調子じゃないんですもの。実際、あなたが彼女とミス・ラザフォードの散歩に加わってくれたら、とても喜ぶんじゃないかしら」

「ほんとに？　うん、そうしようかな」ペンローズはこの提案がすっかり気に入り、いそいそと立ちあがって、テーブルを離れていった。

コンスタンスとカランドラはまたしても目を見かわした。コンスタンスは笑いを抑えるので精いっぱいだった。「悪い人」彼女はカランドラに向かってつぶやいた。「レディ・フランチェスカにたっぷりお返しされてよ」

カランドラはくすくす笑った。「つい我慢できなかったの。それに、もう何時間もミュリエルの相手をしているんですもの。フランチェスカだって、ほかにも話す相手がいるほうが嬉しいと思うわ」

少し話しあったあと、ドミニクとカルサーズとウィラビーは、コンスタンスといとこのマーガレット、カランドラと一緒に崖まで登り、そこからの眺望を見ることになった。彼らはすぐに出発し、弧を描いて湖畔の別荘から離れ、北の端にある森に入った。

カランドラは少しのあいだコンスタンスと並んだ。そのすぐ後ろでは、マーガレットがどちらかというと内気なブロンドのカルサーズとおおっぴらにたわむれている。ほかの男たちは先頭に立ち、木々のあいだを縫っていく。小道はすぐにのぼり坂になり、彼らの速度も必然的に遅くなった。

「フランチェスカはあなたを助けているの？　それともドミニクを？　それとも両方を、かしら？」カランドラが尋ねた。

「なんですって？　どうしてフランチェスカがわたしを助けるの？」

カランドラは微笑した。「兄は彼女があなたとドミニクの仲立ちをしようとしている、と確信しているわ」

コンスタンスは赤くなった。

カランドラは肩をすくめた。「もちろん、シンクレアは愛情の問題に関する権威とは呼べないけど。なんといっても、もうすぐ四十歳だというのに、まだ結婚しそうな人さえいないんですもの。でも、ドミニクがあなたを見るまなざしには、何かがあると言わざるを得ないわね」

小ぶりな雌馬が急に走りだし、コンスタンスは自分が手綱を強く握りすぎていたことに気づいて、指の力をゆるめた。「あなたの思い過ごしに違いないわ。レイトン卿は何も言わないし、ほのめかしも……」

「ドミニクは不適切なことをする人ではないわ。ええ」カランドラは言った。「とても立派な紳士ですもの。あなたが彼に関してどんな噂《うわさ》を聞いているとしても。この何年か、ロンドンでかなりはめをはずしているという話は聞いたけれど、彼はとてもいい人よ」カランドラは小さな笑みを浮かべてつけ加えた。「実は昔、彼に熱をあげていたことがあるの」

「レイトン卿に？」コンスタンスはカランドラを見た。裕福で、権力を持つ公爵の妹であるカランドラは、レイトン卿にとってはこのうえない結婚相手になる。それに気づくと、鉛をのみこんだように心が沈んだ。

「ええ、そうよ。軽騎兵隊の軍服を着た彼を、あなたにも見せたかったわ。まるで一枚の絵のようだった。でも、その気持ちはとっくに卒業したのよ」彼女は片手を振ってそう言った。「彼はわたしが結婚したいと願うたぐいの人とはまるで違うの」彼女はため息をついた。「結婚できる望みなど、あまりありそうにはないけれど」

コンスタンスはくすくす笑った。「あなたに言い寄る殿方がひとりもいないなんて、想像できないわ」

「ええ、妻にほしいと言ってくる人はいるわ。でも、財産目当ての人たちがとても多いの。その違いを見極めるのは、いやになるほどむずかしいのよ。ただ、これだけはたしか。すぐに永遠の愛を誓う男性は、たいていわたしの持参金に目が眩《くら》んでいるの。まあ、どちらにしろ、シンクレアが脅して追い払ってしまうから、あまり関係ないんだけれど」カランドラはため息をついた。「不幸にして、シンクレアはわたしの求婚者をひとり残らず怖がらせてしまうの。シンクレアは少し……相手を威圧することもあるから」

コンスタンスはほほえんだ。彼女自身もロックフォード公爵は少しばかり怖い。「でも、ほんとうにあなたを愛する人には、そんなことは問題にならないはずよ」

「だといいけど」カランドラはため息をついた。「さもないと、処女のままで死ぬことになりそう」

若くて、魅力的で、溌剌《はつらつ》としたカランドラが、未婚のまま生涯を終えるという想像があまりにもおかしくて、彼女は笑いだした。カランドラも一緒に笑った。

「わかっているわ。ばかみたいに聞こえるでしょうね」カランドラはファッションの話をはじめ、ふたりは坂道を登るあいだこの話に夢中になった。

そのあいだも坂はどんどん険しくなり、やがてドミニクが馬を止めて彼らを振り返った。

「この先は歩くんだ」

それを聞いたとたん、マーガレットにとってはすばらしい眺望の魅力は急に色褪せたようだった。彼女はみんなと一緒に馬をおりながら泣き言をもらした。「上までずっと歩くの？　でも、この格好でそんなに歩くのは無理だわ」

彼女は腕にかけた乗馬服の長いすそを見て、不満そうに口を尖《とが》らせ、訴えるようにカルサーズを見上げた。「わたしはここに残るほうがいいわ。この空き地は居心地がよさそうですもの。もしも誰かが一緒に残ってくれれば……」

たしかに、横座りになったときに美しく見えるようにすそを長く引いた重いスカートは、歩きやすいとはいえない。やわらかい乗馬靴も同じだった。だが、坂道が険しいことは最初からわかっていたし、実際、マーガレットは朝食の席でそのことを心配していた。登る気がないなら、崖へ行く一行に加わるのをやめて、サマーハウスに残るべきだった。カルサーズと一緒にいるチャンスを作るために、ついてきたに違いないわ。コンスタンスはそう思った。

「ぼくは喜んでミス・ウッドリーとここに残るよ」カルサーズが紳士ぶりを発揮してそう言った。

コンスタンスはため息をついた。「わたしも残るべきでしょうね」

ほんとうは下の景色がまったく見えないこの空き地で待つのはいやだったが、マーガレットをほとんど知らない男性とふたりきりにするわけにはいかない。もちろん、ここは人目のない場所だとはいえ、紳士とふたりきりで午後を過ごすのは、それが長い時間でないかぎりはとくに恥ずべきことではない。しかし、いとこはとても若いし、とても愚かだから、ミスター・カルサーズとふたりだけになったら何をしでかすかわからなかった。とくに先ほどまであんなにあからさまにカルサーズとたわむれていたことを思いだすと、評判を落とすような状況にいとこを残していくことはできない。

カランドラがちらっとコンスタンスを見て、マーガレットを見ると、なめらかに言った。「あら、それはだめよ。あなたは崖からの景色を見たことがないんですもの。わたしがここに残るわ。少し疲れたし、崖からの景色は何度も見たことがあるの」

コンスタンスは感謝をこめてカランドラを見た。「ほんとうにかまわないの？」

「もちろん。わたしが来たのは、ミュリエルが湖の散歩から戻ったときに、あそこにいたくなかったからだもの」

結局、馬が疲れてきたウィラビーも残ることになり、崖にのぼるのはドミニクとコンスタンスだけになった。ふたりは馬を引いて歩きだし、すぐに木立のなかに入った。小道はさらに険しくなり、ふたりとも黙々と登った。

やがて彼らは丘の斜面に立っている藁葺《わらぶ》き屋根のコテージを通過した。まるでおとぎ話のなかに出てくるようなコテージだわ、とコンスタンスは思った。

「あそこには誰が住んでいるの？」彼女はそれを指さして尋ねた。

「誰も。あそこは空き家なんだ。もう何年も」彼は答えた。「馬はここに残していったほうがいいかもしれないな」彼はコテージの前で、低い枝にふたりの馬をつないだ。

「理由はまったくわからないが、〝フランス人の家〟と呼ばれているんだよ。このコテージについては、たくさんのエピソードがある。頭のおかしくなったフィッツアランの祖先から逃げてきた召使いがここに住んだ、というのもそのひとつさ」

「まさか。何か悲劇的なロマンティックな物語があるに違いないわ」コンスタンスは言い張った。「見るからにそんな感じがするもの」

ドミニクはくすくす笑った。「いちばんありそうなのは、伯爵家のお気に入りの老僕が引退して住んでいた、という話だろうな」

「それじゃあまりにも平凡すぎるわ」彼女は口を尖らせた。

ドミニクは笑顔で彼女を見下ろした。

ふいにコンスタンスは自分の体を意識した。喉のところで打つ脈や、吸いこむ息を。坂道を登ってきたせいではてる肌を、爽《さわ》やかな風がなでていく。

彼女は誰からも見えないところに、ふたりきりで立っていることにも気づいた。これはどんな場合でもめったにないことだが、大きな屋敷のなかではとくにそうだ。ドミニクは彼女の顔をむさぼるように見まわし、手を伸ばしてやさしく親指で頬をなでた。その短い、かすめるような愛撫《あいぶ》が体のあらゆる神経を目覚めさせ、コンスタンスはぶるっと身を震わせた。

「寒いのかい？」彼に訊《き》かれて、コンスタンスは首を振った。

「いいえ、ちっとも」彼の目を見つめると、青い目がけむるようになった。なぜ震えたのか、彼にもわかったのだ。上気した肌のほてりが、暖かい気温のせいばかりではないことも。

彼はキスするに違いないわ。キスしてほしかった。もっとそれ以上のことを。もう一度彼の手を感じ、唇を感じたかった。胸の先端を口に含んで、それを熱く濡《ぬ》らしてほしかった。そう思っただけで胸がうずき、先端が硬く尖る。

ドミニクがわずかに近づいた。彼にはわかっているんだわ。わたしが何を望んでいるか。そして彼も同じようにそれを望んでいる。つかのま、ふたりはそこに立ち、ただ見つめあっていた。ふたりのあいだの空気が燃えあがるようだった。

だが、彼は急に離れた。「急ごう。ほかのみんなをあまり長く待たせては悪い」

コンスタンスは力なくうなずいた。ええ、そのほうがいいのよ。そう思いながらも、ほんとうはいつまでもこうしていたかった。ドミニクは頂上をめざし、コンスタンスはそのあとに従った。地面が石ころだらけになり、木が少なくなってきた。彼はときどき腕をつかみ、急な場所を引きあげてくれた。コンスタンスはそのたびに、彼の手を全身で感じた。

ようやくふたりは頂上に着いた。谷にせりだした絶壁からは、眼下の土地が一望に見渡せる。

「まあ！」コンスタンスは鋭く息をのんだ。「すばらしい景色！」

ドミニクもその眺望に目をやりながらうなずいた。「ここは昔から好きな場所のひとつだったんだ。よくここに座って、谷を眺めながら夢を見たものさ……あらゆるたぐいの愚かな夢を」

「いいえ、すばらしい夢だったに違いないわ」コンスタンスは言った。

彼は肩をすくめた。「でも、不可能な夢だった」彼はコンスタンスを見てにやっと笑った。「もうこの国には騎士や海賊は必要ないからね」彼は自分の前を示した。「カウデンに行く流れが見えるかい？　ほら、聖エドマンド教会はあそこだ」彼は遠くを指さし、それよりも近くにある農地も二箇所ばかり示した。来るときに通りすぎてきたところだ。

「この土地がとても好きなのね」コンスタンスは言った。

ドミニクは驚いて彼女を見た。「どうしてだい？」

「声に愛情があふれているもの。それに小作人のことも、とてもよく知っているわ。家族のことを尋ねていたでしょう？」

この領地を手放さずにすむためなら、ドミニクはなんでもするだろう。多額の持参金をもたらす妻を迎えるのもそのひとつに違いない。そう思うとコンスタンスの胸はきりきりと痛んだ。

「こんなに長くここから離れていられたのが、不思議なくらいだわ」

ドミニクは奇妙な光をたたえた硬いまなざしで、ちらりとコンスタンスを見た。「父とぼくは……不仲なんだ」個人的なことを詮索《せんさく》したくなくてコンスタンスが黙っていると、ややあって、彼は言葉を続けた。「何年も前に仲たがいした。父はぼくをここから追いだしたんだ。ここに戻れなくなったあと、もし戻れたとしても戻るまいと決意したあと、ぼくはレッドフィールズとの絆《きずな》をすべて断ち切った。ここは嫌いだった。自分の家族も嫌いだった」

コンスタンスが小さな声をもらした。ドミニクは彼女を見た。

「ぼくを非難する？」

「いいえ、ただ……驚いただけ。過去がこんなにあなたを悩ませているとは思いもしなかったわ」コンスタンスはドミニクの伸びやかな、くったくのない笑みと、軽やかな物腰を思った。彼と父親がうまくいっていないことはわかっていたが、それがこれほど深いものとは。彼の声にはまだなまなましい苦痛がにじんでいる。

ドミニクは顔をしかめた。「過去からはできるだけ遠ざかろうとしてきた。でも、すべてを忘れてしまうのは……むずかしいことだね」

コンスタンスは彼の手を取った。

ドミニクはやさしい笑顔で彼女を見下ろした。「親愛なるコンスタンス」彼はもうひとつの手で顎をつかんだ。「きみはとてもやさしい。こんなにも思いやりがあって、温かい。ぼくの家族の実態を知ったら、きっとぞっとするに違いないな」

「いいえ、あなたが思っているほどやさしくないのよ」彼女は悲しげな笑みを浮かべた。「それに、あなたの家族がどんな人たちでも、あなたとフランチェスカを知っているもの。ふたりとも決してひどい人間ではないわ」

「そうかもしれないが、ぼくらは怠慢だった。自分のことしか考えず……」彼はため息をついて、コンスタンスを大きな岩へと引っ張った。「おいで、ぼくとここに座ってくれ。フィッツアラン一族のことを話してあげよう」

13

「フランチェスカとぼくは年が近いんだ。実際、一歳しか離れていない」

ドミニクは岩に座ったあと、そう言った。コンスタンスの手を握り、もうひとつの手でやわらかい手のひらに模様を描きながら、顔を上げずに、白い肌の上を動く自分の指を見つめて言葉を続けた。

「ぼくたちにはテレンスという兄がいた。テレンスはぼくよりも三歳年上だった。それに妹もいた。アイヴィーだよ」彼は悲しげな笑みを浮かべた。「アイヴィーは家族のみんなにかわいがられていた。とても美しい子だったよ。まるで天使のようだといつも思っていた」

彼の声ににじむわびしさが、コンスタンスの胸を悲しみで満たした。彼女はドミニクの手を両手で包み、それに唇を当ててやわらかいキスの雨を降らせ、少しのあいだその手を頬に押しつけ、それからまだ握ったまま膝に落とした。

「もちろん、兄のテレンスのほうは天使なんかじゃなかった。テレンスは小さいころから乱暴者だった。子供のころ、フランチェスカとぼくは、テレンスによくいじめられたものだよ。でも、アイヴィーはぼくら三人よりずっと小さかったから、フランチェスカとぼくを兄のいじめから守ることはかまわなかった。でも、ぼくらの家庭教師はテレンスのことをよく知っていて、フランチェスカとぼくをできるかぎり兄から守ってくれた。だがもちろん、彼女にできることはかぎりがあった。うちの両親は、テレンスの悪口を決して受けつけなかったからね」それを思いだしたのか、ドミニクは唇をゆがめた。「テレンスは跡継ぎで、完璧《かんぺき》な息子だったんだ。父と母に関するかぎり、テレンスに悪いことができるはずなどないと信じてたのさ。さいわい、フランチェスカとぼくにはおたがいがいた。ふたりで力を合わせ、兄と戦ったものだ。それに、やがて兄はイートン校に行ってしまい、兄の横暴に我慢するのは休日のあいだだけでよくなった」

ドミニクは目の前に広がる谷に目をやった。

「大きくなるにしたがって、テレンスの横暴ぶりもだんだんおさまってきた。ぼくが兄を好きになることはなかったが、兄がぼくらにかまうことはあまりなくなった。乱暴でなくなったのか、学校で乱暴を働くことだけで満足するようになったのかは、それはわからないけどね。いずれにせよ、兄としょっちゅう過ごす必要はなくなったんだ。イートンのあとは二年ほどオックスフォードに行き、学ぶことに飽きると、大陸の周遊に出かけ、それから、しばらくはロンドンに住んだ。ようやく、兄がここに住むために戻ってきたころには、今度はぼくのほうがほとんどここにいなかった。オックスフォードに行き、そのあとはロンドンで悪さをするのに忙しかったから。フランチェスカは社交界にデビューして、結婚したから。ぼくらのどちらも、まさか……」

彼は言葉を切った。冷たい恐れに胸をふさがれ、コンスタンスは彼にその先を話さないでくれと頼みたくなった。

「だが、フランチェスカがここを訪れているときに、アイヴィーが打ち明けたんだ。もちろん、両親には怖くて話せなかったんだよ。ふたりとも自分を信じてくれないことがわかっていたから。アイヴィーはフランチェスカに、テレンスが……この二年、アイヴィーが十四歳のときから、ベッドにやってくる、と打ち明けたんだ。アイヴィーは打ちひしがれていた」

「ああ、ドミニク」コンスタンスはためていた息を吐き、彼を抱きしめ、広い肩に頭をあずけた。「お気の毒に」

ドミニクは彼女に向きあい、自分でも両腕をまわして、頬を髪に押しつけ、低い、かすれた声で続けた。「フランチェスカはぼくに手紙を書いてきた。急いでレッドフィールズに来て、自分たちの力になってくれ、と。すっかり震えあがっていたが、自分が屋敷にいるあいだは、いくらテレンスでもばかな真似《まね》をしないとあてにしていた。フランチェスカはアイヴィーを自分の部屋に寝かせていた。だが、テレンスはフランチェスカの裏をかいて、アイヴィーを乗馬に誘おうとした。アイヴィーはフランチェスカのところに逃げ、フランチェスカはテレンスに食ってかかった。何もかも知っている、と。もちろん、テレンスは否定したよ。すべてアイヴィーのでっちあげだと誓った。すると両親は……ぼくの両親は、テレンスと一緒に両親のところに行き、すべてを話した。ふたりともアイヴィーを信じようとはしなかった。フランチェスカはアイヴィーの肩を持ったんだよ。いつものように。ふたりともアイヴィーを信じようとはしなかった。フランチェスカはアイヴィーを連れていく許可をくれ、と懇願したが、両親は許さなかった。外聞が悪いと言ってね。アイヴィーがテレンスに関する、そして自分たちに関する〝嘘《うそ》〟を言い広めるのを恐れたのさ」

ドミニクはじっと座っていられないように、コンスタンスを放し、ぱっと立ちあがって、落ち着きなく歩きはじめた。コンスタンスは彼の痛みを取り去ってあげたいと思いながら、彼の心が血を流すのを見ているしかなかった。

「フランチェスカは、まだ望みはある、とアイヴィーを励ました。ドミニクが到着したら、きっとふたりでなんとかして、あなたをここから連れだすわ、とね。でも、アイヴィーはこの言葉を信じなかった」ドミニクは目をうるませ、唇をゆがめた。「どうして信じられる？　ぼくたちみんながすでにあの子の期待を裏切ったというのに。二年ものあいだ、テレンスの欲望の対象にされ、暴力をふるわれていたのに、ぼくらは何もしてあげられなかった」

「知らなかったんですもの！」コンスタンスは叫んで、ぱっと立ちあがった。「誰にも想像すらつかないことだわ」

「でも、テレンスの性格はわかっていたんだよ。家に戻ったときに、もっとアイヴィーの様子に注意を払うべきだったんだ。ああ、くそ、もっと注意深くあの子を見てさえいたら、アイヴィーが不幸だったことがわかったはずだ！　だが、ぼくは見なかった。ロンドンで自分が楽しむのに忙しくて」彼はくるりと振り向き、遠くを見つめた。「アイヴィーはぼくが到着する少し前に自殺した。父の決闘用の拳銃《けんじゅう》を持ちだし、森のなかに入って頭を撃ち抜いたんだ」

「ああ、ドミニク！」コンスタンスはこの悲劇に胸を痛めながら彼に歩み寄り、後ろから抱きしめて、背中に頰を寄せた。「お気の毒だわ。なんと言っていいか」

ドミニクはコンスタンスの手に自分の手を置き、彼女を引き寄せた。「だから墓地でテレンスに殴りかかったんだよ。その話はもう誰かに聞いただろう？　父がまたしてもテレンスの肩を持ったことは、言うまでもないだろうね。父はぼくをここから追いだし、二度と戻るなと言い渡した。ぼくも二度と足を踏み入れないと言い返して、ここを出たんだ。母方の叔父が、軽騎兵の株を買ってくれた。ぼくは半島へ行き、テレンスとも両親ともそれっきりになった。だが、テレンスが乗馬の事故で死ぬと、父はぼくを呼び戻さなくてはならなかった。しかも、跡継ぎとして。そしてぼくも、ここに戻らねばならなくなったんだ。そんなことは決してしたくなかったのに」

彼の体から痛みを搾りだそうとするように、コンスタンスはもっと強く彼を抱きしめた。ドミニクが振り向き、彼女を抱きしめる。ふたりは長いことその場に立ちつくしていた。ドミニクの力強い鼓動が聞こえ、彼のぬくもりが彼女を包みこんだ。いつものように体が目覚めたが、コンスタンスは欲望を退けた。彼を慰めたかった。彼の悲しみをすっかり吸いとってしまいたかった。

ドミニクはやさしく抱きしめて、髪に頬をすりよせ、つかのま唇を髪に押しつけながらつぶやいた。

「ありがとう」

「もっと慰めてあげられればいいのに」コンスタンスは片手で彼の背中を円を描くようになでながら言った。

「慰めてくれたよ……じゅうぶんに」彼はためらい、わずかに体をこわばらせた。コンスタンスはそれに応じて動きを止め、待った。

すると、大粒の雨が肩をたたき、それから背中をたたいた。

「雨だ」ドミニクは彼女を放し、一歩さがって空を見上げた。

彼らがすっかり話に夢中になっているあいだに、先ほどまでは細くたなびき太陽の光をさえぎってくれていた白い雲が、頭上に集まって鉛色に変わり、低くたれこめていた。

「急いで戻ったほうがいいな」ドミニクが腕をつかみ、ふたりは丘をくだりはじめた。雨粒はどんどん落ちてくる。

彼らは濡《ぬ》れた岩山の道で何度も滑り、そのせいでくだるのに手間どった。木立のところにたどり着いたときには、もうその枝も生い茂る葉も雨宿りの役には立たないほど、風と雨がひどくなっていた。強い風にあおられ、コンスタンスは帽子を風に吹き飛ばされそうになった。小さな悲鳴をあげて、押さえようとした。が、間に合わず、帽子は木立のなかを飛んでいってしまった。

ドミニクが腕をつかんでいなければ、足を滑らせて、倒れていたに違いない。彼の指が痛いほどぎゅっと腕をつかんでくれたおかげで、ふたりはどうにか倒れずにすんだ。だが、そこから二歩も進むと、今度はドミニクの乗馬靴の平らな靴底が濡れた葉の上で滑った。ふたりはよろめき、彼は木の枝をつかもうとしたが、間に合わず、ふたりとも仰向けに倒れた。そのまましばらく滑り、ようやく地面から突きだした木の根っこのところで止まった。

ドミニクは体を起こし、コンスタンスを見下ろした。彼女はくすくす笑いながら、髪にささった小枝を引き抜こうと片手を頭にやった。彼も顔をほころばせ、それから声をあげて笑いだした。雨足はさらに激しくなり、頭や顔を切るように流れていく。ドミニクは両手で髪を押しやり、立ちあがってコンスタンスを引き起こした。彼らは雨にたたかれながら、馬をつないだ場所へと急いで丘の斜面をくだっていった。コテージにたどり着くころには、雷鳴がとどろき、馬が落ち着きなく動いていた。

ドミニクは先ほどのコテージを指さした。「嵐《あらし》はさっきよりひどくなっている。あのなかに入って、雨がやむのを待とう。ぼくは馬を馬小屋に入れてくるよ」

コンスタンスはうなずいた。土砂降りの雨のなか、雷の鳴るなかを、馬を引いて丘をくだるのも、馬に乗るのも気が進まない。手綱をほどき二頭の馬を馬小屋に入れに行くドミニクをそこに残し、コンスタンスはスカートを持ちあげてコテージへと走った。なぜわざわざスカートを持ちあげているのか、自分でもわからない。ビロードの乗馬服はすでにぐっしょり。すそばかりか、先ほど倒れて滑ったときに片側と後ろは泥だらけで、おまけに葉っぱや小枝までくっついているのに。

彼女は留め金をはずし、ドアを押した。ドアは少しのあいだ抵抗したが、力をこめて押しつづけると、ぎいっという音をたてて開いた。雨が吹きこんでくるが、ドアは開けたままにしておいた。ひと部屋しかない小さな家のなかにはほとんど光が差しこんでいないからだ。冷たいなかの空気に触れると、濡れた服を着ているコンスタンスはぞくっと震えた。両手で自分を抱きしめながら、もう一歩入って周囲を見まわす。

見るものはあまりなかった。ほとんど家具もない質素な住まいだ。家全体がひとつの部屋で、明かり取りの小さな窓がふたつあるが、ひとつはほぼびっしり外の蔦《つた》に覆われている。壁際にベッドがひとつ、まんなかに小さなテーブルがある。ひとつしかないスツールは、テーブルの横、小さな暖炉があるほうに置かれていた。木製の揺り椅子、ベッドわきの床には質素な敷物がひとつ、そのすべてに埃《ほこり》がつもっていた。ここに誰も住まなくなってから、どれくらいたつのかしら？　見たところ何年もたっているようだ。

ドミニクが駆けこんできて、ちらっとなかを見た。「たいしたものはないな」彼はコンスタンスを見た。「震えているじゃないか」

「少し。濡れたから」

「濡れた？」ドミニクが愉快そうに片方だけ眉を上げた。「ふたりともぐっしょりだ」

わたしはどんなふうに見えるのかしら？　コンスタンスは赤くなりながら髪に手をやった。丘を急いでおりてくる途中でピンがはずれたらしく、結った髪はひどく傾いている。落ちた巻き毛が頬にも背中にも張りつき、滑ったときの葉っぱや小枝がそのなかにからまっている。濡れて張りついた乗馬服に、泥と葉っぱと小枝だらけ。きっとひどい格好に違いないわ。

ドミニクは暖炉に向かい、その前で片膝をついた。「うまく火がつくといいが」彼はそう言いながら、煙道の取っ手を探った。

そして横にある小さな枝を重ねはじめた。コンスタンスは髪からできるかぎり葉っぱや小枝を取りのぞくことに専念した。ドミニクは小屋とそのまわりからたきつけに使う乾いた小枝や木切れを集めてきた。しばらくかかったが、ようやく暖炉で小さな火が燃えはじめた。奇跡的に煙道がじゅうぶん開いてくれたおかげで、煙が家のなかへ戻ってこないのはありがたかった。

コンスタンスはドミニクが小さな火を安定した炎にするのを見守りながら、髪から残っていたピンをはずしてテーブルに置き、濡れた髪を絞った。

彼が振り向いた。「おいで。火のそばに座るといい」

コンスタンスは近づき、彼の横に立った。ドミニクはにこやかに彼女を見下ろし、髪についた葉っぱを取った。

「ひどい格好でしょう？」コンスタンスはつぶやいた。

「木の妖精《ようせい》みたいだ」彼はそう言って笑み崩れた。「ずぶ濡れの木の妖精だな」

「ええ、ほんと」コンスタンスはまたぶるっと震えた。

「それを脱いだほうがいい」

ふたりは見つめあった。ドミニクの言葉が、そのあいだに漂っている。

コンスタンスは突然息苦しくなった。「でも、あの……」

彼女の頭には、ドミニクの前でドレスを脱ぐ自分の姿が浮かんだ。すると奇妙なことに恥ずかしさよりも期待にかられ、全身が熱くなった。ドミニクの指がボタンにかかり、ドレスを脱がすところを想像すると、またしても震えが走る。

ドミニクが出し抜けに後ろを向き、少しばかりぎこちない足取りで部屋を横切っていった。ベッドのすそにある小さなトランクを開けた。

「このなかにあるもののほうが、ベッドの上にあるものより少しはきれいそうだ。ドレスを脱いで、これで体をくるむといい。きみの服は椅子にかけて乾かそう」

彼はそう言いながら、お手本を示すようにジャケットを脱いで、揺り椅子の背にかけた。指がベストのボタンにかかり、コンスタンスは気がつくとその動きを見つめていた。長い、器用な指が、ボタンをひとつひとつはずしていく。コンスタンスはそれから目をそらすことができなかった。

「さあ」彼がかすれた声で呼んだ。「それを脱いで。風邪を引くよ。きみが脱ぐあいだ、外にいるから」

「でも、濡れてしまうわ。雨がさっきよりひどくなったもの」コンスタンスは抗議した。

「どうせ濡れついでさ」

たしかにそのとおりだ。胸に張りついている薄手の白いシャツは、ほとんど透けて見える。黒い乳首と、逞《たくま》しい筋肉、胸の中央でVの字を作っている縮れ毛がうっすらと見えた。乗馬ズボンも同じように腿に張りつき、とても固い筋肉とヒップの輪郭をくっきりと見せている。何も着ていないよりも、もっと始末が悪いわ。服の下の体がどんなふうなのか、あらぬ想像で頭がいっぱいになる。

コンスタンスは自分が彼を見つめているのに気づき、頬ばかりかうなじまで真っ赤になった。何か言わなくては。そう思ったが、口蓋《こうがい》に糊《のり》づけされたように舌が動かない。「あの、後ろを向いてくれれば……」

ドミニクはうなずいて向きを変え、先ほどのトランクから、もう一枚毛布を取りだした。コンスタンスは火に向きあい、震える指で上着のボタンをはずしはじめた。ついで雨で重くなったスカートのボタンもはずし、すばやく下へ滑らせる。それは濡れた音をたてて床に落ちた。続いて上着の横をつかみ、それを脱ぎはじめる。

ドミニクはちゃんと背中を向けているかしら？　それとも振り向いて、わたしが脱ぐのを見ているのかしら？　そう思うと体の芯《しん》が熱くなった。見られているのといないのと、どちらがいいのか自分でもわからない。コンスタンスはジャケット仕立ての上着を肩から滑らせていた手を止めて、我慢できずにちらりと振り向いた。

見てはいけなかった。ドミニクを疑うなんて間違っていた。彼は紳士らしく振舞い、断固として彼女に背を向けていた。すでにブーツと靴下を脱ぎ、シャツも脱いで、背中がむきだしだった。コンスタンスは、広い肩から引きしまった腰までの逞しい背中を見つめた。ドミニクが乗馬ズボンの両側をつかみ、背中の筋肉をうねらせてそれをひきおろすのを。ぐっしょり濡れたズボンを脱ぐのは簡単にはいかず、彼はそれを皮膚からはがすようにして脱いでいく。

さっきの結論は間違いだったわ。裸の彼には、濡れた服を着ていたときよりもいっそうそそられる。なめらかな固いヒップと太腿の逞しい筋肉へとつながる曲線に、彼女は目が吸い寄せられた。長い脚は筋肉質だが、思いのほかほっそりしていた。コンスタンスはこれまで、裸の男性を見ることなど一度もなかった。服を脱いだときの男性の体を想像すれば、きっと赤くなったに違いない。だが、じっと見つめずにいられないほど美しいとは、思いもしなかっただろう。こんなふうに芯がとろけ、口のなかがからからに乾くほど力強いとは。

自分でも気づかず、小さな声をあげていたとみえて、ドミニクが肩越しに振り向いた。ふたりの視線がぶつかり、つかのま、世界が止まった。

何をしているの？　いますぐ暖炉に顔を戻しなさい！　盗み見ているところを見つかって、恥ずかしくないの？　コンスタンスは自分を叱《しか》りつけ、ドミニクが目をそらすのを待ってから、上着を脱ぎ、毛布で体を包みなさい、と命じた。

だが、気がつくと、彼に体を向けていた。それどころか、彼を見つめたままゆっくり上着を脱いで床に落とし、下着だけの姿になった。

ドミニクものろのろと体をまわし、ふたりは向かいあった。彼は高い頬骨の上で皮膚がぴんと張りつめ、シャープな顔の線がいっそう鋭く見える。わきに垂らした両手をきつく握りしめ、暗くかげる目でコンスタンスを見つめていた。

コンスタンスはゆっくり彼の体を見ていった。固くて、力強くて、ため息が出るほど男らしい。あばら骨の線、なめらかな皮膚の下で盛りあがっている腕の筋肉、平らなお腹《なか》。金色の縮れ毛が腕と脚をうっすらと覆い、胸に細いVの字を作って、へそから一本の線になり、屹立《きつりつ》する男性の象徴の周囲でくるくるカールし、きらめいている。彼女の目は、ビロードのような皮膚に包まれた長くて太いものに吸い寄せられた。あれがどんなふうに何をするのか、想像もつかない。でも、あれは彼がわたしをとてもほしがっているというあかしだわ。そう思うと、自分でも恥ずかしいほど興奮した。

心臓が狂ったように打ちはじめ、呼吸が浅くなり、速くなる。恐れと、興奮と、ほかにもありとあらゆる感情がこみあげて胃をかきまわす。もしも誰かが見ていたら、こんなことをしてはだめだと言うに違いない。いますぐやめろ、さっさと服を着て、コテージから走りでろ、と。

でも、逃げるつもりはないわ。たしかにこれは衝動的な行動かもしれないが、何も考えていないわけではない。わたしはこうしたいの。ほかの誰でもなく、ドミニクがほしいの。彼がわたしと結婚しないことも、たとえ望んだとしても結婚できないこともわかっている。これからわたしがすることに、世間の人々が〝過ち〟というレッテルを貼《は》ることもわかっている。でも、かまわないわ。

コンスタンスはこの瞬間を自分の手でつかみたかった。そのあとで何が起こるとしても、いまは何もかも忘れてドミニクと愛しあいたい。彼に抱き寄せられ、この体を開いて、男と女のあいだに起こりうるすべてを教えてもらいたい。彼の腕のなかで溺《おぼ》れたい。残りの一生がどれほどわびしい空っぽなものだとしても、わたしは情熱を知っている。ドミニクを知っている、そう自分に言えるように。

コンスタンスはシュミーズの前を閉じている青いリボンの端をつかみ、それをゆっくりと解いた。上から順番に、ひとつずつ蝶結《ちょうむす》びを解いていく。やがて胸の前が開き、その下の肌が細くのぞく。彼女はシュミーズをつかんだ。

「コンスタンス……」ドミニクがかすれた声で止めた。「だめだ。こんなことをしてはいけないよ」

「こうしたいの」

彼はつばをのみこみ、長いこと彼女を見つめていた。ふたたび低いため息のようにコンスタンスの名前がその口からもれたときには、もうそこには警告の響きはなかった。「コンスタンス……」

獲物を狩る動物のようにしなやかな動きで、ドミニクはゆっくり近づいてきた。その目を見つめながら、シュミーズを脱ぎ、床に落とす。続いて白いモスリンのペチコートのわきも解き、それも床に落とした。コンスタンスが長めの下ばき《パンタレット》のリボンを解こうとすると、ドミニクがわずか数センチのところで止まり、彼女の手に自分の手を重ねた。

唇にかすかな笑みを浮かべ、彼は細いリボンを自分の指でつかんで解いた。両手を広げてコンスタンスの両わきに置き、下へと滑らせていく。大きな手がパンタレットの下にするりと入りこみ、それを下へと押しやる。じりじりと滑る熱い手のひらが、白い肌を焼きながら少しずつあらわにしていった。

乗馬で固くなった指と手のひらの羽根のような愛撫《あいぶ》を受けて、鋭く尖《とが》った神経の隅々まで目覚めていく。コンスタンスはその感触に思わず息をのみながら、全身の皮膚が張りつめ、脚のあいだに脈打つうずきが花開くのを感じた。

ドミニクは豊かな胸に視線を落とし、自分の愛撫に応《こた》えて蕾《つぼみ》のような頂が硬く尖ったのを見てとると、満足そうに笑みを深めた。パンタレットが落ちて、くるぶしのまわりにまとわりつく。彼はやわらかいヒップに両手を置いて、つかのま白い体を食い入るように見つめた。

青い目が徐々に上へと戻り、コンスタンスの目を捉《とら》える。ドミニクは燃えるような目でひたと彼女を見ながら、ゆっくり、羽根のように両わきをなであげ、ごくかすかな快感までも引きだしていった。長い指が硬い蕾をつまみ、ひねり、かすめる。大きな手がふっくらした胸を愛撫し、背中へとさまよって、下へ落ち、尻の丸みをぎゅっとつかんでそのまま腿へと滑った。

彼のものがやさしく下腹部に触れ、ドミニクの指と手のひらが、次々に新しい歓《よろこ》びをもたらす。コンスタンスは唇を噛《か》み、この甘い拷問に耐えた。すると彼の片手が脚のあいだにするりと入り、コンスタンスを驚かせた。彼女は息をのみ、無意識に脚を開いて、彼に自分を差しだした。器用な指が敏感な部分をかすめ、やさしくなでて、脚のあいだを割る。

鋭い快感が体を貫き、全身に広がっていった。コンスタンスは爪が食いこむほど強く彼の腕をつかんだ。ドミニクは巧みに指を使いながら、彼女を見つめ、新しい歓びを感じるたびに秘めた部分のなかで起こる微妙な変化を読みとった。

彼の指がもたらしている強烈な歓びは、これまで一度も味わったことがなかった。それは次々に生まれ、コンスタンスをのみこみ、溺れさせた。まだキスもされていないのに、体の奥でうずきがふくれあがり、耐えがたいほど高まっていく。コンスタンスは、いまにも粉々に砕け散りそうな気がした。

そしてとうとう小さな声をあげながら、砕け散った。秘めた部分の奥で熱い球が爆発し、無数の波となって押し寄せる。彼女は痙攣《けいれん》するように体を震わせながら、本能的に腰を動かした。

そしてとけた。ほかの言葉では表せない。体のなかがとけ、外もとけて、ぐったりとなり、膝から力が抜けた。ドミニクが腰にまわした腕で支えてくれなければ、崩れるように倒れていたに違いない。コンスタンスは逞しい胸にもたれ、彼に腕をまわした。早鐘のようなドミニクの鼓動、苦しそうな息遣いが聞こえる。ほてる肌は汗に濡れていた。

「ドミニク……」彼女は顔を上げて、問いかけるように彼を見た。「とても……信じられないほど……すばらしかったわ。でも、あなたは……あなたは……」コンスタンスは赤くなって口ごもった。

彼はにっこり笑い、青い目をきらめかせて椅子から毛布をつかむと、埃を払い落とし、床に敷いた。「心配はいらないよ、ダーリン」彼は彼女を抱きあげ、そこに横たえて、自分もかたわらに横になった。「ぼくらはまだはじめたばかりだ」

彼はようやくかがみこんで唇を重ねた。

14

まるで急ぐ必要などまったくないように、彼は自分の欲求を満たそうとはせず、やわらかい唇と舌でゆっくりキスしながら、コンスタンスの体からあらゆる歓《よろこ》びを見つけ、引きだしていく。コンスタンスは満ちたり、まだぼうっとして、快感の余韻に浸りながらキスを返した。いつまでも、このまま何もせずに、彼とふたりでただこうしているだけで満足だった。

強い腕に物憂く手を滑らせ、彼の肌と筋肉を手のひらで味わう。そしてキスに現れていない緊張は、彼の体にはっきり現れていた。体を支えている前腕はまるでぴんと張ったワイヤーのようにこわばり、彼女が触れるたびに細かく震えた。張りつめたこの体のなかでは、きっと欲望が荒れ狂っているのね。彼は鉄壁の自制心でそれを抑えて、甘いキスをしているんだわ。

ドミニクがどれほど自分を求めているかに気づくと、胸がうずき、体の奥がずきんと痛んだ。片手で胸のまんなかをなでおろし、ドミニクが痙攣《けいれん》するように体を震わせるのを見て、また体が熱くなった。

こんなに早くまたほしくなるものなの？　コンスタンスは驚きにかられながら、そう思った。強烈な快感に翻弄《ほんろう》されて砕け散ったばかりなのに。貪欲《どんよく》な炎が体を駆け、またしても脚のあいだに集まるのを感じる。それを読みとったのか、ドミニクが顔を上げ、彼女を見下ろした。

青い目が欲望にくすぶり、唇はむさぼるようなキスではれ、黒ずんでいる。彼はコンスタンスの目に驚きを見つけて、体の奥がいっそうほてるような物憂い笑みを浮かべた。

「あれで終わりだと思ったのかい？」彼がつぶやく。コンスタンスがうなずくと、かがみこんで口の端にキスをした。「とんでもない」反対側の端にキスし、「まだこれからだ」舌の先で唇のあいだをなぞる。「はじまったばかりだよ」

彼は頬に、顎に、眉に、花びらのようなまぶたにやさしくキスし、耳たぶへと舌を這《は》わせた。やわらかい耳たぶをしゃぶられ、そっと噛《か》まれると、激しい震えが体を駆け、下腹部の奥へと走った。コンスタンスはじっとしていられず、彼の下でもだえた。粗織りの毛布が背中をちくちく刺して、彼のもたらす快感をさらにあおる。

彼女は震えながら息を吐き、両手でドミニクのわき腹をなでおろして、背中をなであげた。なんてすばらしい感触なの。なめらかな肌とその下の固い筋肉、あばらの線、ごつごつした肩や鎖骨、手のひらをくすぐる胸の縮れ毛ときたら、とてもそそられるわ。コンスタンスは小さな笑みをもらした。

するると、いきなり濡《ぬ》れた舌が耳のなかにするりと入りこみ、コンスタンスはぴくんと体を痙攣させた。鋭い欲望が下腹部を突き刺し、そこから広がっていく。彼女はあえぐように息を吸いこんだ。彼が上に重なり、両脚を彼女の脚のあいだに割りこませる。ドミニクの体重のほとんどは彼の前腕で支えていたが、上半身のほとんどが重なる。コンスタンスは濡れた下腹部に、太くて硬い、脈打つものを感じた。

ドミニクは喉に唇を滑らせ、ぴんと張りつめた首筋をしゃぶり、喉のくぼみにやわらかい蝶《ちょう》の羽根のようなキスを降らせていく。片方の手で胸のひとつを包みながら、やわらかい丘へと唇を這わせ、じれったいほどゆっくりと横切って、敏感な頂に達した。舌が先端のまわりをたどり、何度も何度も円を描いてじりじりと近づき、ついに硬く尖《とが》った頂に触れる。彼はそれがもっと硬く尖るまでじらしつづけた。

コンスタンスはそれを口に含んでほしかった。先ほど彼が熱い濡れた口に含み、ひねったときの、下腹部を貫く鋭い快感がよみがえってくる。彼が舌で転がすたびに、もっと彼の口がほしくなる。それを求めて、渇望して、無意識に踵《かかと》に力を入れ、大きくのけぞった。

広い背中に爪を立て、固いヒップに指を食いこませて、こねるようにもみしだく。ドミニクがしぼりだすような声でうめき、ついに乳首を口に含んで吸いはじめると、コンスタンスは泣くような声をもらした。またしても腿のあいだに熱がたまり、快感がたまり、痛みにも似た激しいうずきが高まっていく。

コンスタンスは彼の名前をささやき、顔を横に向けて、自分の横にある逞《たくま》しい前腕に唇を強く押しつけた。そこにキスし、彼の肌をしゃぶり、歯を立てて、いっそう激しくなる快感に耐えた。

もうだめ。もう耐えられない。そう思ったとき、ドミニクが乳首を放した。彼はつかのま頭を垂れ、全身をこわばらせて荒い息をついてから、胸のあいだにキスし、もう一方の胸の頂を口に含んだ。

コンスタンスはうめき、彼に向かって夢中で背中をそらした。熱く切ない欲望が脈打ち、脚のあいだを濡らし、狂おしくうずく。ドミニクの手が脚のあいだへとおりていき、なかにするりと滑りこんだ。すると熱いうずきがさらに強くなり、彼女は無意識に腰を動かしていた。かろうじて保っていた自制心が切れたように、ドミニクが喉の奥からかすれたうめきをもらす。

彼はコンスタンスに重なり、彼女の脚をさらに広げた。ビロードのような脈打つものの先端が秘めた部分に触れる。それが押し入るのを感じて、コンスタンスはねだるような声をあげ、さらに脚を広げて腰を浮かした。驚くほど鋭い痛みに襲われ、思わずくぐもった叫びをもらす。全身を硬直させ、震わせながらも、彼は動きを止めた。コンスタンスは痛みなどうでもよかった。待つことに耐えられず、彼女は両手で彼のわき腹をなで、ヒップをつかみ、彼を急《せ》かした。

ドミニクは熱く脈打つものを彼女のなかに沈めた。コンスタンスは息をのみ、歓びに震えた。体のなかにあいていた空洞が、ついに満たされたかのようだった。それと同時に、もっと深く、もっと満たしてほしくなる。彼を自分のものにし、彼のものになりたかった。

ドミニクがなかで動きはじめた。これこそ、何よりも望んでいたこと。彼がゆっくりと引き戻すと、コンスタンスはもう少しで抗議しかけたが、ドミニクは彼女を放さず、さらに強く、深く、ふたたび彼女を満たした。彼の動きに焼けるような歓びが押し寄せ、コンスタンスはしゃくりあげるような声をもらした。ドミニクは彼女のなかで着実なリズムを刻みながら、そのリズムをどんどん強く、速くしていく。

いつしかコンスタンスもそれに合わせて動いていた。巨大な熱い球のような快感が、彼が突くたびに、さらに高まり、強烈になる。コンスタンスはまるで体が飛び立つのを恐れるように、毛布に指を食いこませた。

ついさっき味わったばかりの快感がふたたび突きあげてきた。それがどんなふうに体の奥で爆発するかすでにわかっているいま、コンスタンスは先ほどより貪欲に求めた。ただ、彼に満たされ、彼女自身もめくるめく欲望のダンスに加わったため、募る快感ははるかに強く、はるかに激しくなっていく。

それから、ついにそれが来た。灼熱《しゃくねつ》の球が爆発し、引き裂くような快感で彼女を貫いて、全身をとろけさせ、あらゆる細胞へと広がる。彼がひときわ深く突き入れた瞬間、コンスタンスは叫び声を放ち、高く腰を突きあげた。ドミニクの喉からもしゃがれ声がほとばしった。

コンスタンスは両手で彼を抱きしめた。嵐《あらし》のような情熱のなかで、ふたりの体がひとつにとける。

ドミニクはぐったりと倒れこみ、白いうなじに顔を埋《うず》めた。苦しげな呼吸がしだいに落ち着き、こわばった体がほぐれていく。コンスタンスには指を動かす力も、話す力さえ残っていなかった。実際、理性的な言葉を口にするどころか、考えることさえほとんどできない。

ドミニクは首のつけ根にキスをし、コンスタンスのうなじの下に腕を差しこんで、彼女を抱いたまま寝返りを打った。コンスタンスは自分の頭がぴたりと彼の肩の丸みにおさまるのを感じた。両腕を伸ばして、けだるく彼の肌をなで、胸の縮れ毛を指に巻きつける。彼女は疲れはて、少し痛みを感じ……このうえなく満足していた。

これが男性を愛することなんだわ、とコンスタンスは思った。これまではわからなかった。ええ、わかるわけがない。こんなに深い愛を感じたことなど一度もなかったもの。心と魂と体でその人を包みこみ、その人のなかに入りこみ、あらゆる細胞に触れていく。男女の愛とはなんと生々しい行為であり、美しい行為でもあるのかしら。人が言葉で表すほど甘くもなければ理想的でもないが、その千倍もすばらしく、衝撃的で、強烈で、胸が痛くなるほどの真実だ。

彼に抱かれたために、すべてが計り知れないほど複雑になることはわかっていたが、いまそれを考えたくなかった。いまはただ、この瞬間を心ゆくまで味わい、満足と歓びの最後の一滴までも吸いとりたい。

ドミニクが顔を向け、額にキスした。彼はコンスタンスの腕に手を滑らせ、その指に自分の指をからめた。

「きみは世界一美しい」

コンスタンスはくすくす笑った。そんなことを思うなんて愚かな人。でもとても嬉《うれ》しい。

ドミニクは彼女の美しさをひとつひとつ挙げていく。コンスタンスはとうとう笑ってキスし、やめさせなくてはならなかった。それから何分かは、どちらも何かを言う気力すらなかった。

「コンスタンス」やがて彼が言った。その重々しい口調に、理性と分別が戻っている。彼はわたしが聞きたくないことを口にするつもりに違いないわ、コンスタンスはそう確信した。

「いいえ」彼女は急いでさえぎり、肘をついて、彼の唇をひとさし指で封じ、頬にキスして顔を寄せたままささやいた。「いまそのことを話すのはやめましょう。あとでいくらでも時間があるわ」

「戻らなくてはならないよ」

「わかっているわ」

彼から離れるには、とてつもない努力が必要だったが、コンスタンスは彼を見ないようにしながら離れた。見てしまえば、決心が鈍るから。

彼女は立ちあがり、下着を集めた。危険なほど火のそばに落ちていたが、おかげでほとんど乾いている。彼女は急いでそれを身につけた。椅子に広げた乗馬服のほうは、厚い布地がたくさんの水を吸収したせいで、残念ながらまだかなり濡れていたが、それを着るほかに方法はない。

暖炉の火は消えていたが、ドミニクは服を着たあとで、ふたたび燃えだすことのないように、念入りに灰をかきまわし、燃えかすを砕いた。コンスタンスはまだ湿っている髪を指でとかしてひねりあげ、ピンで留めなおしながら、それを見守った。長い髪をきちんとまとめるには、残っているわずかなピンではとても足りない。鏡がないせいで、よけいてこずったが、どうにかまとめることができた。あとは途中で落ちてこないことを願うしかない。

これでも、まだひどい格好に違いないわ。濡れた服はしわだらけ、泥だらけ、まとめた髪も、いまにも崩れ落ちそうに傾いているかもしれない。だが、愛しあったあとの余韻でまだ夢心地のいまは、それを心配する気にはなれなった。

ドミニクが暖炉から振り向き、ふたりはうっとりと見つめあった。口もとをやわらげ、青い目をかげらせて、甘いかすれ声で彼女の名前を呼びながら、彼が一歩近づく。「コンスタンス」

そして両手を差しのべた。コンスタンスはためらわずにその腕のなかに入り、顔を上げた。強く抱きしめられ、熱いキスを受けながら、気がつくと彼の首に腕をからませていた。

ドミニクはようやく唇を離し、深く息を吸いこんで額を合わせた。

「もう行かないと」彼はしぶしぶそう言った。

「ええ」

「こんなにいやなことは、何ひとつ思いつかない」

この言葉にコンスタンスは喜びにあふれ、微笑した。「でも、いつまでもここにはいられないわ」彼女は一歩さがり、彼の手を取った。「みんなが待っているもの」

彼はため息をついた。「そうだね」彼はうつむいてキスをした。

ドミニクがふたりの馬を小屋から引いてきて、彼らは丘をくだりはじめた。雨のあとの空気は爽《さわ》やかで甘く、鉛色の雲は消え、沈みかけた太陽が周囲のすべてをくすんだ金色にきらめかせている。

彼らは手をつなぎ、ときどき顔を見あわせながら歩いた。まるで世界にわたしたちしかいないようだわ。みんなに合流すれば一瞬にして現実が戻ってくる。コンスタンスはそれを考えるのを拒否し、この甘い瞬間にしがみついた。

マーガレットとカランドラたちを残した場所に到着すると、そこには誰もいなかった。これは意外ではない。先ほどの雨の激しさを考えると、彼らがサマーハウスに避難するのは理にかなっている。

正直な話、コンスタンスは彼らがいないと知って嬉しかった。これであと何分かはドミニクとふたりだけでいられるわ。馬に乗りながら、彼女はそう思った。やがて最後の角を曲がると、白いサマーハウスが遠くに見えてきた。

短い幕間《まくあい》はおしまい。ふたりとも現実に戻らねばならない。彼女は鋭い失望を感じ、無意識にため息をついた。

「わかるよ」ドミニクがちらりと彼女を見ていった。「ぼくも戻りたくない」

彼の言葉が嬉しくてほほえんだものの、彼女の心は沈むばかりだった。ドミニクがなぜ自分と結婚しないか、たとえ望んだとしても結婚できないか、あらゆる理由がよみがえってくる。まもなくふたりはロンドンに戻り、このすべてが終わる。いえ、その前に、みんなと合流したあとは、おたがいに向けるまなざしや、振舞いにさえじゅうぶん注意しなくてはならない。手をつなぐことも、抱きあうことも、愛をこめて彼を見つめることもできない。婚約した男女ですら人前での行いは制限されるのだ。まして結婚を約束していない男女が、相手に対して特別な感情を示すことは許されていなかった。たがいの肌に触れるなどという大それたことは、せいぜい挨拶《あいさつ》のときぐらいしかできない。

サマーハウスが近づいてくると、コンスタンスは全員が正面の石段のところで自分たちを見ていることに気づき、胃が足もとまで落ちるような気がした。彼女は不安そうな目をドミニクに向けた。彼も階段にいる人々を見ていた。石のような硬い表情を見て、コンスタンスは不安に胸が震えた。

ふいに彼女は、自分とドミニクが思ったよりもひどい立場に置かれていることに気づいた。一歩間違えば、スキャンダルになりかねない。もちろん、雨が降ったのも雨宿りが必要になったこともふたりのせいではないが、ふたりだけで少なくとも二時間も過ごしたばかりか、その半分を閉ざされたコテージのなかで過ごしたのは厳然たる事実だ。

カランドラとマーガレットたちが途中の空き地で彼らを待っていてくれたら、まだ少しはましだったろう。少なくとも、あそこまでならもっと前にたどり着いていた。それだけではなく、サマーハウスで待つほかの人々のところに、ほかの四人と一緒におりてくることができた。カランドラやマーガレットたち四人が、ドミニクとコンスタンスがふたりきりで崖《がけ》に登ったことを黙っていてくれれば、ほかの人々には知られずにすんだのだ。もちろん、これは大きな〝もしも〟だが、いとこのマーガレットは、ほかはともかくウッドリーの名前を守るために口をつぐんでくれたかもしれない。カランドラは思いやりのある女性だし、フランチェスカとドミニクの友人でもある。秘密を保てた可能性はかなり高かった。

だが、この状況では、長いことふたりきりだった事実を隠す手立てはまったくなかった。スキャンダルの嵐を防げるかもしれないというかすかな望みは、ミュリエルが冷たい怒りに顔をゆがめて階段をおりてくるのを見たとたんに消えた。

「くそ」ドミニクが低い声でつぶやき、鞍《くら》からおりた。彼はミュリエルを見ようともせず、コンスタンスが馬をおりるのに手を貸した。

わずかな間のあと、ミュリエルは怒りを押さえきれず、かん高い声で叫んだ。「あなたたちはどこにいたの?」

ドミニクが前に出て、コンスタンスをかばうように立ち、伯爵家の育ちを思わせる尊大な表情で眉を上げた。「思いがけなく嵐に襲われたんだ」

「ええ、それは見ればわかるわ」ミュリエルは意味ありげにちらりとコンスタンスを見た。

コンスタンスは赤くなり、とっさに片手を髪にやった。みんなの視線が突き刺さるようだった。泥だらけの濡れた乗馬服を着て、髪も崩れているという悲しむべき状態も痛いほど感じた。風に吹き飛ばされてしまい、帽子さえなくなっている。

「きみたちに心配をかけたのはわかっている」ドミニクは落ち着いた表情でミュリエルを

見た。「それは謝るよ」

「ええ、何か恐ろしいことが起こったんじゃないかと、とても心配していたのよ」フランチェスカが急いで口をはさみ、階段をおりてきた。「ふたりとも無事で、ほんとうによかったわ」彼女は手を伸ばし、コンスタンスを抱きしめた。「かわいそうに、ひどい目に遭ったわね」

まるで母鳥のように自分をかばおうとするフランチェスカの気持ちが身にしみて、コンスタンスは感謝の涙に目をうるませた。フランチェスカのような女性が何も悪いことは起こらなかったと思い、まだコンスタンスに好意を持ちつづけているとしたら、ほかの誰が何を言うことがある？

「すっかり濡れてしまったが」ドミニクが言った。「さいわい、いちばんひどいときは雨宿りすることができた」

「雨宿り？」ミュリエルがけげんそうな顔で繰り返し、それからさっと顔色を変えて目をぎらつかせた。「崖に行く途中の、あのコテージで？　あなたたちはあのコテージでふたりだけだったの？」

「ミュリエル、静かに」フランチェスカがつぶやいた。

だが、ミュリエルを止めることはもう誰にもできなかった。彼女は意地の悪い勝ち誇った笑みを浮かべ、さっとコンスタンスに向き直って、ここぞとばかりに大きな声で決めつけた。「あなたはレイトン卿《きょう》とふたりきりで、何時間もコテージにいたのね！ ミス・ウッドリー、あなたの評判はこれでおしまいね」

コンスタンスは体をこわばらせた。ミュリエルの後ろで、ほかの人々がつぶやく。コテージでは、何も起こらなかったのよ！ コンスタンスはそう言い返したい衝動にかられた。だが、もちろんこれは嘘《うそ》だ。そう叫べば、みんなが彼女の顔を見て、嘘だと見抜くに違いない。

「ミュリエル、黙りなさい」フランチェスカが鋭くたしなめた。「ふたりは雨嵐にあったのよ。ほかにどうすればよかったの？ 雨のなかにずっと立っているべきだったというの？」

「そもそも、自分の名前を汚したくない女性は、男性とふたりで崖に登っていったりしないはずだわ」ミュリエルはせせら笑った。「それに、嵐よりも長いことふたりきりだったわ。そうでしょう？ そのあいだに何が起こったか、誰にわかるの？」

コンスタンスは全員の目が自分にそそがれているのを感じ、恥ずかしさで赤くなった。ミュリエルが彼女を人々の前で容赦なく辱めるつもりなのは明らかだ。

彼女はまっすぐコンスタンスを見て、目をぎらつかせ、舌なめずりせんばかりに言葉を続けた。「あなたの名前はこれで汚れたわ。評判はぼろぼろ。誰も結婚――」

「よさないか、レディ・ミュリエル！」ドミニクの声が鞭《むち》のように響いた。氷のように冷たいその声に、さすがのミュリエルさえ、途中で言葉を切った。「じっくり考えれば、ミス・ウッドリーの評判にはなんの実害もないことがわかるはずだ。彼女は婚約者と避難したんだからね」

人々のあいだに衝撃が走った。フランチェスカとコンスタンスは驚いてドミニクを見た。コンスタンスを傷つけたいと思うあまり、墓穴を掘ってしまったことに気づき、ミュリエルは血の気のうせた顔で呆然《ぼうぜん》と彼を見つめた。

「まさか、ドミニク……」彼女は消え入るような声でつぶやいた。

ドミニクは落ち着き払ってかすかに眉を上げ、それからコンスタンスを見た。「ごめんよ、コンスタンス。こんなふうに非公式な形で宣言して。だが、きみもわかってくれると思うが、みんなに間違った考えを持ってほしくなかったんだ」

彼はミュリエルの後ろに集まっているゲストに向き直り、ひとりずつ見ていった。彼らの顔には、ショックから旺盛《おうせい》な好奇心までさまざまな表情が浮かんでいたが、ドミニクの厳しい目に見つめられ、全員が即座にイギリス上流階級のならいである、礼儀正しい無表情を張りつけた。

カランドラが氷のような沈黙を破った。「なんて喜ばしい知らせかしら！　フランチェスカ、ひどいわ。わたしにさえ何も知らせてくれないなんて」

「できなかったのよ」フランチェスカがなめらかに答える。「秘密にすると誓っていたんですもの」

「おめでとう、ドミニク」カランドラはそう言いながら階段をおりてきた。「それにコンスタンス、あなたが将来近くに住んでくれるとわかって嬉しいわ。いまからそれがとても楽しみ」彼女はコンスタンスの肩に手を置き、頬を寄せてつぶやいた。「大丈夫?」

コンスタンスはうなずいた。「ありがとう」

カランドラとフランチェスカの落ち着きと思いやりが心にしみ、胸がいっぱいで、コンスタンスはそれしか言えなかった。ふたりとも気詰まりな沈黙を破り、ドミニクの言葉に多少の真実味さえ与えてくれたのだ。

「ドミニク、ばかなことを言わないで!」ミュリエルが硬い声で鋭く言った。

フランチェスカは彼女を見て、厳しい笑みを浮かべた。「あなたもほかのみんなと同じように、この嬉しい知らせに驚いたに違いないわね、ミュリエル」彼女はミュリエルのそばに行き、腕をつかんで彼女をわきに引っ張っていくと、鋼のように硬い、低い声で言った。「どうか、これ以上自分を笑い物にしないでちょうだいな。あなたはコンスタンスに怒りをぶつけて、何より望ましくない結果を引きだしてしまった。これ以上恥をかく前に、その口を閉じるのね」

フランチェスカは笑みを張りつけたまま、ミュリエルの目をじっと見た。ミュリエルは怒りに顔をゆがめてその手を振り払うと、憎しみに燃えてコンスタンスをにらみ、きびすを返して自分の馬に歩み寄った。そして驚いている馬丁の手から手綱をひったくった。馬丁は驚きから立ちなおり、彼女に片手を差しだす。ミュリエルは鞍にまたがるや、後ろを振り返りもせずに、ひづめの音も高く走り去った。

「わたしたちも、そろそろ屋敷に戻る時間だわ」フランチェスカはミュリエルの行動がごくあたりまえのように落ち着いてそう言うと、ほかのゲストを見た。

「並んで帰りましょうよ、コンスタンス」カランドラが言った。「結婚式の計画のことをすっかり聞かせて」

フランチェスカとカランドラは、館《やかた》に戻るまでコンスタンスのそばを離れなかった。先ほどの言葉にもかかわらず、カランドラは結婚式のことも婚約のことも訊《き》こうとしなかった。実際、濡れた服を着て寒くないか、と尋ねたほかは、ふたりともほとんど黙りこんでいた。

コンスタンスはこの心づかいに言葉につくせぬほど感謝した。カランドラの配慮がよくわかっていたからだ。フランチェスカとカランドラが左右についていれば、好奇心にかられた詮索《せんさく》好きのゲストが、ついさっき繰り広げられたシーンについて訊いてくることはできない。いまのコンスタンスは、たとえ相手がフランチェスカでも、話ができる状態ではなかった。

つい先ほどまで、彼女は愛という夢のなかを漂い、ぐずぐず現実に立ち返るのを拒否していたが、ミュリエルの非難に冷水を浴びせられた思いだった。こんなにも愚かだったことが、自分でも信じられない。ドミニクとふたりで過ごした時間の長さが、スキャンダルになるぎりぎりの線だったことはわかっていたのに、知ったばかりの快感に酔いしれて、状況を冷静に判断しようとはしなかった。ひどい格好が、どれほどみんなの疑惑を深めるかも考慮に入れていなかった。しかも誰かがあやしいとほのめかしても、フランチェスカがうまく抑えてくれるとあてにしていたところもある。まさかミュリエルが、故意にこの状況を悪化させる可能性など考えもしなかった。

わたしはもっと注意深く行動すべきだったわ。コンスタンスはそう思った。実際にどうすべきだったのかは正確にはわからないが、せめてミュリエル・ラザフォードの攻撃にどう対処するか考えておくべきだった。とっさにうまく対処できなかったために、ドミニクを追いこんでしまった。そのことがいっそう彼女を打ちのめした。

みんなの凝視やささやきに耐えなくてはならないだけでもつらかったが、そういう社交的な屈辱は、ドミニクが婚約を発表したときに彼女を襲った罪悪感とは比べものにならなかった。彼が実際に自分と結婚したくてそう言ったはずはない。ただ、紳士として行動しただけだ。ミュリエルがコンスタンスの評判を粉々にする気なのを見てとり、ドミニクはそれを救う唯一の手段を取った。ふたりは結婚する予定だ、と。

そして、いまとなっては、それを引っこめることはできない。紳士は名誉を失わずに婚約を破棄することはできない。花嫁の名誉がかかっているこういう状況では、とくにできなかった。ドミニクは彼女と結婚するしかないのだ。

コンスタンスはフランチェスカの向こう隣にいるドミニクをちらりと見た。顎をこわばらせ、厳しい顔で前方をにらんでいる。この展開に激怒しているに違いない。そんな彼を見ていると、コンスタンスは泣きたくなった。ドミニクが情熱に燃える目でわたしを見つめてから、まだ一時間もたたないというのに。いまはわたしに対して怒りしか感じていない。

もっとひどい思いが頭をよぎった。ひょっとしてドミニクは、こういう結果になることを願って、わたしが彼を誘惑したと疑っているのではないか？　まさにそのとおりのことをした女性たちの噂《うわさ》は、コンスタンスも聞いたことがあった。プロポーズせざるを得ないような状況に男性を追いこみ、結婚した女性たちの噂は。彼にそういう女性のひとりだと思われるのは、とても耐えられない。

屋敷に到着すると、馬丁が急いで彼らの手綱を受けとった。ドミニクはコンスタンスの横に来て、彼女がおりるのを手伝った。コンスタンスは不安にかられて彼を見上げたが、そこに浮かんでいる表情はまったく読めなかった。

「すまないが、ぼくは行くところがある」彼は静かな声で言った。「早急に片付けなくてはいけないことが、いくつかあるんだ」

コンスタンスは不安にかられた。この〝しなければならないこと〟は、ふたりの婚約に関係があるに違いない。

「ドミニク、お願い……」彼女は低い声でつぶやき、彼に手を差しのべた。

「大丈夫だよ。フランチェスカがきみのそばにいてくれる」彼はふたりのそばに来た姉のほうを見た。

「任せてちょうだい」フランチェスカは約束した。

「頼む」彼はコンスタンスの手を取り、その上にお辞儀した。「あとで話そう」

そして屋敷のほうに行ってしまった。

コンスタンスはあきらめてその後ろ姿を見送ると、必死の思いでフランチェスカに向きなおった。「こんなつもりはなかったの！　こんなことが起こってほしいとはこれっぽっちも思っていなかったわ！　ああ、ほんとにひどいことになってしまった。どうすればいいの？」

フランチェスカは落ち着いてコンスタンスの腕を取り、にっこり笑って静かな声で言った。「あら、何もしなくていいのよ、マイ・ディア。背筋をまっすぐ伸ばして、感じのよい笑みを浮かべ、黙っていればいいの。ドミニクが真実以外のことを口にしたと誰かに疑われるような行動は、決してとってはだめよ」

コンスタンスは抗議したかった。だが、フランチェスカの言うとおりだ。ここに立って、泣き言を言いつづけることはできない。ほかのみんなから離れ、せめてフランチェスカとふたりだけになるまでは、笑顔を張りつけ、なんでもないふりをしなくてはならない。

コンスタンスは笑みを返し、フランチェスカと一緒に屋敷に向かった。ほかのゲストたちがふたりに顔を向けた。婚約を祝ってくれる人々もいれば、詳しいことを聞きだそうとする人々もいた。が、フランチェスカは笑いながら、義理の妹になる人が風邪を引く前に濡れた服を着替えさせなくては、と断って巧みに会話を短く切りあげた。好奇心と興奮にはちきれんばかりのノートン姉妹のことは、〝ひどい嵐だったわね、この冒険ですっかり疲れてしまったわ〟などと言いながら、カランドラが親切にも引き受けてくれた。

コンスタンスを連れて館に入ると、フランチェスカは階段を上がって部屋に直行した。ありがたいことに、ミュリエルの姿がどこにも見えない。フランチェスカは部屋までついてきて、ドアを閉めると、ようやくコンスタンスを放し、呼び鈴の紐《ひも》を引いた。

「フランチェスカ、お願い、信じてちょうだい」コンスタンスは必死に訴えた。「こんなことになるとは、思いもしなかったわ」

「ええ、まったくね」フランチェスカは穏やかに答えた。「ミュリエルがあんなに愚かな行動を取るなんて、信じられないわね。怒りにかられてドミニクを追いこむなんて。いまごろは母親からさぞ大目玉をくらっていることでしょうよ。そうされても仕方がないけれど、少しばかり気の毒な気もするわ。腹を立てたときのレディ・ラザフォードときたら、悪魔もたじたじですもの」フランチェスカは言葉を切り、考えこむような顔で続けた。「もちろん、レディ・ラザフォードは怒っていないときでも、怖いけれど」

「でも、こんなことは正しくないわ！　婚約したふりをするなんて。ドミニクのせいじゃないんですもの。崖の上で話をしていて、時間がたつのを忘れてしまったの。嵐が来ることにも気づかなかった。それから雨に降られて、コテージに逃げこんだ。何も起こらなかったのよ」こんなに真っ赤な嘘を口にして、フランチェスカの目が見られず、コンスタンスは目をそらした。「ドミニクはどんな形でも、何ひとつ悪いことなどしていないわ。彼がわたしと結婚するのは間違いなの。どうかお願い、信じてちょうだい。彼を結婚に追いこむつもりなど、まったくなかったのよ」

「そのことはよくわかっているわ」フランチェスカは落ち着いて答えた。「あなたがどんな人間か、まだわたしがわからないと思うの？」

先ほど呼んだメイドが入ってきた。フランチェスカはコンスタンスのために風呂の用意をして、紅茶を持ってくるように言いつけた。

メイドがお辞儀をして立ち去ると、彼女はコンスタンスに向きなおった。「さあ、その服を脱いだほうがいいわ」

コンスタンスはうなずき、上着のボタンをはずしはじめた。「今夜の夕食は、部屋でとったほうがいいかしら」

「とんでもない」フランチェスカはきっぱり首を振った。「それはいちばんしてはいけないことよ。みんなと顔を合わせるのはつらいでしょうけれど、あなたは何ひとつ恥じることはない。それを明らかにさせておくことが重要なの。何ひとつ悪いことはしていないことを。ドミニクとカランドラとわたしに、どんな噂があろうと、わたしたちは少しも気にしていないことを示すチャンスをくれなくては」

フランチェスカの言うとおりだ。公爵の妹と伯爵の娘が彼女を支持して、噂を信じていないことを示せば、いまごろは飛びかっているに違いない噂を静める役に立つ。だが、笑顔でみんなとおしゃべりし、何もないふりをするのはとても気が進まなかった。

「ええ。ただ……とても不公平なんですもの！　風が帽子を吹き飛ばして、髪が乱れた。それにぐしょ濡れでちゃんとまとめられなかったの。ひどい格好だったのはわかっているわ。でも、それはドミニクのせいじゃないのよ」コンスタンスは言い張った。

「ふたりだけであんなに長くいたことと、それをみんなが知ってしまったのは不幸だったわ。もっと不幸だったのは、あなたのいとこが途中で離れ、カランドラやほかの人たちが彼女と一緒に残らなくてはならなかったこと」フランチェスカはどこまでも冷静だった。

「おまけにミュリエルがあんなに意地の悪い愚か者で、自分が何よりほしいものを失う危険をおかしても、あなたを傷つけようとした」

「どうして彼女はあんなことをするの？」コンスタンスは叫んだ。

「ドミニクがどうするかわかってれば、あんな愚かな真似《まね》はしなかったでしょうよ。でも、弟の反応を誤って判断したのね。弟がどういう人間か、まったく知らないからよ。ミュリエルは、世界じゅうの人間が自分と同じように名誉心も良心の呵責《かしやく》もまったくないと思っているの。おおかた、あなたを身持ちの悪い女性だと決めつければ、ドミニクがあなたから離れると思ったのでしょうね。もちろん、あなたの評判を貶《おとし》めるようなことは、ドミニクが決して許さないことまでは思いつかなかった。彼が男として、女性の名誉を救おうとすることは」

フランチェスカはそう言いながらコンスタンスが乗馬服のジャケットを脱ぐのを手伝い、スカートのボタンをはずしはじめた。

「ミュリエルは必死なのよ。そのせいで判断が狂ったのかもしれない。弟を手放せば、結婚できる望みはないと思っているのでしょう。あれだけの財産があれば、たくさん求愛者がいても当然なのに。あの執念深くて怒りっぽい、冷たい性格のせいで、みんな逃げてしまうのよ。それにもちろん、男爵のような低い身分の相手は最初から断ってしまうから、求愛者の数は最初から限られていたわ。ミュリエルは自分の身分が向上するのでなければ、結婚しても意味がないと思っているの」

コンスタンスは首を振り、激しい口調で言った。「ドミニクは彼女と結婚してはいけないわ」彼女は激しい口調で言った。

スカートを脱ぎ、それを床に落とすと、座ってブーツを脱ぎはじめた。フランチェスカはドレッサーから部屋着を取りだしてくると、それを広げて、コンスタンスが残りをすべて脱いで、部屋着に袖《そで》を通すのを待った。

「でも、ドミニクはわたしと結婚すべきでもない」コンスタンスはフランチェスカに訴えた。「それはあなたのほうがよくわかっているはずよ。この領地にかかっている抵当権のことを、彼から聞いたの。ドミニクは、家族を助けるために結婚しなくてはならない。財産も多額の持参金もない女性とは結婚できないのよ。彼にそんな間違いをさせるわけにはいかないわ」

フランチェスカは長いことコンスタンスを見て、それからこう言った。「親愛なるコンスタンス、ドミニクが何をするかは、彼が決めることよ。正直言って、あなたにはほかの選択肢はないの。どんなことにしろ、ドミニクに無理強いすることは誰にもできないんですもの。昔から、こうと思ったことは決して譲らなかったものよ」

それでもコンスタンスはくよくよと考えずにはいられなかった。ドミニクがわたしに対する義務感で、人生を台無しにするのを許すわけにはいかない。

フランチェスカが出ていくと、コンスタンスは心までなだめてくれるような温かいお湯に身を沈めた。それからドレスを着て、メイジーに髪を結ってもらうあいだも、自分が抱えている問題に頭を悩ませつづけた。

ドミニクに結婚を強いることなど耐えられない。ほんとうは彼と結婚したくてたまらないせいで、よけいにつらかった。コンスタンスは今日、自分がどれほど彼を愛しているかを思い知らされた。だからコテージで愛しあったのだ。彼の妻になることを考えただけで胸がときめく。

でも、この願いに身をゆだねることはできないわ。わたしの幸せのためにドミニクの将来を犠牲にすることは。彼には伯爵家の跡継ぎとしての義務がある。わたしと結婚すれば、その義務を怠ることになるのだもの。それにドミニクはわたしと結婚したいわけではないのよ。婚約していると告げたのは、わたしの名誉を守るため。わたしを愛しているわけではないの。わたしを抱いているときですら、愛しているとは言わなかった。ええ、わたしをほしがっていたことは事実。でも、わたしと同じ気持ちで愛しているわけではない。

きみなしでは生きられない、だから結婚してほしい。そう言われたとしたら、状況は違っていただろう。自分の愛する女性を手放す不幸に耐えられず、家と家族に対する義務を無視するのなら、コンスタンスはすべての思いわずらいを捨てたことだろう。ドミニクがそばにいてくれるかぎり、一生赤貧に甘んじなくてはならないとしても、少しもかまわない。

でも、彼はわたしを愛しているわけではないのよ。わたしにプロポーズしたわけではないの。たとえドミニクとでも、いえ、ドミニクとだからこそ、愛のない結婚など考えられない。

なんとかしなくてはならないわ。コンスタンスは焦燥にかられた。それができるのはわたしひとり。彼女はドレッサーの上の時計に目をやった。夕食まではまだ少し時間がある。この間違いを正すためにできるだけの手をつくさなくては。

深く息を吸いこんで、足早に部屋を出た。

15

コンスタンスは廊下をずんずん進み、叔父と叔母の部屋のドアを静かにノックして、叔母の返事を聞いてからなかに入った。

叔父は椅子に座って、髪がどうの、宝石がどうのと姿見の前で騒いでいる叔母の支度ができるのを待っていた。ふたりとも、少しばかり驚いた顔でコンスタンスを見た。

「やあ、お入り」叔父は朗らかな声で言った。「そんな顔でわたしたちを見る必要はないぞ。おまえを怒ってなどいないからな。まあ、多少の危険をおかしたことはたしかだが、首尾よくいったじゃないか」

「いますぐロンドンに帰りましょう」コンスタンスは叔父にそう言った。

「なんだって?」叔父は驚いてコンスタンスを見つめた。

「何を言ってるの? ばかな娘《こ》ね」ブランチ叔母が口をはさんだ。「どうしてロンドンへ帰るの? あれこれ噂《うわさ》にはなるでしょうけれど、レイトン卿《きょう》は正しいことをなさったのよ。噂などそのうち消えてしまいますよ。もちろん、あなたが恐怖にかられたうさぎのように逃げだして、みんなの注意を引けばべつだけど」

「たしかにレイトン卿は、わたしたちが婚約していると言ったわ」コンスタンスは叔母が息を継いだ隙《すき》に、急いで口をはさんだ。「でも、あれは嘘《うそ》なのよ」

「彼が口にしたときには嘘だったかもしれんが、いまは事実だ」ロジャー叔父は、満足そうに言った。「館《やかた》に戻るとすぐに、おまえとの結婚を許してもらいたいとここにやってきた。そうあるべきようにな。もちろん、わたしは快諾したとも。おまえにこんな知恵があるとは思ってもいなかったが、実にうまくやったものだ」叔父はまるで秘密を分かちあうような笑みを浮かべた。

「やめてちょうだい！」コンスタンスは食ってかかった。「わたしがドミニクを、結婚せざるを得ない立場に追いこんだというの？」

まだ知りあってからまもないフランチェスカですら、わたしがそんな女性ではないとわかってくれたのに。何年も一緒に暮らしてきた身内がこんなことを言うとは。でも、叔父も叔母も、わたしのことなど何ひとつ知らないし、知ろうともしてこなかったのだわ。

「もしも違うとすれば、ずいぶんとすばらしい幸運に恵まれたものね」ブランチ叔母が口をはさんだ。

「彼とは結婚できないの」コンスタンスは言い返した。「ドミニクはわたしとの結婚を望んでいるわけではないの。ミュリエル・ラザフォードがなんとしてもスキャンダルを作りだそうとしていたから、ああ言わざるを得なかっただけなの」

「ばかな娘ね」叔母は肩をすくめた。「でもまあ、あの人の損は、こっちの得。考えてもごらんなさい……うちの家族に伯爵夫人が出るのよ！」叔母はうっとりした目で顔を輝かせた。「ほんとにご立派な紳士だこと。もちろん、マーガレットとジョージアナにはまったく注意を払わなかったけれど、そしてもちろん、ふたりのほうがずっと結婚には適した年齢だけれども……それでも、マーガレットはあのチャーミングなミスター・カルサーズに求愛されるかもしれない。彼はこの数日、ずいぶんとマーガレットにご執心だから。それに伯爵家の親戚《しんせき》ともなれば、あの子たちの可能性は果てしなく広がるわ。あなたがレディ・レイトンになれば、ジョージアナとマーガレットを社交界のエリートに紹介できるんですもの」

「わたしはふたりを誰にも紹介できないわ」コンスタンスは鋭く言い返した。「レディ・レイトンにはならないもの」

叔母は目をむいてコンスタンスを見つめた。「なんですって？　いったいなんの話？　頭がどうかしたの？」

「いいえ。それどころか、頭を使いはじめているだけよ。ここにいる人々のなかで、ただひとり、理性的に振舞おうとしているだけ。ドミニクはわたしとの結婚を望んでいるわけではないの。だから、彼に無理強いするつもりはないわ」

「無理強いする?」ロジャー叔父が叫んだ。「何を言ってるんだ。彼はすでに結婚すると公言しているんだぞ」

「それが名誉ある紳士のすべきことだと判断したからよ」コンスタンスは言い返した。「その違いが叔父様にはわからないの？　彼はわたしと結婚せざるを得ない立場に追いこまれたと思っているのよ」

「もちろんだ。当然のことでもある。紳士たるもの、若い女性の愛情をもてあそぶような真似《まね》はできん」叔父は断言した。

コンスタンスはため息をついた。どうやらこのプロポーズの本質を、叔父と叔母にどれほど説明しても、理解してもらえそうもなかった。ふたりともレイトン子爵との結婚がもたらす利益にすっかり幻惑されている。このふたりに助けてもらうのは無理だわ。ドミニクを説得するしかない。なんとかして彼に分別を取り戻してもらわなくては。

「お騒がせしてごめんなさい」彼女はきびすを返し、ドアへと向かった。「失礼します」

叔父はもごもごと答えたが、叔母は鋭い声で呼びとめた。「コンスタンス！」

彼女は振り向いた。「はい?」

「これだけは忘れないで」ブランチ叔母は厳しい声で言った。「この申し出をお断りしたら、あなたの評判は失われてしまうのよ。結婚の申しこみどころか、社交界から締めだされてしまうでしょうよ」

コンスタンスは黙ってうなずき、ドアへと向かった。そろそろ夕食の時間だった。彼女はそのまま階段をおりた。食事の前に、二、三分でもドミニクを捕まえ、ふたりだけで話すことができるかもしれない。

夕食の前にみんなが集まる控えの間に入っていくと、話し声がぴたりとやみ、全員の目が彼女にそそがれた。ドミニクがこちらに向かってくる。ほかの人々は即座に話の続きをはじめたが、何を話しているにせよ、まだひとり残らずこっそり自分とドミニクを見ているのはわかっていた。

ドミニクは心のこもったエレガントなお辞儀をした。みんなの手前、そうしているに違いない。「コンスタンス、きみがとても元気そうでほっとしたよ。実際に元気だといいが」

「ええ、もちろんよ」彼女はこわばった笑みを浮かべた。部屋じゅうの人々の視線を集めていては、彼を説得するどころか、せいぜい礼儀正しい挨拶《あいさつ》ぐらいしかできない。「あなたは？ 風邪を引いていないといいけれど」

彼は首を振った。「ぼくも大丈夫だ」ドミニクは彼女の手を取った。「さあ、フランチェスカと両親に挨拶をしに行こう」

彼の両親は、コンスタンスが誰よりも会いたくない人々だった。まあ、ミュリエルとレディ・ラザフォードをのぞけば、だが。とはいえ、よからぬ噂を静めるためには、この挨拶が何より重要なのだ。スキャンダルを望まぬドミニクの両親は、おそらく慇懃《いんぎん》に挨拶を返してくるだろうが、それでもコンスタンスは、みんなの前で罵倒《ばとう》され、辱められるのではないかと不安にかられずにはいられなかった。息子の花嫁として自分たちが選んだ女相続人ではなく、財産なしの女性と婚約した、とドミニクから告げられ、彼の両親が喜んでいるはずはない。

さいわいなことに、彼らは慇懃に挨拶を返してきた。だが、冷ややかな口調から、コンスタンスは思ったとおり彼らがこの結婚を好ましく思っていないのだと確信した。その証拠に、どちらもこの結婚にお祝いの言葉ひとつ口にしなかった。フランチェスカがいつものように温かい声で挨拶し、ほかの誰からもほとんど協力を得られないなかで、あたりまえの会話が保てるようにしてくれたのが、せめてものさいわいだった。セルブルック卿もレディ・セルブルックもあまり話したくなさそうだった。そしてコンスタンスはフランチェスカの努力に報いたかったが、人々の視線を痛いほど感じ、思うように頭が働かなかった。

フランチェスカを見て、彼女の言葉に耳を傾けているふりをしたが、実際には半分も聞いていなかった。顔に張りつけた笑みは、自分にもこわばっているように思えた。コンスタンスは、伯爵夫妻が堅苦しく気詰まりな会話を切りあげようとしないことに驚いたが、しばらくするとその理由に思い至った。彼らもほかの人々と話すのを避けたいと願っているに違いない。それに、わたしがほかの人々と話すのも歓迎できないのだろう。この思いがけない婚約について、自分たちが口にする言葉が少なければ少ないほど、なんらかの形でこの件を抹殺できると思っているのではないか？

もちろん、ここでドミニクの両親とフランチェスカに囲まれていては、婚約を取りやめようとドミニクに話すチャンスはまったくなかった。それは夕食が終わるまで待たねばならない。

ようやく、食事の支度が調い、コンスタンスはドミニクと両親のそばを離れることができた。もちろん彼らの存在という盾を失い、ほかのゲストの質問にさらされるはめになる。レディ・ラザフォードとミュリエルがそこにいないのは、せめてもの慰めになった。あのふたりのことだ、こちらが当惑するような鋭い質問をしてくるに違いないのだから。ノートン姉妹はただ婚約の詳細が知りたいだけだった。何も知りようがないコンスタンスにとっては、これに答えるのは至難の業だったが、少なくともこのふたりにはコンスタンスを傷つけようという邪悪な意図はない。

ありがたいことに、ウィラビーはこれまでと同じように礼儀正しく、どこまでも紳士で、祝いの言葉をぼそぼそと口にしたあとは、婚約に関していっさい触れなかった。その日の午後のことも話題にしなかったくらいだ。左隣に座っているルシアンも、フランチェスカから指示されているとみえて、この婚約以外のほぼありとあらゆる話題に関して、機知に富んだ会話を続けてくれた。

　だが、食事のあと、いつものように紳士たちが喫煙室に立ち去ると、コンスタンスは女性たちと残された。

「ほんとに驚いたわ！」ミス・エレノア・ノートンが近づいてきて、コンスタンスの腕を取り、食堂から出て音楽室へと向かいながら興奮気味に言った。妹のリディアがコンスタンスの反対側に並ぶ。

「あなたとレイトン卿のあいだに取り決めがあったなんて、全然気づかなかったもの」リディアはつけ加えた。「いつから婚約していたの？　彼はどんなふうにプロポーズしたの？　片膝をついたの？」

　コンスタンスは赤くなった。「あの、ほんとうは……つまり、レイトン卿とは、ごく最近、知りあったばかりなの」

「なんてロマンティックなのかしら！」エレノアは片手を胸に当てて叫んだ。「彼をひと目見て、恋に落ちたの？」

「ええ、あの……」コンスタンスは困り果て、フランチェスカかカランドラが助けてくれるのを願って周囲を見た。

「あら、エレノア、そんなぶしつけなことを訊《き》いちゃだめよ」リディアが姉をたしなめ、コンスタンスの腕をぎゅっとつかんだ。「エレノアの言ってることは気にしないでね。結婚式や婚約に関して、ちょうどとても関心を持っているの」

リディアはそう言ったが、エレノアと彼女の関心のどこが違うのかわからず、コンスタンスは答えに戸惑った。「あの、具体的なことは、まだ何ひとつ決まっていないの。レイトン卿は、婚約のことを口にすべきではなかったわ」

「秘密だったのね」エレノアが息を弾ませて言った。

やれやれ、わたしは物事を悪化させているだけかしら。秘密の婚約というのは……少しばかり行きすぎだ。「あの、秘密というわけでは……」

「もちろん、あなたの叔父様と叔母様はご存じだったでしょうけど」リディアが言った。

「レディ・ウッドリーがすっかり話してくださったもの」

「叔母が？」コンスタンスはこの知らせに不安にかられた。いったいブランチ叔母は何をどう話しているのかしら？

そのとき、フランチェスカがこう言って彼らに加わった。「ミス・ノートン、今夜はあなたがたがピアノを弾いてくださらなくてはね。レディ・ミュリエルがいないんですもの」

姉と妹のどちらが弾くかという話になり、姉妹は少しのあいだコンスタンスへの質問から気をそらされた。フランチェスカは何曲か交代で弾いてはどうかと笑顔で提案した。

「そしておたがいに譜めくりをしてはいかが？」

これに納得したノートン姉妹が、早口に断ってピアノのほうへと向かうと、フランチェスカはコンスタンスの腕を取った。「ごめんなさいね。公爵未亡人から離れることができなくて。あの人を怒らせたら、母にこぼされるのよ」

コンスタンスは微笑した。「謝る必要なんてないわ。わたしのほうこそ、あなたをこんな立場に追いこんでしまって、ほんとうにごめんなさい」

「もう少しの辛抱よ」フランチェスカは言った。「あなたとドミニクがきちんと打ち合わせをする時間ができれば、みんなの質問にもちゃんと答えられるわ」

彼らは音楽室のドアのそばに座った。カランドラが来てフランチェスカとは反対側の隣に座るのを見て、コンスタンスはほっとした。

「少なくとも、今夜はミュリエルのピアノを聴かされずにすむわ」カランドラは明るい声で言った。

「おそらく今夜も、そのあともずっとね」フランチェスカがつけ加える。「ミュリエルと彼女のお母様は明日早朝に発《た》つそうだから」

「ここを発つの？」コンスタンスは驚いてフランチェスカを見た。

「だって、もうここにはいられないでしょ」カランドラが指摘する。「今日の午後、あんな失態を演じたあとではね。夕食におりてくるとき、ふたりの部屋の前を通ったら、レディ・ラザフォードがミュリエルをあしざまに罵《ののし》っているのが聞こえたわ」カランドラはおおげさにぶるっと震えてみせた。「レディ・ミュリエルが気の毒になったくらい。ミュリエルが自分でチャンスをつぶしてしまったことを、全部廊下に聞こえるほど大きな金切り声でわめき立てていたわ」

「ドミニクと結婚できるチャンスなど、最初からひとつもなかったのよ」フランチェスカが口をはさんだ。「でも、それに望みをかけて、これまで求婚者をひとり残らず袖《そで》にしてしまった。お金を必要としているほかの誰かさんを見つけなくてはならないでしょうね」

「そして自分をよく知るチャンスを与えず、大急ぎで結婚してしまうことでしょうね」カランドラがつけ加える。

フランチェスカはほほえみ、こう言っただけだった。「カリー、ひどい人ね」

カランドラは肩をすくめた。「ミュリエルはシンクレアの愛を勝ちとろうとしたことがあるのよ」

フランチェスカが驚いて、美しい眉をぴくんと上げた。「あら、ほんと？　それはいつのこと？」

カランドラは肩をすくめた。「よく覚えていないの。もう何年も前よ。でも、ミュリエルが公爵を落としたいと願うのは想像できるでしょう？　もちろん、それが実現する見込みなど、これっぽちもなかったけれど。たしか彼女は、子供を効果的に育てるにはどうすべきかシンクレアに講義していたわ。もちろん、彼女の意見では、シンクレアがわたしを育てている方法は最悪だというわけ」

フランチェスカがにっこり笑って皮肉った。「ロックフォード卿はさぞ感心したでしょうね」

「兄のことですもの、どう反応したか想像がつくでしょう？　あのミュリエルでさえへこむほど、徹底的にやりこめていたわ。彼女が恥ずかしくて真っ赤になったのを、よく覚えてるの」

ミス・リディアがピアノを弾きはじめ、三人は口をつぐんだ。リディアの腕前はミュリエル・ラザフォードには遠くおよばなかったが、彼女の弾く曲は生き生きして、聴いていて楽しかった。

男性たちはいつもより早くやってきた。ドミニクとその父親は、注意深くおたがいを無視している。あのぶんでは、喫煙室の雰囲気はゲストが好むよりも冷え冷えとしていたに違いない。

コンスタンスはそう思い、またしても罪悪感にさいなまれた。ドミニクがわたしと結婚する決断をしたために、彼とお父様の仲がいっそう悪化してしまった。
一、二曲終わると、年配のゲストが何人か引きあげ、パーティは散会しはじめた。不機嫌なばかりかひどく疲れた顔のレディ・セルブルックは、真っ先に引きあげた。ゲストは音楽室を出て、思い思いのグループに分かれた。何人かはカードゲームのテーブルに集まり、カルサーズとほかにも数人は、ノートン姉妹とピアノのそばに残った。彼らの歌声とカードに興じる人々の話し声のなかなら、個人的な会話をしても安全だ。コンスタンスはそう判断し、ドミニクが近づいてくると彼の腕を取った。

ふたりして長方形の広い部屋を歩いていくと、コンスタンスはそのいちばんはずれで足を止めた。「ドミニク、わたしたちは話す必要があるわ」

「そうだね。ぼくがいつ、どこで、きみにプロポーズしたか決めておかないと」彼はかすかな笑みを浮かべた。

「いいえ、そうじゃないの。ねえ、こんなことをしてはだめよ」

彼はけげんそうな顔をした。「だめ？」

「そうよ。わからないふりをするのはやめて。わたしと結婚などすべきでないことは、あなたもよくわかっているはずよ」

「いや、それこそぼくがすべきことだ」彼は言い返した。「きみこそ、わかってもらいたいな」

「ミュリエル・ラザフォードが今日の午後ちょっとした騒ぎを起こしたからと言って、自分を犠牲にすることはないのよ、ドミニク」

「コンスタンス、きみはその騒ぎがどういう結果をもたらすか、わかっていないと思うな。ぼくと結婚しなければ、きみの名前は汚されることになる。この結婚はきみの願いではないかもしれないが……」

わたしの願いではない、ですって？　コンスタンスは思った。彼と結婚することこそ、わたしの何よりも願いだというのに。でも、こんな状況ではいや。彼に結婚を無理強いする形では。

ドミニクは言葉を続けた。「たしかに、あのプロポーズの方法はロマンティックではなかったが、ミュリエルにあれ以上言わせないために、急いで行動する必要があると思ったんだ」

「方法など、どうでもいいの」コンスタンスはついかっとなって言い返した。まるで結婚したがっていないのはわたしのほうで、この結婚が必要だとわたしを説得する必要があるみたいじゃないの。そんなふうにわたしを言いくるめようとするなんて、いくらなんでもひどすぎるわ。「午後の一件でわたしの評判に傷がつくことはわかっているわ。でも、そんなことは重要ではないの」

「ぼくには重要なんだ」ドミニクは静かに言った。「コテージでああいうことがあったあとで、ぼくが恥知らずな卑《ひ》怯者《きょうもの》みたいに振舞うと本気で思っているのかい？」

コンスタンスは赤くなった。「あれは……あなたに結婚を迫るためにしたわけではないわ」

ドミニクの表情がやわらいだ。「それはわかっているさ。だからといって、ぼくの責任は変わらないよ。きみの叔父様と話して、結婚を求める許可ももらった」

「実際にはプロポーズなどしていないわよ」コンスタンスは指摘した。

ドミニクはほほえんだ。「そうだね。それを省いたことは謝らなくてはならないな。いまここで片膝をついてプロポーズしようか?」

彼がその場で膝をつこうとするのを見て、コンスタンスは急いで腕をつかんだ。「ドミニク、やめて!」くすくす笑う彼に、コンスタンスはぴしゃりと言った。「少なくともあなたはこの窮地にユーモアを見出《みいだ》していると知って、とても嬉《うれ》しいわ!」

「ぼくたちは結婚する必要があるんだよ」彼は笑みを消した。「それがきみの気に入らないとしたら、謝る。だが、きみが世間からどう見られるか気にならないとしても、ぼくは気になる。ぼくは卑劣な男になるのはごめんだ」

「いいえ、卑劣な男になどなるものですか」コンスタンスは答えた。「婚約の話をやめれば、そのうちみんな忘れるはずよ。公に発表したわけではないのだし。誰かが尋ねたら、ちょっとした……誤解があったと答えればいいわ」

「だが、きみの評判にはかげりが生じる」ドミニクはきっぱりと言い返した。

「では、どうしても結婚する気なのね」

「そのとおりだ。両親にも話したよ。今週の終わりにべつの舞踏会を催すことにした。ゲストが帰る前夜に。そこで正式に発表する」

コンスタンスはため息をついた。どうやら、ドミニクを翻意させるのは不可能なようだ。

ええ、もちろんですとも。彼は名誉を重んじる紳士だもの。そうでなければ、わたしがこんなに好きになるはずもない。

でも、ドミニクにこんな重荷を負わせるのはいや。ふたりがあのとき無分別な行動を取ったために、伯爵家とその領地を犠牲にするのはばかげている。

彼がわたしと結婚したいのなら……領地が必要としているお金よりも愛を選んでくれるなら、即座に同意するでしょうに。その結婚で一生貧しい暮らしを送らねばならないとしても、どんなに幸せかしら。彼が一度でも愛していると言ってくれたら。わたしと結婚できてどれほど幸せかと言ってくれたら、天にものぼる心地でしょうに。

とはいえ、彼が愛ではなく、名誉心から行動したのはとてもはっきりしている。ドミニクは、わたしが彼の〝責任〟で、彼は〝卑劣な男〟になる気がないから結婚するのよ。この胸がはちきれそうなほど愛しているのに、愛してくれない。そんな相手とどうして一生をともにできるというの？　彼が名誉心から結婚を選んだというのに？

コンスタンスは途方に暮れた。いちばん簡単なのは、もちろん、抵抗をやめ、結婚の発表に同意することだろう。誰もがそれを望んでいるようだから。それなら彼女の評判が汚れることはない。それに、時がたてば、ドミニクもわたしと同じように愛してくれるかもしれない。ときには、そうやって愛を育てる人々もいるわ。そうでしょう？　家族の取り決めで結婚したあとに、その相手と恋に落ちた夫や妻もいるはずよ。

でも、だめ。そんなふうに自分を欺くことはできない。たとえ愛がなくても、自発的に結婚するのと、そうせざるを得ない立場に追いこまれて結婚するのでは、大きな違いがある。その結婚を夫の家族が反対している場合はなおさらだ。一生、夫の家族に嫌われ、夫の家族も気にそわない嫁に我慢しなくてはならない、誰ひとり幸せになれない、そんな結婚はばかげているわ。

ドミニクのように名誉心から結婚すれば、妻は耐えがたい苛立《いらだ》ちのもとになるはず。妻を見るたびに、家族への義務を怠ったことや、領地を借金から解き放つ資金がないこと、子供たちにもじゅうぶんにしてやれないことを思うに違いない。それもこれもすべて妻のせい。そういう状況では、妻への愛など育つはずもない。実際、妻を憎むようになって当然だろう。

いやよ！　ドミニクに憎まれるなんて、とても耐えられない！

ここであきらめてはだめ。コンスタンスは自分に言い聞かせた。この結婚はなんとしても食いとめなくては。でも、わたしに何ができるの？　わたしがここに残っていれば、ドミニクは頑固に自分の計画を進め、週の終わりには婚約を発表するに違いない。そうなってからでは、撤回するのは何倍もむずかしくなる。今日の午後、ミュリエルの攻撃をやめさせようとつい口を滑らせたのは、大目に見てもらえるかもしれない。でも、正式な発表をしたあとではそうはいかないわ。そのあとでどちらかが結婚を拒めば、スキャンダルになる。

彼が婚約を発表するのを、なんとかして阻止する必要があった。そのためには……レッドフィールズを去ることぐらいしか思いつかない。彼を説得してもうまくいかなかったが、いくらドミニクが頑固でも、婚約者が逃げだしてしまえば婚約を発表するわけにはいかないわ。わたしがここを去れば、無理やり結婚を押しつけたくないこの気持ちが彼にもわかるはずよ。

問題はその手段だった。先ほどの様子では、この結婚に有頂天になっている叔父と叔母が、早めにロンドンに帰ってくれる望みはまったくない。かといって、コンスタンスの手もとには、ロンドンまで馬車を借りるだけのお金はなかった。ロンドンで服や装飾用の材料を買うために、手持ちをほとんど費やし、残っているのは小銭だけだった。それ以上のお金を手にするためには、投資金の一部を現金に換えるしかない。それには何日かかかる。フランチェスカから必要なお金を借りようか？　馬車を雇う代わりに郵便馬車に乗れば、あまりかからずにすむはずだ。

だが、フランチェスカが快く助けてくれるかどうか、コンスタンスは確信が持てなかった。つい何時間か前に彼女はこう言わなかった？　この件に関しては、ドミニクが決めることだ、と。

カランドラはとても打ち解けて、思いやりを示してくれたが、ここから逃げだす費用を貸してくれと自分が彼女に頼むところは想像できなかった。レッドフィールズを訪れているほかのゲストも同じことだ。

彼女はその夜、早めに部屋に引きとった。これほど大きな問題を抱えていては、礼儀正しい会話や、気の置けない会話をするのはむずかしい。それに微笑を張りつけておくのも、質問をかわすのも、だんだんうんざりしてきた。

驚いたことに、音楽室を出て階段へ向かおうとすると、召使いが彼女を呼びとめた。

「ミス……?」

コンスタンスは立ち止まり、問いかけるように彼を見た。

「旦那《だんな》様が書斎にいらしていただきたいと申しております」召使いはそう言って小さく頭をさげた。

「レイトン卿が?」コンスタンスは混乱して尋ねた。ルシアンやフランチェスカと三人で話している彼を、音楽室に残してきたばかりなのに?

「いえ、ミス、失礼しました。セルブルック卿と申しあげるべきでした」

コンスタンスはいっそう驚いて彼を見つめた。「でも……わかったわ。ありがとう」

彼女の混乱が多少とも顔に出ていたに違いない。召使いはこう言った。「ご案内いたしましょうか、ミス?」

「ええ、お願いするわ」コンスタンスはお仕着せを着た召使いのあとに従って廊下を歩きだした。ドミニクの父親がわたしになんの用なの？

召使いはドアをノックし、コンスタンスのために開けて、ドアを閉めてから立ち去った。セルブルック卿は、部屋の奥にある大きなマホガニーの机についていた。コンスタンスが入っていくと、彼は礼儀正しく立ちあがり、机に面して置かれている背もたれのまっすぐな椅子のひとつを示した。

「ミス・ウッドリー、どうか座ってくれたまえ」

コンスタンスは緊張で胃がこちこちになるのを感じながら、黙ってこれに従った。書斎は威圧感のある重厚な部屋だった。伯爵はわたしにそれを感じさせるために、ここに呼んだのかしら？　コンスタンスはそう思わずにはいられなかった。伯爵自身も同じように威圧感がある。彼はコンスタンスが腰をおろすのを待ってふたたび腰をおろし、大きな机越しに彼女をじっと見た。

向こうがそのつもりなら、受けて立つわ。持ち前の負けん気がむくむくと頭をもたげ、コンスタンスは背筋をぴんと伸ばした。胃がしこり、みぞおちがひりひりしていても、それを伯爵に見せるつもりはない。

ドミニクの父親は何も言おうとしない。コンスタンスは礼儀正しい表情を張りつけ、じっと待った。

「わたしがきみに会いたい理由は、わかっているに違いないな」伯爵はようやくそう言った。

「いいえ、セルブルック卿。よくわかりません」コンスタンスは落ち着いた声で答えた。

「この結婚は、わたしが息子に望むものではないことはわかっていると思うが」

「ええ」

「だが、ドミニクはいつものように言いだしたら聞かない」

「彼はしっかりした信念を持っている人です」

「どういう表現をしてもかまわないが」伯爵は肩をすくめた。「息子よりもきみと話をしたほうがたやすいと思ってね。きみは何がいちばん自分のためになるか、ドミニクよりも理解しているはずだ」

伯爵はドミニクとの結婚をやめるよう、わたしを説得するつもりなんだわ。

これはなんとも皮肉な成り行きだった。どうせそのつもりなのだから、おとなしく同意して、ロンドンに戻るために馬車を借りたい、と頼むべきだろう。だが、コンスタンスは伯爵の言い方が気に入らなかった。自分のこともだが、あんなにも一生懸命わたしを守ろうとしてくれるドミニクのことを、こんなふうに言うなんて許せない。

そのせいで、伯爵の望みと反対の行動を取りたくなってくる。

「きみはこの結婚で非常に多くを手に入れることはわかっている」伯爵は机に肘を休め、両手の指を合わせた。「もちろん、なんの償いもなしにそれをあきらめてもらおうとは思っていない。償いをする用意はある」

コンスタンスはあんぐり口を開けた。「なんですって？　ドミニクと結婚させない代わりに、わたしにお金を払うとおっしゃるのですか？」

「当然のことだ」彼は小さな革の袋を引き出しから取りだして机の上に置き、紐《ひも》で絞った口を開け、ひとつかみの金貨を机の上にこぼした。

コンスタンスはその金貨を見て、伯爵に目を戻した。思いがけない展開にあまりにも驚いて、言葉も出てこなかった。

セルブルック卿は彼女のためらいを完全に誤解したらしく、こわばった笑みを浮かべた。

「もちろんだ。これだけでは足りないと思っているのだな。わたしもこれだけですますつもりはない」

彼はビロードの布を金貨のそばに置いた。注意深くその布を開くと、黒いビロードの上できらめくルビーとダイヤの首飾りが現れた。

「フィッツアラン家に代々伝わるものだ」伯爵は説明した。「三代目の伯爵の時代からこの家にある。わたしの祖母は、これをつけて肖像画を描《か》かせた」伯爵は彼女を見た。「莫《ば》大《だい》な価値のある首飾りだよ。これを金に換えれば、夫という重荷など背負わずに、かなりの資産が手に入る」

コンスタンスは立ちあがった。怒りに体が震え、それを悟られないように、ぎゅっと手を握りしめなくてはならなかった。「わたしのことをそんなふうに思っていらっしゃるのですか？　ドミニクと結婚しないことを条件に、お金を受けとるような女だと？　わたしにはあなたがわかりません。それにあなたも、わたしのこともおわかりになっていないようですわね。わたしをお金で買うことはできませんわ。わたしは金貨や宝石で名前を汚すようなことはいたしません」コンスタンスはきびすを返し、ドアへ向かった。そして怒りに燃える目で伯爵を振り向いた。「ご心配なく。あなたのご子息とは結婚しないつもりです。ドミニクの名誉心につけこんで、彼が望んでいない結婚を強いるつもりはありません。でも、お金のために彼を拒否するわけではありませんわ。あなたの機嫌を取るためでもありません。さようなら、セルブルック卿。できるだけ早くここをおいとまします」

コンスタンスはかっかして書斎を出ると、必死に怒りの涙をこらえながら足早に廊下を歩きだした。これがひどい屈辱でなくてなんだろう。こんな家にはもう一分でも留《とど》まりたくない！

でも、どうやってここを出ればいいの？　最悪の場合は、荷物を持って、村まで歩くこともできるが、そこからどうすればいいのか？　結局フランチェスカに馬車のお金を借りるしかなさそうだ。わけを訊かれたらなんと答えよう？　何も言わずに借りる方法があるだろうか？

それに、村にたどり着いても、明日は郵便馬車が来なかったら？　どうすればいいの？

わたしが館を出たことを知れば、ドミニクは追いかけてくるに違いない。そしてまたしても、わたしの名前を汚すことはできないと言い張るだろう。なんとかする必要があるわ。できるだけ急いで、遠くに行かなくては。

急いで階段を上がり、うつむいて考えながら部屋に戻る途中で、ふいに恐ろしくもすばらしい思いつきがひらめいた。コンスタンスは足を止め、つかのまそれを検討してから、きびすを返し、これまでとは打って変わったきびきびした足取りで廊下を逆の方向へと歩きだした。目的の部屋のドアをノックすると、〝入りなさい〟という声が聞こえた。コンスタンスはドアを開け、ミュリエル・ラザフォードと話すためになかに入った。

16

ミュリエルは眉をぐっと寄せ、コンスタンスをにらみつけた。「いったいなんの用？　わたしをあざ笑いに来たの？」

「とんでもないわ」コンスタンスは穏やかな声で応じた。「実は、折り入ってお願いがあるの」

「なんと厚かましい」年配の女性の声に振り向くと、ミュリエルの母親がベッドのそばの椅子に座っていた。「わたしたちがあなたを助けると思うの？　わたしの娘を笑い物にした女を？」

コンスタンスはこみあげてきた怒りを抑えた。「レディ・ラザフォード、わたしはあなたやお嬢さんを傷つけるようなことは、何ひとつしていませんわ」笑い物になる原因を作ったのは、ミュリエル自身だ、とはつけ加えなかった。「おふたりが、わたしをどう思っているかは、よくわかっています。でも、この頼みだけは、聞いてくださるのではないかと思いましたの」

レディ・ラザフォードはずる賢そうに目を細めた。「どうして？」

「あなたにとっては、願ってもない結果になるからですわ」

「いったいなんの話？」ミュリエルは鋭く言い返した。

「おふたりとも、明日レッドフィールズを発《た》つ予定だと聞きましたが」

「そのとおりよ」ミュリエルは苦い声で吐き捨てるように言った。「夜明けと同時に、こっそり出ていくの。わたしの恥を見る人々が少ないほうがましだから。それがあなたとなんの関係があるの？」

「一緒にロンドンに乗せていってもらえませんか？」

ふたりの女性はコンスタンスが正気を失ったかのように、驚いて彼女を見つめた。

「なんですって？　頭がおかしくなったの？」ミュリエルが尋ねた。

「どうして？」母親が鋭く問いただす。

「レイトン卿《きょう》のためです」コンスタンスは答えた。「彼はもっと違う結婚をしなくてはならないんですもの。彼の今日の言葉は寛大で思いやりがありました。でも、紳士として振舞ったために、残りの人生を台無しにすべきではありませんわ」ミュリエルとその母親に、ドミニクが自分を愛していないから結婚できないのだと認めるのはつらすぎる。そこまで正直になる必要もない。

「彼と結婚したくないの？」ミュリエルが驚いて尋ねた。

「これが、ふたりのためにいちばんよいことなんです」コンスタンスはそっけなくそう言った。

「それとも、逃げだして彼の気を引くつもり？」レディ・ラザフォードがつぶやいた。

コンスタンスは彼女を見た。「どういう意味ですの？」

レディ・ラザフォードはつかのまコンスタンスを見つめた。この要請がミュリエルにもたらす可能性を考えているに違いない。婚約が正式なものになる前にコンスタンスがレッドフィールズを立ち去れば、ドミニクがふたりが婚約していたふりを続ける可能性はほとんどなくなる。そしてふたたび自由になり、セルブルック卿が息子を説得しミュリエルとの結婚を承知させる可能性も生じる。レディ・ラザフォードはそれに気づいたに違いない。

実際は、コンスタンスが何をしようと、ドミニクはミュリエルと結婚することはありえないだろうが、それをここで口にする必要はない。

「すると……」レディ・ラザフォードはようやく言った。「あなたはこっそりここを出ていきたいの？　誰にも知られずに？」

「ええ」コンスタンスは涙があふれそうになり、それをこらえようとした。なんの説明もせずにドミニクから離れるのは、考えただけでつらい。だが、彼には何も言えない。フランチェスカにさえ出ていくことは話せない。話せば、ドミニクに知らせてしまうに違いないから。こっそり出ていくしかないのだ。ドミニクが止めようとするのは目に見えている。

「いいでしょう」レディ・ラザフォードは、上機嫌といってもよいくらいの声でそう言った。「わたしたちは明日の朝食がはじまる前にここを発つつもりです。それまでに準備をしておきなさい」

コンスタンスはうなずいて、部屋を出た。自分の部屋に戻ると、すぐさま荷造りをはじめた。まるで鉛をのんだように心が重かった。

が、なんとか自分を励まし、この先の計画を立てようとした。ロンドンに戻ったら、いったんは叔父と叔母が借りている家に行かねばならない。叔父夫妻がいなくても、召使いたちが入れてくれるはずだ。もちろん、すぐにどこかほかの場所に移る必要がある。彼女が騒動を起こし、せっかく手に入りかけた伯爵家とのつながりがふいになれば、叔父夫妻が激怒するのは目に見えていた。だが、信託資産の一部を引きだし、バースへ行くだけのお金を作るあいだぐらいは、彼らが借りている家に留《とど》まれるはずだ。

バースには叔母がいる。コンスタンスは父が病気になったあと、よく父と一緒にその叔母を訪ねたものだった。デボラ叔母様はきっと喜んでわたしを迎えてくれるわ。未亡人のデボラ叔母の収入はそれほど多くないため、とても小さな家に住んでいるから、そこで長いこと一緒に暮らすのは無理だろうが、少なくとも気を取りなおしてその先のことを考えるあいだは、置いてもらえるはずだ。

叔父の家を離れたら、なんらかの形で収入を得なくてはならないわ。コンスタンスはそう思った。父が遺《のこ》してくれた少額の収入だけでは生活できないもの。楽しい仕事とは言えないけれど、誰かの話し相手《コンパニオン》として雇ってもらえるかもしれない。もちろん、この一件が大きなスキャンダルになれば無理だ。だが、デボラ叔母とふたりの資産を合わせれば、もう少しだけ大きな家に移り、どうにか生活費も捻出《ねんしゅつ》できるかもしれない。

わびしい思いに急《せ》かされて、荷造りはまもなく終わった。トランクも、小さなバッグふたつもいっぱいになった。コンスタンスは手を止めて部屋を見まわした。少しのあいだは、涙をこらえるので精いっぱいだった。

二度とドミニクに会えない。彼の笑顔を見ることも、声を聞くことも、振り返って彼の瞳に自分が映っているのを見ることもない。これはとてもつらい、とても不当なことに思えた。いったいどうすれば、こんなつらい人生に耐えられるだろう。黙って突然姿を消したら、彼はわたしを憎むかしら？　それとも、安堵《あんど》のため息をもらすかしら？

手紙を残し、自分がしようとしていることの理由を説明したかった。彼に冷たい恩知らずだと思われるのは悲しすぎる。

だが、レディ・ラザフォードの言ったとおり、誰にも知られずに発つ必要があるのよ。わたしが去ったことをドミニクが知れば、あとを追ってくるかもしれない。自分が正しいと思いこんでいるときは、とても頑固になれる人だもの。ロンドンまでは長い旅ではないけれど、馬に乗った男なら、馬車がロンドンに到着しないうちに追いつく可能性もある。

しかし、朝早く、まだドミニクが眠っているうちに発てば、わたしが立ち去ったことに彼が気づいたときには、すでにロンドンに到着しているか、そのすぐ近くに達している。召使いには、レイトン卿が来ても、通さないように命じておこう。一日か二日のうちには、バースの叔母のところに出発できる。そしてドミニクの前から完全に姿を消せる。

だからこっそり発つ必要があった。何も言わずに。あとで手紙を書けばいいわ。それとも、お昼前には渡さないようにと指示して、彼宛《あて》の手紙をメイドにたくそうか？　それもあまり安全とは言えなかった。レイトン卿がコンスタンスのことをメイドや召使いに尋ねたら、自分が知っていることを隠していて叱《しか》られるのを恐れ、メイドが手紙を渡してしまうかもしれない。いいえ、ロンドンに着くまでは、何も書かないほうが安全よ。逃げるように立ち去れば、彼はきっと怒るだろう。彼に憎まれるのはつらかったが、そのほうがいいのだ。彼女の決心を変えようとはしないだろうから。

もちろん、ドミニクは追ってなどこない可能性もある。この結婚は義務感から決めたことで、わたしを愛しているわけではないのだもの。わたしが立ち去れば、不本意な義務から逃れることができて、かえって喜ぶかもしれない。

コンスタンスは暗い気持ちで寝る支度をはじめた。髪からピンを抜き、機械的にブラシをかけて、ドレスを脱ぎ、寝間着に着替えた。

ベッドに腰をおろし、膝を抱えて顎をあずける。今日の午後のドミニクと、ふたりのあいだに起こったことが頭をよぎった。そのあとひどいことになったとはいえ、コテージで過ごした記憶はまだ鮮やかに残っている。コンスタンスはドミニクを心から愛していた。彼女の人生でいちばん幸せな瞬間は、彼の腕に抱かれていたときだった。これまでのいつよりも、生きているという実感が持てたのだ。

もう一度彼に会わないうちは、この屋敷を立ち去れないわ。もう一度だけ、あの歓《よろこ》びを味わわないうちは。コンスタンスは立ちあがり、ガウンに袖《そで》を通してベルトを締めた。今夜、彼のところに行こう。残りの人生がどれほどわびしいものでも、せめて今夜は満たされて過ごしたい。

コンスタンスはテーブルからキャンドルを取り、オイルランプで火をつけた。それからドアを開け、廊下をのぞいた。薄暗い廊下のドアはひとつ残らず閉まっている。人声も聞こえなかった。どうやら荷造りしているあいだに、みな眠ってしまったようだ。

片手をキャンドルの炎の前にかざして風に吹き消されるのを防ぎながら、足音をしのばせて廊下を進み、ドミニクの部屋の前で足を止め、注意深く左右を確かめた。ノックしようか？　そう思ったが、取っ手をまわして、黙ってなかに入るほうが安全だと思いなおした。少し失礼かもしれないけれど……彼女は唇をほころばせながら思った……それくらいは目こぼししてくれるように、すぐに説得できるはずよ。

静かに取っ手をまわし、ドアを開けて、するりとなかに入り、後ろ手にドアを閉めた。

「誰だ?」ベッドの横に立っていたドミニクは、彼女が入った音を聞きつけ、さっと振り向いた。彼はコンスタンスだとわかると、表情をやわらげ、拳《こぶし》を作った手の力をゆるめた。「コンスタンス……ここで何をしているんだ?」

彼は服を脱いでいる途中だった。上半身はすでに裸、ブーツも靴下も脱いで、ブリーチズしかつけていない。その姿を見たとたん、いつものように体の奥がうずいた。

「あなたに会いたかったの」彼女は静かにそう言って、キャンドルをドアのそばのドレッサーに置いた。

「ここにいてはいけない。誰かに見られたらどうするんだい?」

「このまま帰ったほうがいい?」コンスタンスはガウンの帯に手をかけ、自分でも驚くほどの大胆さでさっとそれを解いて、ガウンを肩から落とした。

ドミニクの目がガウンの動きをたどり、それからコンスタンスの顔に戻る。薄明かりのなかでも、彼の顔に浮かぶ欲望が見えた。

「いや。いや、ここにいてほしい」彼は低い、かすれた声で答えた。

そして部屋を横切ってきた。逞《たくま》しい体が、すぐ目の前にある。彼女の後ろに手を伸ばし、ドアに鍵《かぎ》をかけたときに、固い筋肉が波打つのが見えた。ドミニクはコンスタンスにかがみこんで、ゆっくり息を吸いこんだ。

「天国のようなにおいだ」心をくすぐるような声で彼が言うと、コンスタンスのなかで何かが共鳴した。

彼のなかにとけてしまいたくて、コンスタンスは身を寄せた。ドミニクは両手で軽く腕をつかみ、髪に顔をすり寄せた。熱い唇に体が震え、秘めやかな部分が彼を求めて開くのがわかる。

「いいのかい?」彼は尋ねた。「きみは……大丈夫なの? 傷つけたくないんだ」

「あなたが傷つけるなんてありえないわ」コンスタンスはきっぱりと答えた。「もう一度、あなたとひとつになりたいの」

コンスタンスは少し身を引き、彼を見上げた。ドミニクが青い目に情熱をたぎらせて、彼女をじっと見つめてくる。彼の欲望にやわらかくなった唇、張りつめた肌に、コンスタンスの胸は甘くうずいた。

「あなたがほしいの」

ドミニクは顎をこわばらせて小さなうめきをもらしながら、両手をまわしてコンスタンスを抱き寄せ、首に顔を埋《うず》めると、やわらかいうなじに唇を押しつけた。

「ああ、コンスタンス、コンスタンス。きみはせっかくの決心をくじいてしまう」彼が喉に向かってつぶやくと、熱い息が敏感な肌をくすぐった。

ドミニクはコンスタンスの髪を片手で押しやり、敏感な喉に唇を這《は》わせていく。彼がやさしい顎の線に沿って羽根のように軽いキスの雨を降らせると、コンスタンスは神経の末端までちりちりした。ドミニクは濡《ぬ》れた唇で耳たぶにキスし、そっと歯ではさみ、かじって、縁沿いに舌を滑らせた。

コンスタンスは鋭く息をのみ、ドミニクにしがみついた。なめらかな皮膚の下に固いあばら骨を感じる。両手を背中へまわして肩へと滑らせ、もう一度なでおろしてブリーチズの布に触れる。彼女は細い指をその縁に這わせ、爪で細い線を描きながら、するりと布のなかに滑りこませ、指先で盛りあがったヒップをかすめた。

ドミニクがぶるっと体を震わせるのを感じとって、コンスタンスは嬉《うれ》しくなった。わたしは彼を歓ばせたんだわ。そう思うと思いがけない満足がこみあげてくる。ドミニクは濡れた唇で耳を攻め立てながら、大きな手を彼女のヒップへとなでおろし、寝間着をつかんでじりじり持ちあげていく。

彼は耳から首へ、そして顔へとキスし、しだいに唇に近づいて、ついに口を覆った。コンスタンスは小さな満足のため息をもらし、激しくキスを返した。両手を彼の首に巻きつけ、爪先立って、夢中で体を押しつける。

ドミニクは寝間着の下に手を滑りこませ、やわらかいヒップをなであげた。指が背骨をたどり、手のひらが背中を滑っていく。ざらつくその手が、やわらかい肌を刺激し、ちりちりさせた。

彼は舌を突き入れて激しく、甘く、むさぼるようなキスを続けた。新たな快感に襲われるたびに、彼の髪にからめた指に力がこもる。熱く、貪欲《どんよく》に、体の奥でうずきが高まる。コテージで味わった、めくるめくような快感をもう一度味わいたくて、コンスタンスは彼に体をすりつけた。ドミニクが体を震わせながら、ヒップをつかんで彼女を持ちあげ、自分に押しつけた。

硬く張りつめた彼のものが、コンスタンスの欲望をかき立て、彼女は無意識に腰を動かしていた。

ドミニクが喉の奥でうめき、体を離して寝間着のすそをつかんでさっとそれを持ちあげ、頭から脱がせてしまった。それをすぐそばの椅子に投げると、彼はかがみこんで彼女を抱きあげた。コンスタンスは驚いて声をあげた。それから小さな喜びの笑い声をもらし、彼の首に腕をまわして肩に頭をあずけた。

ドミニクは彼女をベッドへと運んで横たえ、一歩さがってブリーチズのボタンをはずそうとした。だが、コンスタンスは手を伸ばしてそれを止め、問いかけるように見下ろす彼に、かすれた声でささやいた。

「わたしにやらせて」彼女はベッドの上にひざまずき、ボタンをはずしはじめた。

ドミニクはやわらかい巻き毛に両手を差しこみ、それをなでる。細い指の動きに応じて、彼のものが布を突きあげ、脈打つのを感じた。コンスタンスは微笑し、布地の上からそれをなでた。

ドミニクが息をのみ、彼女の髪をぎゅっとつかむ。「ああ、コンスタンス、ぼくを殺すつもりかい？」

「いいえ。あなたを歓ばせたいだけ」コンスタンスは彼を見上げ、物憂い笑みを浮かべ、浮きだした血管を爪の先でたどった。「これは好き？」

「この雌ぎつね」彼は白い歯をひらめかせて、にやっと笑った。「ああ、好きだ。どれほど好きか、見せてあげるよ」

そしてシーツに倒そうとするように肩をつかんだが、コンスタンスは首を振った。「だめ、だめよ。まだこれが終わっていないわ」

彼女はもうひとつボタンをはずし、布地の下に指を滑らせてそれを開きながら、さらになかへと指をもぐりこませた。縮れ毛をかきわけ、サテンのような肌触りの彼のものを、指先でかすめるようになでて、硬くてやわらかい絶妙な感触を味わう。

ドミニクの息が荒くなり、せわしなくなるのを聞くと、体の奥が熱くうずいた。彼女は手を外に出し、ブリーチズの下でいきり立つものには触れずに、その両側をなでおろした。ひとさし指を脚のつけ根からお腹《なか》へと動かし、ふたたびなでおろして、最後に残ったふたつのボタンをはずす。

指先でヒップの丸みをかすめ、太腿の後ろをかすめてブリーチズをおろすと、驚くほど大きな彼のものが、それを閉じこめていた布から飛びだした。最後にもう一度、太腿をなでながらブリーチズをおろす。ドミニクは欲望に全身をこわばらせ、ブリーチズをわきに脱ぎ捨てた。

コンスタンスは片手で彼のものをつかんだ。そのまま指で軽くなでると、ドミニクが息をのみ、ぴくんと体を痙攣《けいれん》させる。だが、張りつめた太腿を震わせながらも、そのあとは静かに立ちつくしていた。コンスタンスはその震えに魅せられ、手を伸ばして太腿に両手を滑らせた。

彼のすべてが新しい。何もかもが彼女の息を奪った。肌の感触、かすれたうめき、力強い輪郭、逞しい筋肉。さまざまな興奮のしるしも。今夜はそのすべてに触れ、すべてを味わい、探りたい。そのすべてを頭に刻みこみたい。

彼女は美しい体から目を離し、ドミニクを見上げた。彼の顔は燃えるような情熱をたたえていた。重たげなまぶたが物憂げな青い目を半分隠し、熱く濡れた唇がやわらかく、彼女を誘う。

「きみにそんなふうに見られると……」彼は息を吸いこみ、ごくりとつばをのんだ。「それだけで果ててしまいそうだ」

「あなたを見るのが好きなの」コンスタンスは正直に告げた。この答えに彼が笑いながらうめく。

「コンスタンス、そんなことを言うと、若者のようにきみを押し倒すぞ」彼はかすれた声で警告した。

「ええ、そうして」コンスタンスはつぶやき、指先で屹立《きつりつ》するものをなでおろし、その後ろの重みをなでた。

ドミニクはくぐもった声をあげながらも、好奇心に満ちた指が思うぞんぶん探れるように、脚を開いた。コンスタンスは好奇心にかられ、重みを測るようにいきり立つ彼のものを包んだ。それからベッドに仰向けになり、両腕を頭の上に伸ばし自分を差しだした。わたしはいつからこんなに大胆になったの。コンスタンスは自分でも驚きながらも、白い裸体を見つめるドミニクの視線に歓びを感じた。

ドミニクはベッドに上がって踵《かかと》に体重をかけ、両手を白い胸に置いて、ゆっくり下へと這わせていった。時間をかけてくすぐるように愛撫《あいぶ》しながら、彼女がうめくたび、ため息をつくたび、快感にもだえるたびに、敏感な肌を丁寧に愛撫していく。

やがて長い指が脚のあいだに滑りこみ、濡れたその部分を開いた。ドミニクはコンスタンスの顔を食い入るように見つめ、秘めやかな部分を探り、じらし、なでて、小さな芯のまわりに円を描いた。コンスタンスは激しい快感に貫かれ、シーツに踵を突っ張って体をのけぞらせた。

じれるような、しびれるような快感が高まり、とてもよく覚えているめくるめく最後へと向かう。だが、彼女がそこに達する寸前で、彼は指を離した。

「まだだよ」そうつぶやいて、胸にキスする。

熱くうずき、解放を求めて、コンスタンスは不満のうめきをもらした。するとドミニクは舌と唇でやわらかい胸に触れた。脚のあいだの熱が呼応し、たちまち快感が倍になる。彼の舌がひらめくたびに、彼の口が硬く尖《とが》った頂を吸いこむたびに、欲望が体を貫き、脚のあいだにたまった快感が急速に高まっていく。じらすような愛撫は、砕け散るようなクライマックスへと彼女を近づけるだけだった。

コンスタンスは落ち着きなくヒップを動かし、ため息のように彼の名前を呼んだ。「ドミニク……お願い。あなたがほしい。あなたをなかに感じたいの」

ドミニクはかすれたうめきをもらし、彼女の脚を割ると、ヒップを持ちあげてするりとなかに入った。コンスタンスはかすかな痛みを感じたが、燃えるようなうずきのほうがはるかに強かった。彼女は両脚をからめてドミニクをしっかりとつかみ、自分のなかにいる彼の感触に酔った。

そのあとは、ふたりとも、たがいに激しく動き、深い飢えを満たそうと貪欲に奪い、与えながら、ひとつになって動いた。そしてドミニクがしゃがれた声を放ってクライマックスに達した瞬間、コンスタンスはのぼりつめた欲望を解き放ちながら、顔を横に向けて彼の腕を嚙《か》み、愛の言葉を押し留めた。

荒い息をついて、彼が倒れこむ、「ああ、コンスタンス。ぼくはもうだめだ。このまま天国に行くよ」

低いうなりをもらしながら彼はコンスタンスの首に顔を寄せ、彼女を抱いたまま仰向けになった。コンスタンスはくすくす笑いながらドミニクを見下ろした。いつまでもこうして彼を見ていられるわ。満ちたりてやわらいだ顔。青い目がきらめき、頬が上気している。コンスタンスの胸に激しい愛がこみあげ、それが口をついて飛びだしそうになった。でも、これを言ってはだめ。愛を打ち明け、そっけなく振り払われたら、とても耐えられない。

コンスタンスは黙ってほほえみ、彼の胸にやさしくキスすると、そこに頭をあずけた。力強い鼓動が伝わってくる。彼らはぐったり横たわり、歓びの余韻を味わった。ドミニクは長い髪に指をからめ、手に巻きつけて、それを唇に持っていく。コンスタンスは彼の腕に物憂い円を描いた。

やがて彼の体からこわばりが取れ、手が重くなって髪から滑り落ちた。コンスタンスは片肘をついてそっと体を起こし、彼を見下ろした。ドミニクは眠っていた。穏やかな顔に、まつげが影を落としている。コンスタンスは胸に甘い痛みを感じた。

彼と離れることがどうしてできよう。

一瞬、コンスタンスはこのままここに留まりたいという誘惑にかられた。ドレスを衣装だんすに戻し、バッグをしまって、ラザフォード母娘《おやこ》にはふたりでロンドンに出発してもらえばいいわ。ドミニクはわたしを愛していないかもしれない。でも、わたしはたったいま、彼に歓びをもたらした。そこから何かを築いていけるはずよ。このすべてをあきらめるなんて、とてもできない。

コンスタンスはため息をついて、仰向けになり、天蓋《てんがい》を見上げた。ここにいることはできない。ドミニクを愛しすぎているもの。欲望に負けずに、正しいことをしなくては。彼が名誉を重んじる紳士として、わたしを守るために口にした言葉で、彼を一生縛りつけることはできないわ。ドミニクを自由にしてあげなくては。

コンスタンスはふたたび肘をついて体を起こし、ドミニクの顔を見つめた。すでに真夜中で、少し眠らなくてはならないことはわかっていたが、眠るのは明日でもできる。ドミニクを見ていられるのは、いま、この瞬間だけなのよ。

コンスタンスはぐっすり眠っている彼を見つめながら、ときどき肩に頭をあずけ、温かい体に身を寄せ、頭の下で穏やかに上下する胸を感じていた。

もうすぐ召使いが起きるというぎりぎりの時間まで彼のそばにいてから、そっとベッドを出て、足音をしのばせて寝間着に袖を通し、きつくガウンのベルトを締めた。いまはもう燃えつきたキャンドルを手に取り、最後にもう一度、眠っているドミニクに目をやってから、ドアを開け、用心深く廊下をのぞいた。

誰かがいる気配はまったくなかった。コンスタンスは静かに廊下に出てドアを閉め、自分の部屋へと急いだ。無事にたどり着くと、涙があふれる前にドアを閉めた。

17

ようやく涙が乾くと、顔を洗い、取り分けておいた茶色い綾織《あやお》り生地で作られた馬車用ドレスに着替えた。ここを発《た》つ前に眠ろうとしても無駄なだけだ。あまりにも悲しすぎて眠れるとは思えない。いずれにせよ、一時間ぐらい寝たところで、たいした違いはないわ。

彼女は寝間着とガウンをたたんでバッグにしまい、座って伯爵夫人に感謝の手紙を書きはじめた。伯爵の非礼を思いだすと腹が立つが、この手紙は礼儀上必要なことだ。フランチェスカにも友情とたくさんの思いやりを感謝する手紙を書かずにはいられなかった。これを残すのは危険がともなうが、ひと言もなしに姿を消すのは、あまりにもひどい忘恩行為に思えた。手紙は、召使いが郵便や訪問者の名刺を置く入り口のテーブルに残していくとしよう。フランチェスカはたぶん遅くまで起きてこない。入り口のテーブルの前を通るか、召使いがこれを彼女にもたらすころには、馬車はすでにロンドンのすぐ近くまで戻っているはずだ。レディ・セルブルックはこの手紙をもっと早く目にするかもしれないが、伯爵夫人はわたしが立ち去ったことを喜びこそすれ、それを早速ドミニクに報告するとは思えない。

最後には、ドミニクに手紙を書き残してもさほど危険はない、と判断した。結局のところ、彼にもフランチェスカと同じ理屈が当てはまる。彼もそんなに早くは起きないはず。それにわたしが去ったことを知れば、どうせフランチェスカがすぐさまドミニクに知らせるに決まっている。だから、彼宛《あて》の手紙を書いても同じことよ。

書きながら涙があふれて、手紙に落ちたが、それを吸いとり、最後までどうにか書きおえた。

三通の手紙に封をして、静かに階段をおり、それを戸口近くのテーブルに置いてから、部屋に戻り、トランクの横に座ってラザフォード母娘《おやこ》が起きるのを待った。

レディ・ラザフォードが姿を現す前に、召使いがやってきた。メイドのナンはコンスタンスのトランクとバッグがベッドのすそに置いてあるのを見て驚いた。コンスタンスはナンに硬貨をひとつ与え、誰にも言わないようにと口止めした。メイドは半信半疑でうなずき、硬貨をポケットに入れた。

ナンが立ち去ってまもなく、レディ・ラザフォードが戸口に立った。コンスタンスはぱっと立ちあがり、小さいバッグをひとつ手に取った。

「召使いを呼んで、トランクを運んでもらわなくては」コンスタンスは言った。

「いいえ、荷物はそのままでいいわ。わたしたちの荷物を運びおえたら、御者と馬丁に運ばせましょう」レディ・ラザフォードの寛大な申し出に、コンスタンスは驚いた。だが、それほど意外ではないかもしれない。レディ・ラザフォードにはわたしに情けをかけるあらゆる理由がある。娘をドミニクの妻にする計画をもう一度進められるのだもの。

コンスタンスはレディ・ラザフォードと一緒に階下に行き、馬車に乗ってラザフォード母娘の向かいに座った。馬車の後ろに面しているため、景色はよく見えない。

コンスタンスはかまわなかった。景色などとくに見たくない。目を閉じて、眠ったふりをしよう。そうすれば、話さずにすむ。

最後にもう一度レッドフィールズを見たくて、窓に目をやったが、外はまだ暗く、空を背景に黒いシルエットが見えるだけだった。正面の扉が開き、入り口に明かりが灯《とも》っている。その上の廊下の窓も明るかった。御者と馬丁がラザフォードの荷物とコンスタンスの荷物を運びだし、それを馬車の後ろと屋根の上に固定した。

馬車が走りだすのを待つあいだ、コンスタンスは気が気ではなかった。ドミニクが目を覚ますのではないか？　気づくのではないか？　心の底には、そうしてほしいという願いがある。だが、扉のところには誰も現れず、荷物はすべて積みこまれ、やがて馬車はゆっくりと屋敷を離れた。

コンスタンスは目を閉じた。泣かずにいられるだろうか？　ミュリエルとレディ・ラザフォードの前では決して涙を見せたくない。眠れるとは思えなかったが、馬車に揺られ、車輪がまわる音を聞いているうちに、深い眠りにひきずりこまれた。

彼女は叫び声に目を覚まし、一瞬、混乱して目を開けた。馬車が速度を落として止まる。自分がどこにいるか、何をしているかを思いだし、コンスタンスは座席に座りなおした。

「どうしたの？　なぜ止まるの？」彼女はレディ・ラザフォードに尋ねた。

「さあね、見当もつかないわ」レディ・ラザフォードは冷ややかに言って、窓にかかっていたカーテンを引き、外を見た。

コンスタンスも横のカーテンを引いて、窓の外をのぞいた。東の空が明るくなり、金色に輝く地平線の上で、雲がほんのりと薔薇《ばら》色にそまっている。馬車は完全に止まっていた。扉の外に、馬に乗った男が見えた。ひとりがさっと馬からおり、馬車に近づいてきた。

「奥様？」

「ええ？」ミュリエルの母は窓の外に顔を出した。「どうしたの？　いったい何を騒いでいるの？」

「セルブルック卿《きょう》に申しつかって来ました。すぐさまレッドフィールズに戻られるようにとのおおせです」男はそう言って帽子をさっと取り、うやうやしく頭をさげた。

コンスタンスは鋭く息をのんだ。そんな！　戻ることなどできないわ！

「戻る？　なんのために？」

「わかりません、奥様。しかし、セルブルック卿はぜひとも急いでお戻りいただきたい、非常に重大なことだとおおせでした」

「なるほど。それでは……戻るしかないでしょうね」

「レディ・ラザフォード！　いけませんわ！」コンスタンスは思わず叫んでいた。いま戻れば、彼女の計画は台無しになってしまう。

「戻りなさい」レディ・ラザフォードはかまわず御者に命じた。馬車が転回をはじめると、レディ・ラザフォードは顔をひっこめ、冷ややかな目でコンスタンスを見た。「ばかなことを言うんじゃありません。戻らなければ、どう思われると思うの？」

「さあ」コンスタンスは正直に答えた。「でも……戻ればすべてが台無しです。わたしは……」

「ばかばかしい」レディ・ラザフォードはそっけなく言った。「あなたがどうしてもいやだと言えば、ドミニクも無理やり結婚はできませんよ。したくなければ、そう言えばいいの。あなたをロンドンへ連れて帰ると、わたしから彼に話してあげます。それでおしまいですよ」

「でも、セルブルック卿はなぜわたしたちを呼び戻すのでしょう？」

レディ・ラザフォードは肩をすくめた。「それはもうすぐわかるわ。レイトン卿が自分の間違いに気づいたのかもしれませんよ」レディ・ラザフォードは底意地の悪い目でコンスタンスをじろりと見ると、窓に目を戻した。

わたしが残した手紙が、もう読まれてしまったのかしら？　ドミニクと彼の両親は、わたしが婚約を発表するのを嫌って逃げだしたことに気づいたの？　ひょっとすると、メイドのナンが、口止め料をもらっておきながら、執事に報告したのかしら？　だが、たとえそうだとしても、セルブルック卿がわたしを呼び戻すとは思えない。お金も宝石ももらわずに、彼の望むとおりにしているというのに。

召使いを送ったのは、伯爵ではなくドミニクかしら？　自分は将来を犠牲にする覚悟なのに、わたしが逃げだしたことを怒っているのかもしれない。

コンスタンスは膝の上で両手を握りしめた。激怒したドミニクと対決するなど、思っただけで心がなえる。兄が妹にしたことを告げたときの彼の怒りを思いだした。あんな憎しみに満ちた目を向けられるのはとても耐えられない。

ああ、手紙など残さなければよかった。

屋敷へ戻るまでのあいだ、コンスタンスは不安と恐怖にさいなまれつづけた。堂々とそびえる古い館《やかた》に馬車が到着するころには、恐れで頭がしびれたようになっていた。彼女はミュリエルとレディ・ラザフォードのあとからしぶしぶ馬車をおり、ふたりに従って正面の扉へと向かった。驚いたことに、召使いがふたり出てきて馬車の荷物をおろしはじめた。

館のなかに入ると、セルブルック伯爵夫妻がホールに立っていた。夫人は尊大で冷ややかな表情を仮面のように張りつけ、セルブルック卿は恐ろしい顔でコンスタンスをにらみつけていた。ちらりと横を見ると、二階からおりた人々がかたまっている。ほとんどが寝ているところを起こされたようだ。ドミニクはみんなの前、階段のいちばん下の段にいた。シャツとブリーチズ姿だが、ジャケットもベストもなく、シャツのすそもしまっていないところを見ると、あわてて身につけたに違いない。寝乱れた髪を見て、コンスタンスは不安にかられながらも胸がきゅんとなった。彼は怒っているというより、けげんそうだった。

髪を背中に垂らしたまま、綾織りのガウンに細い体を包んだフランチェスカは、ドミニクより二、三段上に立っている。その後ろに、さらに何人かがかたまっていた。カランドラとダンバラ卿、ノートン家の三人の顔もあった。まるでいきなりベッドから引きだされたように、ひとり残らずまだ眠気の残る顔に混乱を浮かべている。

コンスタンスは何がなんだかわからず、セルブルック卿に目を戻した。彼女には何が起こっているのか見当もつかなかったが、セルブルック卿の目に、怒りだけでなく狡猾《こうかつ》な打算が読み取れて、彼がなにやら企《たくら》んでいるに違いないことはわかった。

「ミス・ウッドリー！」彼はまっすぐにコンスタンス・ウッドリーを見据えた。「我々のもてなしに、こういうお返しをするのがきみの流儀か！」

「父上、どうしたんです？」最後の一段をおり、ドミニクが鋭く尋ねながら前に出てきた。

「コンスタンス？　どうしてレディ・ミュリエルと一緒にいるんだ？」彼はコンスタンス

の手袋と帽子、旅行用のドレスを見た。「きみはどこにいたんだ？」

コンスタンスは背筋をぴんと伸ばし、階段に立っているほかの人々に目をやった。みんなの前で説明することはできない。

だが、その心配は必要のないものだった。「何が起こっているか？　いいとも、話すとしよう。今朝、セルブルック卿が息子の問いに答えた。彼女に釈明のチャンスを与えず、セルブルック卿が息子の問いに答えた。

階段に立っている人々が揃《そろ》って息をのむ。コンスタンスは思いもかけない言葉に、驚いて伯爵を見つめた。

まるで一枚の絵のように凍りついた人々のなかに、馬車の荷物をおろしに行った先ほどの召使いが戻ってきた。彼らはトランクをひとつ運んでくる。コンスタンスとラザフォード母娘は彼らが通れるように左右に分かれた。召使いはそのトランクをセルブルック卿の前におろした。コンスタンスはそれが自分のトランクだと気づき、かすかに驚いた。

「伯爵夫人の首飾りがなくなっていた」伯爵がそう言ってコンスタンスをにらみつけた。

「何か言うことはあるかね、ミス・ウッドリー？」

コンスタンスは驚きに打たれて言葉もなく伯爵を見つめた。

「なんてことを！」フランチェスカが叫んで父親のほうに階段を駆けおりた。「コンスタンスがその首飾りを盗んだと思っているわけではないんでしょう？」

「この女が盗んだのだ」伯爵はまだコンスタンスをねめつけたまま言い返した。「さもなければ、なぜこそこそと逃げだす？　首飾りがなくなった朝に、ミス・ウッドリーが姿を消したのは、少しばかりおかしな偶然ではないか？」

階段に立っているゲストたちがつぶやきをもらす。

コンスタンスは怒りにかられて背筋を伸ばし、はっきりした声で言った。「わたしはこの家から何ひとつ持ち去ってはいませんわ、セルブルック卿」

ドミニクが自分と父親を考えこむような顔で見比べているのに気づいて、コンスタンスは鋭い苦痛に胸を突かれた。まさか、彼までわたしを疑っているの！

「そうかな？」伯爵は片方の眉を上げ、召使いのひとりに向かってうなずいた。召使いは膝をつき、トランクを開けた。

するとそこに、きちんとたたんだドレスの上に、小箱があった。召使いが伯爵に問いかけるように見ると、伯爵がうなずき、召使いの差しだした箱を開けた。なかには黒いビロードがたたまれていた。

あのビロードには見覚えがある。コンスタンスはふいに吐き気に襲われた。

伯爵はビロードの布を左の手のひらにのせ、右手でそれを開いた。エレガントなルビーとダイヤの首飾りが黒いビロードの上できらめく。

「では、これをどう説明するのかな、ミス・ウッドリー？」

コンスタンスは頭がくらくらした。伯爵があのいまいましい首飾りをわたしのトランクに入れたに違いない。それしか考えられない。

「みんなあなたが企んだことですわ！」彼女はあえぐように叫んだ。「その首飾りでわたしを買収できなかったので、トランクに入れた！　わたしが出ていくことはご存じだったのでしょう？」コンスタンスはそう叫んでくるりとレディ・ラザフォードに向きなおった。レディ・ラザフォードが思いがけなく親切だったのも、これでうなずける。ええ、わざわざ荷物を召使いに運ばせると言ってくれたのは、こういうわけだったのね。わたしがこの館から逃げだすのを知って、これさいわいと伯爵に知らせ、ふたりの計画の障害となっていたわたしを完全に排除することにしたのだ。

「ふたりで仕組んだのね！」コンスタンスはレディ・ラザフォードとセルブルック卿を見比べた。どうしてこんな仕打ちをするの？　わたしはドミニクのもともこの館も立ち去るところだった。それだけでじゅうぶんだったはずよ。

いいえ、じゅうぶんではなかった。このふたりはドミニクが自分の計画に固執するのを恐れたに違いない。わたしのあとを追って、戻るように説得するのを。だが、みんなの前でコンスタンスが泥棒だとなじれば、わたしが泥棒で、最初からそのために彼に近づいたとドミニクを納得させられれば、彼が結婚を撤回すると考えたに違いない。わたしが彼と確実に結婚できないようにしたのだわ。そのせいでわたしの一生が台無しになっても、この人たちはなんとも思わないのだ。

「無礼な！」レディ・ラザフォードが叫んだ。「言葉に気をつけなさい。わたしにそんな口をきくことは許しませんよ」彼女はさっと伯爵夫妻に向きなおった。「あなたが毒蛇を養っていたことは明らかですわね、セルブルック卿。レディ・セルブルック、お気の毒ですわ。これはなんという打撃でしょう。こんな女が、もう少しで義理の娘になるところだったなんて」

伯爵夫人は黙って顔をそむけた。少なくとも夫人はこの茶番に当惑するだけの奥ゆかしさがあるのね、とコンスタンスは思った。

ぎこちない沈黙が訪れた。みんなの目が自分にそそがれるのを感じ、コンスタンスは恐怖にかられた。どうすれば伯爵の糾弾が嘘《うそ》だと証明できるの？　昨夜、書斎で彼とかわしたやりとりを知っている者は誰もいない。それに、伯爵ともあろうものが、こんなことをするなんて誰が思う？　誰が彼の言葉よりも、わたしの言葉を信じてくれる？

「わたしは首飾りなど盗んでいません」コンスタンスは怒りに声を震わせた。「あなたはそれをくださるとおっしゃった。わたしはお断りして、レッドフィールズを出ることにしました。あなたの願っているとおりになったのに、どうしてこんなことを？」

彼女はドミニクを見た。彼はコンスタンスを見てはいなかった。父を見ていた。コンスタンスは胸がよじれるようだった。ドミニクが父親を信じれば、この胸が張り裂けてしまうわ。

長い沈黙のあと、ようやくドミニクが氷のような声で言った。「こんな茶番で、ぼくをだませると思ったんですか、父上？」

セルブルック卿は、むっとした顔で息子を見た。「どういう意味だ？　この女は代々伝わる家宝を盗んだのだぞ！　いくらおまえでも、この女の言葉を信じるほど愚かで、世間知らずではあるまい」

「ええ、ぼくは愚かではありません」ドミニクは青い目にガラスのかけらのような鋭い光をたたえ、落ち着き払って答えた。「ここには、あなたがでっちあげた〝盗み〟を信じるほど愚かな人間はひとりもいませんよ」

伯爵は目をみひらいた。「よくも――」

「いいえ、父上。あなたこそ、よくもこんなことを」ドミニクは叫び、一歩前に出て、コンスタンスをかばうように彼女と伯爵のあいだに立った。「欲にかられて、名誉心まで捨てるとは」

父親は怒りに顔を真っ赤にして言い返そうと口を開けた。が、ドミニクが前に進みでて、その手から首飾りをひったくった。伯爵は度肝を抜かれて一瞬、言葉を失い、あわててそれを取り返そうとした。だが、ドミニクはすでに向きを変え、階段の上で目の前に繰り広げられる光景を食い入るように見ている人々にそれを掲げてみせた。

「きみたちは誰ひとり、ぼくのようにミス・ウッドリーのことをよく知らない。だから、彼女が人のものを盗むような女性ではないことに、ぼくほど確信がないかもしれない。ぼくが家族への義務を怠るのを恐れて、彼女がぼくに婚約を取り消すよう訴えたことも、おそらくきみたちには想像もつかないだろう」

ドミニクは一気にそう言った。みんなの目が彼に釘付《くぎづ》けになった。彼の言葉に胸が熱くなり、コンスタンスは涙ぐんだ。ドミニクが信じてくれるかぎり、ほかの誰がどう思おうとかまわない。

「だが、きみたちがミス・ウッドリーを知らないとしても、多少とも良識のある人間なら……少なくとも、欲に目が眩《くら》んでいる者以外はすぐに気づくはずだ。将来セルブルックの伯爵となる男とまもなく結婚し、この首飾りだけでなくレッドフィールズの金庫にしまわれているほかの宝石も、この館も、領地も、かなりの量の金銀の皿も自分のものになるというのに、そのすべてを投げ捨て、たったひとつのこんな首飾りを盗むはずなどないと」

ドミニクの発言に続く沈黙は、実に雄弁だった。ようやく伯爵が消え入るような声で言った。「その首飾りを持ち去ればすぐに金になる。何年も待つ必要もなければ、結婚する必要もない」

「だが、昨夜《ゆうべ》の申し出を受け入れても、それは同じことだった」ドミニクは即座に切り返した。「そうでしょう？　それに、万が一、ぼくと結婚しないと約束するだけで手に入ったはずの首飾りを盗むことに決めたとしても、それを隠しもせず、トランクを開けた者の目につくような場所に置くのは奇妙ではありませんか？　しかも、鍵《かぎ》さえかけずに。あなたの書斎の金庫からこれを盗みだすほど知恵が働いた女性にしては、とくに奇妙だ。だが、彼女が盗んだものを隠そうともしなかったことより、金庫を破ったのに、そこにあるほかの宝石には目もくれなかったことのほうが、はるかに奇妙だ。これとお揃いのイヤリングとブレスレットさえもね。おかしいといえば、あなたが夜明けと同時にこの首飾りが消えていることに気づいたのは、もっとおかしい。それがどこにあるかをずばり突きとめたことも。あなたはほかのバッグも運びこませて、探そうとはしなかった。このトランクだけを開けさせた」ドミニクは父親をじっと見つめ、それからコンスタンスに顔を向けた。「昨夜、父はきみに、結婚を断ればこの首飾りを渡すと申しでたんだね？」

「ええ」

彼は父に向きなおった。「こんなもので若い女性を買収しようとするほど、卑劣になれるとは」

彼は手のひらを横にした。首飾りがその手を滑り、床に落ちる。驚いてそれを見守る人々の目の前で、ドミニクは片足を上げ、踵《かかと》で踏み砕いた。

「ただの石膏《せっこう》で」彼はそう言って足を上げ、砕けた粉と鎖を見つめた。

ホールに驚きの声がこだました。みんなの目は、いまや伯爵に向けられていた。伯爵は血の気のうせた顔で、痙攣《けいれん》するように口を開け、また閉じた。

「ぼくたちは何が起こったかはっきりわかっているが」ドミニクは静かな声でそう言うと、父に向きなおった。「あなたの口からはっきり認めていただくほうがいいでしょう。彼女の名前にこれっぽちのしみすらつく恐れがないように」

伯爵は拒むつもりだわ。彼が挑むように顎をこわばらせるのを見て、コンスタンスは思った。

ドミニクは片方だけ眉を上げ、抑揚のない声で言った。「それとも、ぼくらの家族について、ぼくからみんなに話してもらいたいでしょうか？」

伯爵は鼻孔を膨らませた。両頬に赤い斑点《はんてん》が現れ、青い目が憎しみにぎらついた。だが、彼は階段の上にいる客に顔を向けた。「レイトン卿の言うとおりだ。ミス・ウッドリーを非難したのは間違っていた」彼はつばをのみ、最後にもう一度毒の滴るような目でコンスタンスをにらんだ。「彼女は首飾りを盗まなかった。トランクを下に運ぶときに、召使いが入れたのだ」

レディ・ラザフォードの召使いだわ。コンスタンスはそう思い、さっと彼女を見た。レディ・ラザフォードは怒りもあらわに伯爵をにらみつけた。

「セルブルック卿、なんという愚かな」そう吐き捨てると、くるりときびすを返した。

「いらっしゃい、ミュリエル」

そして娘を従え、館を出ていった。コンスタンスがその後ろ姿からホールに目を戻したときには、伯爵夫妻もうホールにはいなかった。招待客は黙って顔を見あわせている。

「さて」フランチェスカが言った。「いまの茶番のあとでは、朝食で口直しをするしかないわね」彼女はみんなに階段をおりるようにと促し、先頭に立って食堂へと向かった。コンスタンスは何人かが自分のほうを見ていくのに気づいたが、石のようにいかめしい顔で立っているドミニクのおかげで、足を止め、話しかけてくる者はひとりもいなかった。

まもなくホールに残っているのはふたりだけになった。客たちが通りすぎるあいだ背を向けていたコンスタンスは、ドミニクに向きなおり、彼の顔に深い悲しみが浮かんでいるのを見て胸を引き裂かれた。

「ごめんなさい、ドミニク」彼女はささやいた。「こんなことになるとは思ってもいなかったの。わかっていたら、決して出ていったりしなかったわ。あなたやご家族を傷つけるつもりはなかったのよ」

「きみは逃げださずにはいられないほど、ぼくと結婚するのがいやなのかい?」彼は厳しい顔で尋ねた。

「いいえ!」コンスタンスは恐怖にかられて叫んだ。涙があふれた。「いいえ、違うの！結婚したくなかったわけではないの。あなたを愛しているんですもの！」

それだけは決して認めるつもりはなかったが、青い目があまりに傷ついているのを見て、抑えられなかった。

ドミニクは驚いて目をみひらき、すばやく二歩近づいて彼女の手を取った。「ほんとうに？」

「ええ、もちろんほんとうよ」

「コンスタンス……」彼はぱっと顔を輝かせ、彼女の手に唇を押しつけると、愚かしい笑みを浮かべて彼女を見つめた。「ずっと願っていたんだ。きみがいつか、ぼくを愛するようになってくれるのを。でも……」彼は言葉を切って顔をしかめた。「だったらなぜ逃げだしたんだ？　それもよりによってラザフォード母娘なんかと！　よほど追いつめられていたに違いない」

「このまま留《とど》まれば、あなたに結婚するよう説得されてしまう。それが怖かったの」

「どうして？」

「ドミニク、そのわけはあなたにもわかっているはずよ。もう言ったでしょう？　あなたの不幸の原因になるのは、とても耐えられないの。貧しいわたしと結婚したのでは、お父様との軋轢《あつれき》がいっそう増すばかり。あなたは家族への義務を果たせず、領地は借金の担保のまま残ることになるわ」

「コンスタンス！」ドミニクはうんざりして彼女を見つめた。「心配はいらない、ぼくがなんとかすると言ったはずだぞ」

「でも、どうやって？　わたしには持参金がまったくないのよ」

「きみ自身だけでじゅうぶんすぎるほどさ」彼は静かに言った。「聞いてくれ。ぼくは浪費家ではない。たくさんの金は必要ないんだ。戦争中は、よく畑で手に入るものでしのいだくらいだ。それにぼくらにはまったくお金がないというわけではない。節約する必要はあるだろうが、それはかまわない。ドーセットにはささやかな領地もあるので、いずれ移ってもいい。軍の株を買ってくれた叔父が遺《のこ》してくれたものだ。そこにはとても住み心地のいい館と、ぼくらが生きていけるだけの収穫がある農地もある。軍隊の株を売って得た金は投資したんだ。それからもわずかだが定収入がある。きみさえよければ、ぼくはそれでじゅうぶんだ」

「すばらしい人生だわ！」コンスタンスは叫んだ。「でもレッドフィールズはどうするの？　ご両親は？」

「ぼくがきみなら、彼らのことなど心配しないね」ドミニクはそっけなく言った。「だがもちろん、それがきみのいいところだ。父にはすでに、ぼくの計画に同意してくれれば、すぐにレッドフィールズに移り、それを実行に移すと言ってある。父が同意できないか、あるいはきみがあんな両親と住むことに耐えられなければ、ぼくがここを相続するまで、ふたりでドーセットに住もう。ロンドンにある屋敷は売るつもりだ。あれは相続権を限定されていないからね。それでかなりの借金を支払うことができるだろう。それから、いくつかの方法で倹約する。主な方法はシーズン中もロンドンへ行かないとか。きみが素朴な田舎の暮らしであまり不幸ではなければ、ぼくはロンドンに住む必要はない」

「不幸だなんて。わたしはこの夏までずっと素朴な田舎の暮らしをしてきたわ」

「どうしても必要なら、叔父が遺してくれた屋敷を売るが、できればあそこはぼくらの次男か娘のために残しておきたい。投資している金も、借金の返済にまわすことができる。ここに着いてからずっと、領地を監督している男の息子と話していたんだが、もっと収入を上げる方法に関しても、たくさんのアイディアがあるんだよ。年間にかかる費用を減らす方法は、まだいくつかある。フィッツアラン家は何世紀も収入以上の支出を続けてきた。出費を抑えれば、収入が増えたのと同じことになる。それを借金の返済にあてることもできる。あちこちにある館をいくつか手放すこともできるよ。使えないほどあるからね。それに三台も馬車を抱えておく必要もない。そういう倹約も借金の返済に役立つ。フォレスターとぼくは、最初の五年で領地を担保にした借金を半分にできると踏んでいるんだ。ぼくらの息子にここを引き継ぐころには、すっかり片がついているはずだよ」

コンスタンスはドミニクの嬉《うれ》しそうな説明にほほえんだ。〝ぼくらの息子〟という彼の言葉に胸のなかが温かくなる。あとはただ……。

「だが、節約だらけのわびしい生活ではないよ」ドミニクは急いでつけ加えた。「贅沢《ぜいたく》はまったくできないと思う必要はない。喜びはまったくない、とはね」

ドミニクと一緒に暮らせるだけで、じゅうぶんな喜びだわ、とコンスタンスは思った。ふたりがさまざまな計画を立て、子供を育て、人生を分かちあうことを考えると、コンスタンスの胸は切ない思いに満たされ、涙が出そうになった。

「お金のある女性と結婚するほうが簡単でしょうに」彼女はつぶやいた。

ドミニクはにっこり笑った。「ああ。でも、これほど楽しくはないだろうな。それに、きみと結婚できないなら、結婚などしたくない」

「なんですって？」コンスタンスは彼を見つめた。「ほんとうにそう思っているの？」

「もちろんさ」ドミニクは奇妙な顔でコンスタンスを見た。「さもなければ、どうして結婚すると思う？」

「でも、あなたはそう言わなかったわ！」コンスタンスは叫んだ。「わたしと結婚したいとは、一度も言わなかったわ」

「そうだったかな」

「ええ。実際、結婚してくれとも言わなかったわ。ただみんなに、わたしたちは婚約していると言っただけ。それも、ミュリエルがわたしをなじるのに耐えかねて言っただけよ。わたしがスキャンダルにまみれないように。それではじゅうぶんな理由にはならないわ！わたしはあなたの愛がほしいの。あなたを愛しているのに、紳士としての名誉心から結婚してもらうなんてたまらなかった。あなたが後悔するのを承知で。きっとわたしを憎むようになるもの」

ドミニクは驚いてコンスタンスを見つめた。「きみを憎む？　コンスタンス、ぼくがきみを憎むことなど決してないよ。わからないのかい？　きみを愛しているんだ。きみとの結婚を後悔したりするものか。ちゃんとした手順を踏んでプロポーズしなかったことは謝る。ミュリエルの非難を防ぐためにあんな形になって、残念だと思っているよ。きみにプロポーズする前に、みんなの前で口走るはめになって――」

「ミュリエルが非難する前から、プロポーズするつもりだったの？」コンスタンスは驚いて尋ねた。

「もちろんだ。スキャンダルを食いとめるためにきみと結婚するほど、ぼくには名誉心があると言ったね。そんな立派な紳士が、結婚するつもりもない女性を抱いたりすると思うかい？」

コンスタンスは笑いだした。「あのとき、わたしにそれを知らせようとは思わなかったの？」

「ぼくは愚か者だ。それは認めるよ。きみの美しさに目が眩んで、正常に頭が働かなかったとしか言えないな」

彼はコンスタンスの手を取り、片膝をついた。

「ミス・コンスタンス・ウッドリー、あなたはぼくの心です。ぼくがこれまで愛し、これからも愛しつづける唯一の女性です。ぼくの心と、手と、持てるすべてを捧《ささ》げます。借金もなにもかも。実際、あなたがその手をぼくにたくし、心をぼくに捧げてくれたら、世界一豊かな男になれるでしょう。ぼくと結婚していただけますか?」

「ええ」コンスタンスは泣き笑いしながら答えた。「ええ、ええ、結婚します。あなたを愛していますわ。もう、立ってちょうだいな。ばかな人。そしてわたしにキスさせて」

「喜んで」ドミニクは立ちあがった。

そしてコンスタンスは彼にキスした。

エピローグ

ドミニクとコンスタンスは、七月の終わりにカウデンの聖エドマンド教会で結婚した。それは過去のフィッツアラン家の結婚式ほど豪華なものではなかったが、これまでのどの式よりも美しく、花嫁と花婿は誰よりも幸せそうだったと、誰もが口を揃《そろ》えて褒め称《たた》えた。なんといっても、これは愛のある結婚だったから。

コンスタンスの付き添いを務めたのはレディ・カランドラとレディ・フランチェスカだった。どちらも美しい女性であるが、花嫁の輝くばかりの美しさにはかなわなかった。ドミニクが司祭とともに待つ祭壇へと向かうとき、コンスタンスの目には愛がきらめいていた。そして彼女を見つめるドミニクの目に、教会に集った女性たちはため息をつき、こんなふうに見つめてもらいたいものだ、と自分たちの夫を振り返ったものだった。

ドミニクとコンスタンスは夫と妻として教会を立ち去り、村人や小作人の喜びの声に送られてレッドフィールズへと戻った。そこでは結婚披露の晩餐《ばんさん》がふたりとゲストを待っていた。庭からは晩夏の花がすべて切りとられて舞踏室を飾り、豪華な料理と飲み物がふんだんに用意された。

広く噂《うわさ》されているように、セルブルック伯爵とその夫人がこの結婚に不満だったとしても、ふたりはそれを上手に隠し、笑みを浮かべて食事を楽しみ、見たこともないほど楽しそうにダンスを楽しんだ。スコットランドへハネムーンに出かけたあと、レイトン卿《きょう》とレディ・レイトンはレッドフィールズへ戻ることになっていた。セルブルック伯爵とその夫人は何キロか離れたダウアー・ハウス、つまり財産を相続した子から与えられる家に移り住むことになる。レディ・セルブルックはこの二カ月自分の好きなようにそこを改装し、お気に入りの家具を運びこんでいた。セルブルック卿はそれがいちばんよいのだと言った。ドミニクが一日も早く、いつか自分が継ぐことになる領地の管理をしたがっているから、と。

レッドフィールズには、これから多くの変化が訪れることになるだろう。そして正直なところ、領地のみなが一日も早くそれを見たがっていた。フィッツアラン家は村の歴史に重要な位置を占めている。カウデンの村人は一族を愛してきた。だが、現在の伯爵夫妻は、とくに好かれているとは言えない。跡継ぎのレイトン卿とその花嫁がこの状況を変えることになるのは誰の目にも明らかだった。

ふたりの結婚により、フランチェスカの仲介の腕に関する評判はぐんと上がった。このカウデンだけでなく、ロンドンでも、そしてこの国のほかの地域の重要な貴族たちのあいだでも、フランチェスカは新たにレディ・レイトンとなった女性をあるパーティで見つけ、即座に弟の完璧《かんぺき》な花嫁となると見抜いたというもっぱらの噂だった。彼女はそういう事柄に関して、不思議な直感が働くのだ、と人々は言った。運命の相手に気づくのが少々時間のかかる男女だったら、フランチェスカみずからが一、二度ふたりの背中を押すことさえある、と言う人々もいるくらいだった。

たしかに、レディ・フランチェスカの美しい顔には、カナリアをのみこみながら、まんまと気づかれずに逃げおおせた猫を思わせるところがある。

式のあとの祝宴で、フランチェスカは舞踏室の壁際に立って、花嫁と花婿がワルツを踊るのを見守っていた。笑みを浮かべたドミニクがコンスタンスを見下ろし、彼女の言葉を聞こうとブロンドの頭をさげる。ドミニクを見上げるコンスタンスの目には、思わずはっとするほどの輝きがあった。

「また成功したな」太い男性の声がすぐ後ろから聞こえた。

フランチェスカはロックフォード公爵に振り向いた。例によってあれやこれやの用事でほかの屋敷に出かけていたらしく、彼に会うのはもう一カ月以上も前の舞踏会以来だったが、フランチェスカは驚かなかった。結婚式にはここに戻り、顔を見せに来るはずだと思っていたからだ。ロックフォード卿は昔から紳士だった。たとえ自分が負けたときでも、それは変わらない。

いえ、むしろ負けたときのほうがいっそう律儀だと言えるかもしれない。

フランチェスカは笑顔を向けた。「ええ、ロックフォード卿。成功しましたわ」

「シーズンの終わりまでに婚約したばかりか、結婚にまでこぎつけた」公爵はいつものように皮肉な口調で言った。「ボーナスをあげるべきかもしれないな」

「お約束したものだけで結構よ」フランチェスカは答えた。

彼はジャケットのなかに手を入れ、四角い箱を取りだした。フランチェスカはそれを受けとり、バッグにしまった。

「確かめなくてもいいのかい？」

「あなたを信頼していますもの」

「ほう？」公爵はつかのま、考えるようにフランチェスカを見た。

「もちろんよ。癪《しゃく》にさわるところもたくさんあるけれど、いつも借りだけはきちんと返す人だわ」

「ふむ。なかには、返すのに長くかかる借りもあるな」

「今日はまた、ずいぶんと謎《なぞ》めいた気分だこと」フランチェスカは言った。

公爵は肩をすくめた。「ぼくは借りを返すかもしれないが、親愛なるレディ、負けるのは昔から嫌いだよ」

ロックフォード卿は礼儀正しく頭をさげ、立ち去った。フランチェスカは彼が人ごみに消えるのを見送った。バッグのなかから箱を取りだし、それを開けたくて指がむずむずしたが、そんなことをするのははしたないことだ。結婚したふたりが立ち去り、部屋に戻れるときまで待たねばならない。

さいわい、ドミニクとコンスタンスはハネムーンを一刻も早くはじめたいらしく、晩餐に長くは留《とど》まらずに、パーティを抜けだして二階へ着替えに行き、それから出発した。フランチェスカは感無量でふたりが馬車に乗るのを見送った。

ドミニクがかがみこんでコンスタンスにキスし、コンスタンスがドミニクの頬に手を置くのが、馬車越しに見えた。つかのま、ふたりは窓から斜めに差しこむ夕陽《ゆうひ》のなかで金色に輝いて見えた。

フランチェスカは強く唇を結んで涙をこらえた。

彼女は馬車が見えなくなるまでふたりに手を振ると、祝いの言葉を投げる人々に笑顔で答えながら、階段を上がって部屋に入った。パーティはまだまだ続くが、彼女の仕事は終わった。

部屋にいたメイジーが、満面の笑顔で近づいてきた。「あら、奥様。まだお休みではないでしょう?」

「実を言うと、今夜はもう休むことにしたの。少し疲れたわ、メイジー」

「ええ、無理もありませんよ。髪をおろしますか?」

フランチェスカはうなずいた。メイジーはピンをはずし、それをクリスタル皿のなかに置いていった。豊かなブロンドの巻き毛が滝のように落ちてきらめく。メイジーは銀のブラシでそれをとかしはじめた。

フランチェスカはバッグから先ほどの箱を取りだし、前にある化粧台に置いて蓋《ふた》を開け、鋭く息をのんだ。

優美なサファイアは彼女の目の色と同じ。ダイヤがそのまわりにちりばめられていた。フランチェスカはきらめく宝石に指を走らせた。

「まあ、奥様。なんて美しいんでしょう」メイジーがささやく。

「ええ、そうね」フランチェスカはうわの空で同意した。ブレスレットの下にあるカードには、力強い角ばったロックフォード卿の筆跡が見てとれる。

彼女はブレスレットを取りだし、それを手の甲にのせた。ダイヤが光を捉《とら》え、彼女に向かってきらめく。サファイアは暗く、神秘的だった。とても美しい、間違いなく高価なものだ。彼女がロックフォード卿から期待していたとおりの。

「宝石商に持っていって、値段をつけてもらいましょうか？」メイジーが尋ねた。フランチェスカが取り持った花嫁の母親や父親が、娘の祭壇までの道にある〝いばら〟を取りのぞいてくれたことを感謝して贈り物を届けてくれたときは、そうするのが常だった。

「いいえ」フランチェスカはしばらくして答えた。「これは手もとに置くことにするわ」

メイジーが少し驚いた顔で見たが、ブレスレットに見とれていてフランチェスカは気づかなかった。

彼女は立ちあがってドレッサーへ歩いていった。そこにはチーク材の大きな箱が置いてある。蓋を開け、引き出しをはずすと、小さな宝石箱の底が見えた。箱の前の底に彫りこまれた薔薇《ばら》飾りを押し、一見、宝石箱の底に見える木の板を取りだす。その下に秘密の仕切りがあった。

仕切りのなかには、ダイヤをちりばめたサファイアのイヤリングが一対入っていた。ブレスレットと同じように美しいが、こちらはもっと古い。ロックフォード卿からもらったばかりのブレスレットは、明らかにそれと対になるように作られている。

フランチェスカはブレスレットをそっと仕切りのイヤリングの横に置き、木の板を戻してそれを隠した。

「さてと」彼女は底を戻し、宝石箱の蓋を閉めながら言った。「メイジー、次は誰にしようかしら」

訳者あとがき

シーズン中のロンドンの社交界は、適齢期の娘たちが夫を見つけるマリッジ・マーケット。社交界の名花フランチェスカ・ホーストンは、縁結び役の腕前を自慢しすぎて旧知のロックフォード公爵に挑まれ、ついつい賭《かけ》をするはめに。〝このシーズンが終わるまでに、あの娘に適切な婚約者を見つけられたら、サファイアのブレスレットを贈る〟公爵がそう言って指さしたのは……。

そんな書き出しからはじまる本書『秘密のコテージ』は、美貌《びぼう》の未亡人レディ・フランチェスカがいわば仲人役を務める新シリーズ〈伯爵夫人の縁結び〉の第一弾。ヒロインのコンスタンスは、フランチェスカの突然の出現に驚き、戸惑いながらも、ロンドンのシーズンを体験しようと決心し、胸をときめかせながら賭に協力します。父の死後、叔父一家の居候としてブランチ叔母の手伝いにあけくれるコンスタンスにとって、フランチェスカの誘いは味気ない灰色の毎日に差しこんだ一筋の光でした。

ひょんなことから夜会で出会ったハンサムな子爵に、また会えるかしら？　彼に美しいドレスを着た自分を見てもらいたい！　コンスタンスの夢は広がるばかり。ところが、オックスフォード通りの商品を〝買い占めて〟戻ったコンスタンスに、若いいとこたちの不満が爆発。コンスタンスの幸運をねたんだ叔母が、横槍《よこやり》を入れてきて……。

フランチェスカの亡き夫のように、イギリス貴族はギャンブルが大好きだったようです。本書に登場する〈オールマックス〉は、女性もギャンブルができる社交場として、十八世紀にはすでに存在していました。映画『ある公爵夫人の生涯』に、ヒロインであるデヴォンシャー公爵夫人ジョージアナがギャンブルに興じるシーンがありましたが、実際、故ダイアナ妃の祖先でもある彼女も多額の負債にたえず不安にさいなまれていた貴族のひとりで、ようやく跡継ぎが生まれたあと、なんと主な借財だけで時価にして十億円近くもあることを夫に打ち明けています。

本書の時代設定はとくに明記されていませんが、女子に相続権のない、限嗣相続という制度がまだ幅をきかせていたことを考えると、遺言により父親が相続人を指定できるようになった遺言法が制定された一八三七年以前であることはたしかです。貴族の土地を分散させないためのこの限嗣相続制度は、父を失った未婚の女性にとってはつきぬ不幸と嘆きの源でした。

本書『秘密のコテージ』の大きな魅力のひとつは、この時代の貴族の生活が鮮やかに目に浮かんでくることでしょう。寡黙な公爵や身勝手な親戚《しんせき》、絵に描《か》いたような伊達《だて》男に有能なメイド、適齢期の男性たちを必死に追いまわす母親など、多彩な顔ぶれが織りなす貴族の日常が、まるで自分のもののように身近に感じられます。

豪華絢爛《けんらん》たるロンドンの舞踏会と領地の堂々たる赤煉瓦《あかれんが》造りの大邸宅を舞台に、華麗なる変身を遂げたヒロインが、きらめく青い瞳のヒーローとワルツを踊る。そんなシーンを思い浮かべながら、キャンデス・キャンプが紡ぐ恋の物語をどうぞお楽しみください。

二〇一〇年一月

佐野　晶

訳者　佐野　晶

東京都生まれ。獨協大学英語学科卒業。友人の紹介で翻訳の世界に入る。富永和子名義でも小説、ノベライズ等の翻訳を幅広く手がける。主な訳書に、リンダ・ラエル・ミラー『銀色に輝く季節』、カーラ・ネガーズ『夜明けにただひとり』（以上、MIRA文庫）がある。

伯爵夫人の縁結び I

秘密のコテージ

2010年1月15日発行　第1刷

著　　者／キャンディス・キャンプ

訳　　者／佐野　晶（さの　あきら）

発 行 人／立山昭彦

発 行 所／株式会社 ハーレクイン

東京都千代田区内神田 1-14-6

電話／03-3292-8091（営業）

03-5309-8260（読者サービス係）

印刷・製本／大日本印刷株式会社

装 幀 者／笠野佳美

表紙イラスト／もと潤子

定価はカバーに表示してあります。

ISBN978-4-596-91398-2